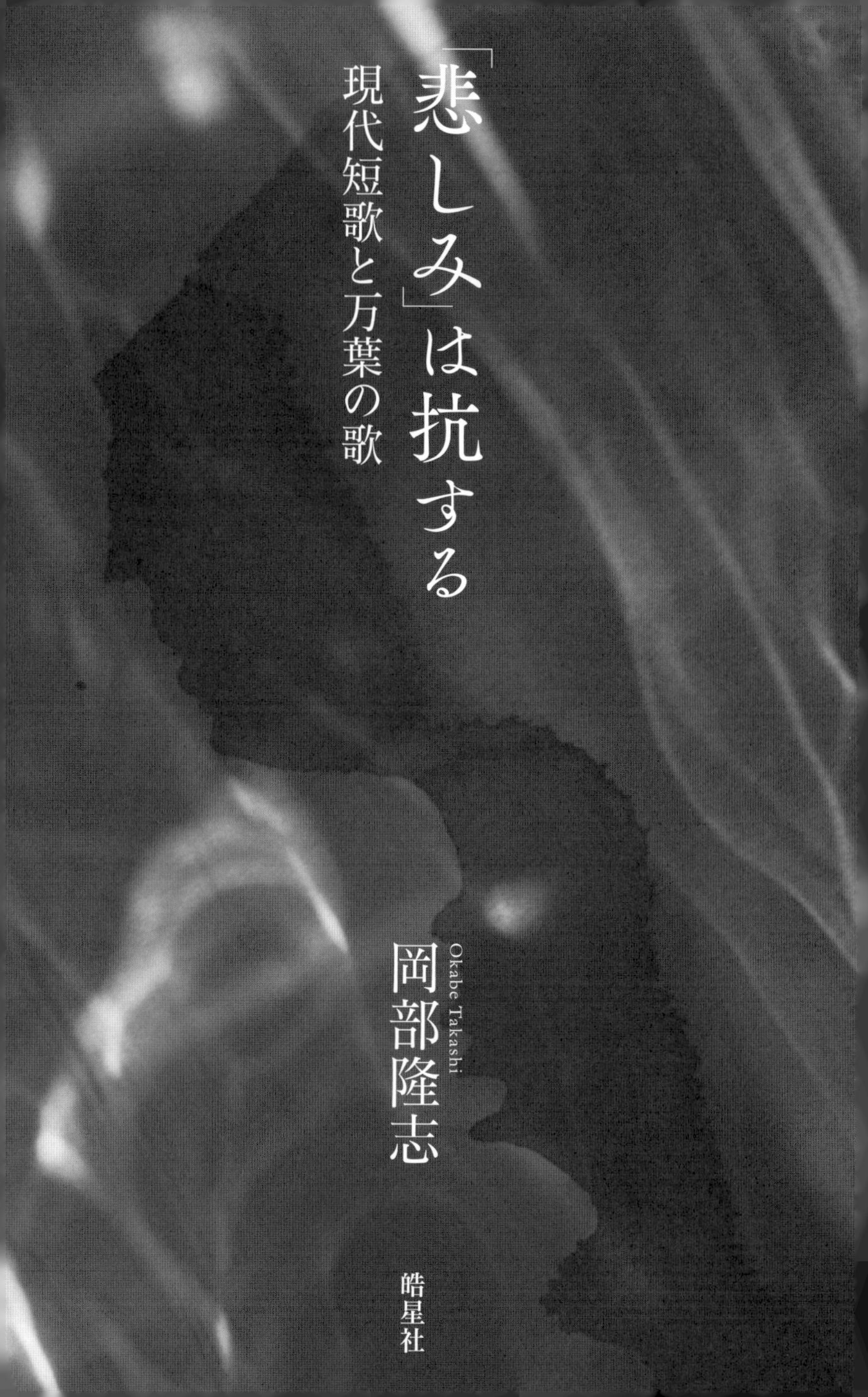

# 「悲しみ」は抗する

## 現代短歌と万葉の歌

岡部隆志
Okabe Takashi

皓星社

「悲しみ」は抗する　万葉集から現代短歌へ◉目次

# 「悲しみ」は抗する　万葉集から現代短歌へ

# はじめに

本書は私の五冊目の短歌評論集になる。今まで、歌誌『月光』に書いていた原稿をまとめて本にしてきて、時々そのなかに万葉集の歌を取り上げたささやかな論を入れていた。万葉の論を入れることで、短歌という文学形式の中の「現代短歌」にたいする視野が少しでも広がればと考えたからである。今回は、万葉集についての論を、しかもかなり長いものを最初の方（第二章）に持ってきた。

理由は本書でこだわっているのが「悲しみ」だからである。「悲しみ」は痛くなるような心の揺れ動きを表現した言葉であり、短歌は、このような心の揺れ動きを表現するのに適した詩形である。ある意味では、そのような特性故に万葉の時代から現代に至るまで、短歌という表現形式は続いてきたのだ、と言えるだろう。

私は万葉集研究を仕事としていくつかの論文を書いてきた。一方、歌誌『月光』で現代短歌についての文章を長い間書いてきたが、当然、私のなかで、万葉集と現代短歌に共通するものは何かという問いが生じる。その問いに対する一つの答えが、短歌は心情（特に「悲しみ」）を表す、ということだった。無論、短歌の表現は多様であって、その可能性は「心情」に限られるものではないが、しかし、心情とくに「悲しみ」のような情を表現することに、短歌表現の重要な特性があると思うようになった。そう考えるようになってから、私の論は「悲しみ」について考察することが多くなってきた。本書が、万葉集の歌の論を最初の方に持ってきたのは、その論が、「悲しみ」に代表される心情を詠む歌が何故万葉集には多いのか、といったことについて論じているからである。

万葉集は「かなしみ」（万葉集ではその意味によって「悲し」「愛し」と読み下される場合があるので「かなしみ」と表記しておく）の歌集と言っていいのではないかと思っている。挽歌は死者への「かなしみ」をうたう。相聞歌は、不在である恋人を思っての心の揺れ動きを「かなしみ」としてうたう。羈旅歌は遠く離れた夫のあるいは妻を思っての「かなしみ」をうたう。雑歌には讃歌や国見歌のような歌もあるが、柿本人麻呂の「近江荒都歌」のようなかつて栄えた都の荒れ果てた姿を見て「かなしむ」歌もある。自然を前にしても「かなしみ」をうたう、「ぬばたまの夜霧の立ちておほほしく照れる月夜の見れば悲しも」（巻六・九八二）のように。

万葉集における「かなし」について、『時代別国語事典』では、①「心を打たれる。痛切にこころが動かされる。身にしみて感じる。悲しい」、②「いとしい。あわれだ。かわいい」という二つの意味を載せている。亡くなった家族を思うときの心の動揺、いとしい恋人あるいはかわいいわが子を思うときのこころの揺れ動き、それらは厳密には同じ心の動きとは言えないが、胸のあたりが痛くなるような心の揺れ動きとしては共通する。
万葉集以降も日本人は「悲しみ」をたくさん表現してきた。このことから「悲しみ」に日本人の精神性を見ることも可能だろう。日本人の精神史を論じている竹内整一は『「かなしみ」の哲学　日本精神史の源をさぐる』（NHK出版二〇〇九）という本を書いている。そこで次ように述べている。

日本人の精神史においては、こうした「かなしみ」を感受し表現することを通してこそ、生きる基本のところで切に求められる、他者への倫理や、世界の美しさ、さらには、神や仏といった超越的な存在へとつながることができると考えられていたのではないか。つまり、「かなしみ」とは、生きていること（死ぬこと）の深くゆたかな奥行きをそれとして感じさせる感情なのではないか。

「かなしみ（悲しみ）」を深く追求していけばここまで論じられるのかと、正直この文章に感銘を受けた。だが、待てよ、と思う。私が「悲しみ」を通して論じたいこととはどうも違うのだ。「生きていること（死ぬこと）の深くゆたかな奥行きをそれとして感じさせる感情」というところは共感する。が、私のとらえる「悲しみ」は、ここで述べられるほど超越的な意味合いを持たない。むしろ、超越性に対して「抗する」ものなのだ。竹内整一も引用しているが大伴旅人に次のような歌がある

世の中は虚しきものと知るときしいよいよますますかなしかりけり（巻五・七九三）

竹内は、この世の無常を悲しむことは、この世のどうしようもない「せむ術なし」の「かなしみ（悲しみ）」であり、それは絶望的な意味合いのものでなく、そう受け止める自己限定の中に、ある種、確かな肯定の手応えを含むものであるとして、「無常あるいは偶然だと思われる事態も、より高い次元である宇宙的地平から見れば、当たり前の『自然』なこと『おのずから』のことだと納得しようとする知恵がそこには込められているのである」と、結論づけている。この竹内の論理は、世界は「空」である（つまり無常ということ）とする仏教の思想（超越性）に悲しみの感情を一致させていく思考（「悲しみ」を超越的にとらえかえす思考）だと思う。そこに日本人の精神性を見出そうとしていると言ってもよい。

私にはこういう思考になるほどと思いつつも、ひっかかるところがある。大伴旅人の歌の前半はいわゆる「世間虚仮」の思想を表している。世の中の本質は「空」であるととらえ、人間の悲しみや苦しみは「縁起」によるもので、その「縁起」から自由になれば悲しみや苦しみから脱却できるという考え方だ。ということは、「無常」であると理解すれば悲しみにとらわれないですむはずなのに、こんなにも悲しいと旅人は歌を詠んでいることになる。だが、おおかたの注釈は旅人の大きな悲しみに焦点を当て「無常」はこんなにも悲しいという意味合い（「無常」と悲しみのあいだに意味上の屈折を認めない）で読んでいるが、中西進は「悲哀と同時にわが身への愛惜の情の切なさがある。本来空にはこの愛情を捨てさせる思想があるから、作者は空への思想の反発もある」（『万葉集全訳注』講談社文庫）と評している。さすがである。私は、この歌は「世間虚仮」という超越的な思想に抗する歌なのだと理解したい。竹内は「悲しみ」の感情を、超越的な意味合いにまで高めることで、日本人の精神性を理解しようとしたが、私は、むしろ「悲しみ」は超越的な思考に抗することに意味があるという見方を取りたい。

現代短歌にも「悲しみ」は多く表現されている。現代世界では戦争が絶えない。ウクライナとロシアの兵士たちが戦っている。双方に多くの死者が出ている。パレスチナでは、ハマスによるイスラエルへの突然の攻撃に対し、イスラエルの過剰とも言える報復攻撃で多くの民間人が殺されている。現代では、これらの戦争がメディアによってすぐ近くで起きている出来事のように感じてしまう。現代短歌の歌人はその戦争の無残な死者への悲しみを詠む。何故止められないのかというやるせなさの悲しみである。これらの悲惨な事態は、この日本に生きる私たちに原因があるわけではないし、その解決に向けて何かが出来るわけでもない。むろん、戦争の原因となる国家の領土争い、経済的利益の奪い合い、宗教・イデオロギー対立等についての判断を踏まえて歌がうたえないわけではない。が、戦争を止めさせるほどの理想的もしくは現実的な解決の理屈が見出せていない以上、そのような歌は虚しい解説になってしまう。従って、これらの戦争の痛ましさについて詠むなら「悲しみ」として詠むしかない。そのように表現することが痛ましい現実にたいして「抗する」ことなのだというように。

自然災害によって多くの命が失われる。そういうとき多くの「悲しみ」の歌が詠まれる。私はこれらの歌をたんなる「鎮魂」といった意味合いだけでとらえたくない。「悲しみ」の歌には、このように命が失われる現実に対し「抗する」意味合いがあるととらえたい。戦争による死者についても歌を詠む場合も同じだ。死を哲学的に宗教的に納得して受け入れるなどということは簡単にはできやしないのだ。むしろそこで悲しむことこそ、人間として存在しているということの表現なのだ。それを一時的な人間の「感情」反応だととるのではなく、その反応を表現することが、何かに「抗する」ことなのであり、そのように反応するしかないわたしたちの生活あるいは「生」そのものを表現することなのだ。

本書には歌人福島泰樹についての文章がいくつかある。福島泰樹は「悲しみ」を絶叫する歌人である。彼が詠む歌にはあきらかに「抗する」姿勢がある。それは彼がうたう他者の「死」は理不尽なものであるからだ。福島は、短歌は歌人の身体に刻まれた記憶の「追想再生装置」なのだと言う。その記憶とは「悲しみ」の記憶である。理不尽な死の「悲しみ」の記憶を人々は忘れていく。歌人はその記憶を「追想再生装置」によって再現し、忘却に「抗する」のである。それは、その理不尽さに対して「抗する」ことでもあろう。

万葉集における防人歌も、国家による徴兵によって生じる「悲しみ」をうたう歌である。この悲しみの歌を集めたのは大伴家持である。考えてみれば、家持は防人の悲しみを生んだ国家の要人である。彼は防人担当の官僚であった。その家持が、防人の悲しみの歌を集めたのだ。しかも防人の立場にたって悲しみの歌すらうたっている。徴兵される防人の立場に立てば「ふざけんじゃねぇ、おまえに俺たちの悲しみがわかるものか。おまえがうたう資格はない」と反発しただろう。そういう反発を家持は理解していたのだろうか。よくわからない。ただ、言えることは、家持が防人の悲しみの歌に執着したということだ。つまりその「悲しみ」にこそ歌の価値があるとみなした。そこには、歌の資料を集めていた編纂者家持がいる。防人たちの「悲しみ」も自分たちの置かれた状況に「抗する」ものであり、その「抗する」相手には家持もいたはずだ。だが家持はそんなこと気にせずに（たぶん）、彼らの「悲しみ」の歌を集める。その家持の歌への執着のおかげで、万葉集は生まれたのだ。

本書のタイトルを「悲しみは抗する」とつけたが、何に「抗する」のか、と問う人もいるかもしれない。特定の何かに「抗する」という意味でつけたわけではない。「生きる」ことは様々な辛さに満ちている。釈迦が出家を決意したような生老病死の苦しみもあるだろうし、戦争や自然災害、格差に満ちたこの社会、うまくいかない人間関係といろいろある。そういう辛さへの対処として、哲学や宗教といった超越的思考が在る。あるいは、現実的な対処としての政治や思想というものが在る。それらはある意味では、今目の前にある問題を、論理的に（宗教は信じるという方向で）克服することで未来を与え、その現在の辛さを過去のものとしてしまうことだ。社会というものはそういう思考の仕組みのもとに成り立っていると言ってよい。

だが、今在る辛さはそのような思考によって消えるのだろうか。辛い現実に直面したときに私たちは悲しむ。その「悲しみ」はそういった思考によって簡単に消えてしまうものなのだろうか。そういった思考を支える人間の理性的なあり方からすれば、「悲しみ」は、人間の一時的な身体的反応（感情）に過ぎないと処理される。いつまでも悲しむことがあれば、それは、辛い現実への執着であって、生きる意志の喪失であり、精神的な病とまでみなされてしまう。「悲しみ」を過去の時間にしなければならないそういった思考にとって、現在の辛さに執着する「悲しみ」はすみやかに消えるべき心の状態、ということになる。

私が本書のタイトルに付けた「抗する」とは、そのような思考もしくは社会の仕組みに「抗する」ことである。「悲しみ」を克服する理性的な思考を否定するつもりはない。大事なのは「悲しみ」という情の表現は、私たちが生きて在ることとの根源的な表現なのであって、それは、生きるうえで邪魔なものとして処理されるべきではないということである。「抗する」とは、「悲しみ」が否定的に処理されることに対しての抵抗なのだと理解してほしい。

確かに悲しみ過ぎることは、未来に向かって前向きに生きようとすることを阻害するかもしれない。だが、それもまた私たちのまごうかたなき生き方なのである。

かつてこのようなことを人に語ったとき、ある人から、猫や犬でも悲しむではないか。人間とどう違うのかと質問されたことがある。確かに私も犬や猫を飼っていたから彼らが悲しむ表情を見せることがあることはわかる。身体的反応としては人間と同じである。違うのは、人間が言葉によってその「悲しみ」を表現するということである。人間は言葉によってその「悲しみ」を何度でも再現する。その意味では、動物は感情の身体的反応をいつまでも引きずらないが、人間は言葉によって引きずるという言い方もできる。

その言葉による「悲しみ」の引きずりは前向きな生き方の邪魔になるかもしれないが、私たちの「生」の大事な何かを表現しているのだ、と理解するべきだ。

万葉集の挽歌はその言葉による「悲しみ」の引きずりの典型的な例である。柿本人麻呂の「泣血哀慟歌」(巻二・二〇七〜二一二)はこれでもかというくらい「悲しみ」を引きずっている。挽歌をうたう万葉の歌人が前向きに生きられなかったとは思わない。むしろ、彼らは、「悲しみ」をくどく表現することで、「悲しみ」を忘却する世の流れに抗していたのでは、と思えてくるのである。律令国家という新しい社会の仕組みを構築しようとしていた時代の流れのなかに万葉の歌人たちはいた。その時代の流れは「悲しみ」を引きずり過ぎることに否定的なはずである。歌人たちは「悲しみ」の歌をたくさんうたうことで、その時代に抗していたのではなかったのか、そのように思われてならない。防人の「悲しみ」は自分たちを徴兵する国家に抗することだったが、その「悲しみ」を集めた大伴家持は、彼らの「悲しみ」に、自身の時代へ抗するひそかな意図を重ねようとしたのかもしれない。

本書に収めた文章は「悲しみ」を直接テーマにしたものばかりではない。歌人たちの作品の奥には「悲しみ」の心情がある。私はそれを感じながら文章を書いたつもりである。その「悲しみ」はやはり「抗する」ものだ。

家族や親しい人が亡くなったとき、激しく悲しむことでその死という事実に抗している。しかし、いつまでも悲しんでいては社会生活が送れない。そこで、悲しみを封印し、あるいは死者を忘却し、社会に復帰することになる。この社会を国家と考えてみる。国家は、国家というシステムの維持のために、国民が秩序（国家を成り立たせている制度）に従い円滑な社会生活が送れるようにする。従って死者への悲しみにいつまでもとらわれていることは国家にとって好ましいことではない。

国家による戦争で死んだ兵士を国家は顕彰するがその死を悲しまない。国家のため（戦後日本は平和のためと言い換えているが）の死として褒め称える。国家が悲しめば次の戦争の時に若者を徴集できにくくなるからだ。そのように考えれば、戦死者を悲しむことは、国家に「抗する」ことになる。「悲しみ」はその表現の仕方によっては、反戦や反国家の意味合いを帯びることになる。月光の会に属する歌人たちのなかには、国家に抗するような歌を詠む歌人がいる。何故そのようにうたうのか。それは彼らなりの「悲しみ」の表現であるからだ。私は歌人ではないのでそのように歌を作れないが、こういった文章でその「悲しみ」を表現しているつもりである。

わたしたちは「死」に抗するように生きている。が、「死」は受け入れなければならない。その折り合いをどうつけるのか。宗教や哲学は、超越的な視点に立って、その折り合いを付けようとする。一方、短歌を詠む歌人のなかには、「悲しみ」を詠むことで折り合いを付けている人たちもいる。そのような人たちの歌を読むと救われたような気分になるのは、私もその折り合いに付け方に悩んでいるからだ。老人になり、死を意識する病を持つ身にとっては、高尚な哲学や宗教よりは、生活、自然、そして死を「悲しみ」

として詠む歌の方がいいのだ。それは、その折り合いが、超越的な世界にではなく、日常の生活のちょっとした感動のなかにあるからだ。例えば、親しい者への心情や自然への心の動き、淡々と生きていることへの不思議な感覚、そういったことが何となく「悲しみ」として表現される短歌という表現の仕方に、その折り合いがあると言ってもいい。そこでは、抗することと受け入れることとが穏やかに協調しあっている。やや大げさな感想だが、そのような感想の文章も入れておいた。

以上、「はじめに」の文としていささかくどくなりすぎたが、本書に込めた思いを書いておきたかった。

# 第一章　何故「悲しみ」をうたうのか

## うたい続けられる「哭き歌」

私の専門は日本の古代文学、万葉集や古事記研究なのですが、ここ十数年、中国雲南省の少数民族文化の調査をしています。特に、歌文化の調査を中心にやっています。

少数民族の文化では歌が、生活の中で重要な働きをしています。例えば葬式等の儀礼の時に歌はかかせないものですし、男女が歌を掛け合って結婚相手を探す歌垣の風習も見られます。

私の関心は、こういった少数民族の歌文化や、日本の歌文化、あるいは文学としての歌などを通して「歌とは何か」を考えて行く、ということになります。

今日は、「哭き歌」をとりあげて「なぜうたうのか」といったことについて考えてみたいと思います。

中国雲南省の北部の町ニンランに居住する少数民族イ族の葬式の映像です。死者の家族の女性が「哭き歌」を歌っている場面です。この葬式は最初私も取材したのですが、同行の研究者が最後まで取材し本にまとめております。この映像は彼が撮影したものです。女たちは死者に対して何故死んでしまったのとくどきます。死者に対して、その死を認めまいとするような激しい感情を「哭く」という身体的表象を伴う歌によって表現していくわけです。次の映像は、死者を火葬場へと運ぶ場面です。村人たちは、火葬場へ遺体を運びますが、哭き歌を歌う女性たちはついていくことはできません。

このような「哭き歌」は、韓国の葬儀などではよく知られていますが、アジアの幾つかの地域で見られるものであり、アジアの共通文化の一つだとみてもいいと思います。日本でも奄美諸島や沖縄で「哭き歌」の伝統がありました。

死や別れに際してのこのような「哭く」行為は、フロイト的に言えば「悲哀の仕事」ということになりますが、ここでは、悲しみの身体的表現である「悲哀の仕事」が、歌によって表象されることの意味に注目してみたいと思います。

結論から先に言えば、ここでの「哭き歌」における「歌」とは、「悲哀の仕事」の只中にあって、この悲哀から醒めていこうとする時間の流れに抵抗する、共同性を持つ様式化された表現、ということができます。

どういうことかと言いますと、例えば映像資料のイ族の葬儀の場合、「哭き歌」は女たちの役割ですが、宗教者は、死者に対して「指路経」を唱えます。これは、死者に対して死者が行くべきあの世への道筋を示し、死者をあの世へと送り届けるお経です。また、村の男たちは遺体を火葬場へと運びますが、男たちは、死者が決して戻らないように棒を持って行きます。死霊と戦う武器ということです。一方、「哭き歌」を歌う女たちは一緒に行くことはできません。途中で引き返します。その理由を、女たちは死者に連れて行かれてしまうからと村人は語りますが、これは、「哭き歌」を歌う女たちが死者に近づきすぎているので危険だということですが、ここには、「哭き歌」を歌う女たちは、死者をあの世に送る行為の障害になるという認識があることを示しています（遠藤耕太郎『古代の歌』瑞木書房二〇〇九）。死者への未練をくどくど述べる「哭き歌」は、死者を無事にあの世に送り届け、この世に留まることを防ぐ葬送儀礼の流れに逆らうものとして、禁じられてしまうということです。

死者をあの世に送り届けるという時間の流れ、死という異常事態を正常な状態に戻していく時間の流れ、ここではこれを直線的な時間の流れと呼びたいと思います。その直線的な時間の流れに抵抗するように表現されるのが「哭き歌」ということになります。言いかえれば、直線的な時間の流れに抵抗し、かつて死者と共に生きた過去を現在へと一体化させる、そういう働きを持つということです。むろん、そのことは、死霊というケガレを身につけてしまうことになり、死霊を恐れる社会にとっては危険な行為です。葬送儀礼そのものは直線的な時間の流れに沿って進行しますので、従って、それに抵抗するような「哭き歌」は儀礼の中でずっと続けるというわけにはいかず、どこかの段階で止めなければならないわけです。

が、それなら「哭き歌」など最初から禁止すればいいではないか、ということになります。が、それは、死者の遺族あるいは共同体の人たちに泣くなと言っていることと同じですから、それはできません。生き残った者の悲しみをその感情的身体表現によって解放するというのも、葬送儀礼の持つ役割でしょう。また泣く行為を通して、死者への愛惜が表現され、それは死者の魂を鎮めることになり、鎮魂になりえるわけです。

が、ここで、泣くという自然な身体的表象なのではなく、何故「哭き歌」という歌なのか、ということを考えてみます。

歌という様式によってでなく、ただ、溢れる感情に任せて泣くだけだとしたらどうでしょう。むろん、そのように泣くことは自然な表象としてあらわれるものだと思いますが、恐らく、泣くことは、個人によって差がありすぎ、場合によっては泣かないこともあるでしょうし、逆に感情がたかぶって収拾がつかなくなることも考えられます。泣きすぎれば、死者にとらわれ、日常の世界に戻れなくなるのではという不安をもたらします。大事なことは、葬送儀礼は共同体が行うものですから、その悲しみも、共同体の人々に共有されるような公的なものでなければならないということです。つまり、悲しみを個人のものでなく、共同体のものとして人々に共有され、なおかつその感情的な発露をコントロールする仕組みが必要となります。

そこで、泣く行為を個人の本能的な感情表現でなく、他者にも共感可能なように、言語表現としても機能する「哭くこと」が要請されます。そのような条件を満たすものが「歌」ということになります。

つまり、「歌」は、直線的な時間の流れに抵抗するように現れる働きを持ちながら、一方で、悲しみの感情をコントロールし、共同体にひらかれるものなのです。歌によって個人の悲しみは、共同体の悲しみ（共同性）に転位するわけで、その手続きを通して、異常事態をもたらした個人の死は、共同体の悲しみとして共有され、その悲しみを表現する歌は、葬送儀礼の流れに抵抗する役割を与えられながら、共同体が正常な状態へと進行していくプログラムの一つとして組み込まれていくわけです。

中国の少数民族の「哭き歌」を手がかりに、歌について考えましたが、次に奄美諸島や沖縄の「哭き歌」について簡単に触れておきたいと思います。奄美や沖縄の「哭き歌」については酒井正子の『哭きうたの民族誌』（小学館二〇〇五）という本があってそこに詳しく紹介されております。日本の南島地域では、死者が出ると遺族は死者に対して「哭き歌」を歌います。が、この場合興味深いのは、その「哭き歌」が、少数民族のイ族の葬式のように、儀礼の中で禁止されるということがあまり見られないのです。

例えば徳之島では、愛惜歌というものがあります。これは死後の四十九日まで、残された家族や近親の男女が、寂しさを紛らすために口ずさむ歌のことをいいますが、これも「哭き歌」になります。酒井さんは「すべて無伴奏で、いうにいわれぬもの静かな淋しい響きを持つ。いまだあたりにとどまる死者の霊と掛け合うような状況がある」と述べています。四十九日も死者の霊と対話するような歌を歌い続けるということは、そこには、死者をあの世に送り、この世を正常に戻す直線的時間が強く働いていないということになります。死霊を恐れる中国の少数民族の側から見れば、徳之島の人たちは、死者に取り憑かれた異常な状態、死のケガレとの近接を四十九日も続けると見なされ、それこそ、震え上がるでしょう。

何故直線的な時間の側で死者への思いを断ち切らないのでしょう。そこには、死者の霊と生きている者との関係は、それほど離れてはいない、隣り合っているような近さで互いに交流しあうこともある、という世界観があるからだと思われます。

死者を人間に禍いをもたらす死霊とみなす文化は世界的に見られるものですが、かなり地域差はあるようです。奄美や沖縄にも死のケガレを恐れる観念はあるはずですが、それ以上に、親しい者の死を簡単には受け入れず、死者を忘却していく時間の流れに逆らうことが大切だとみなす文化があるということでしょう。

徳之島の人たちの「悲哀の仕事」は、「哭き歌」を通して延々と続くということになりますが、かといって、それを「悲哀の仕事」の失敗とみなして病と見なすことはできません。それもまた歌で行われるということに注目すべきです。愛惜歌は、儀礼の場で歌われるものでないにしろ、それが歌であることにおいて、共同体にひらかれています。それなりに、感情はコントロールされていると見ていいでしょう。

死者への悲しみを歌う文化を持つ、という意味で中国の少数民族と共通していると言えますが、ただ、死者の世界と生きている者との間に明確な切断線を引く、そういう文化を強く持っていないことにおいて、奄美の「哭き歌」は、酒井正子が報告しているように、言語表現としての歌として、儀礼的な役割を超えて生きているものの悲しみの心情をより豊かに表現することになる、と言えます。というのは、歌は、時と共に薄れていく悲しみを、声による言語表現によって思い起こさせる働きを担うからで、その意味で、「哭き歌」は、詩的な表現として洗練されていく契機を持つと言えます。

日本では万葉集の時代、死者を悲しみ死者への鎮魂を歌う「挽歌」という歌が多く歌われました。挽歌は「哭き歌」ではありませんが、「哭き歌」の歌としての基本的性格は持っています。その内容は明らかに死者に対する悲しみの表現を通して、死を過去のものとする直線的時間に逆らうものです。ただし、ほとんどの挽歌は、葬送儀礼の一部として組み込まれてはいても、葬送儀礼の場でなくても表現可能な詩の表現として自立し得る水準を持っています。そのことは、その悲しみの表現において、死者にとらわれたり、死者をあの世に送れなくなると心配するレベルのものではなく、その意味では、死者への悲しみをより優れた言語表現として創作しようとする意識がそこには働いていると言っていいと思います。そういった優れた挽歌を創作した歌人の代表として柿本人麻呂をあげることができるでしょう。

挽歌は「哭き歌」ではありません。「哭き歌」の延長上にある表現、あるいは「哭き歌」を意識した歌「メタ哭き歌」と言えるかと思います。これは私の推測ですが、徳之島の「愛惜歌」のように、死者を送る儀礼がすんでも悲しみを歌い続ける「哭き歌」のレベルがあったとすれば、このような「哭き歌」が、万葉集の「挽歌」につながったのではないでしょうか。ある意味では、万葉の時代の「挽歌」を歌う文化的背景に、死者との間に断線を引き、徹底してあの世に送るのではない、死者を忘却していく時間にさからうことを価値とみなす文化が、万葉の時代の日本にあったのかも知れません。

万葉集の「挽歌」も、アジアの「哭き歌」文化と共通しながらも、「哭き歌」の多様な展開の一つとして、発展したものだと言えるのではないかと思います。

最後に、現代短歌に関心ある者として一言述べておきますが、死者へのくどきは現代の短歌にあっても重要なテーマとなっています。特に東北の大震災以降そういった表現が多く見られました。わたしは、短歌のこういった表現の源の一つに「哭き歌」を置いてみたいと思っているのです。

付記・第二十二回多文化間精神医学科会学術総会シンポジウム1「東アジアの基層文化とメンタリティ」（二〇一五年一〇月三日・慈恵医大国領校）での発表（一部加筆）。

## 戦争と歌の力　鼓舞と慰霊

私の専門は古代文学であって、「万葉集」や「古事記」を研究対象としているが、ここ十数年、中国西南地域、特に雲南省の少数民族文化の調査も行なっている。「万葉集」の歌や、少数民族の歌文化調査を通して、「歌とは何か」「なぜ歌うのか」といったことをずっと考えてきた。本稿に与えられたテーマは「戦争と歌の力」であるが、このテーマはかなり荷が重い。これまで戦争などと結びつけて歌を論じたのは、万葉の防人歌くらいであって、おそらくは近代の戦争における歌の働きといったものを意図したこのテーマに答えられるかどうか心許ないのであるが、ただ、歌とは何かといった本質に近寄って語れば、このテーマに潜む問題に突き当たるかとは思われる。

最近私は「慰霊の心性」(『共立女子短期大学文科紀要』二〇一五年一月)という論を書いた。これは、今年亡くなった盟友丸山隆司が渾身の力で書いた『海ゆかば　万葉と近代』に触発され、この著作に依拠して、国家によって戦意高揚歌として広められた「海ゆかば」の歌が何故鎮魂の歌として国民に歌われていったのか、といったことを慰霊のあり方の問題として論じたものだ。おそらく、「戦争と歌の力」というテーマはこの「海ゆかば」を取り上げることで、かなり深く論じられるのではないかと思う。

その前に、歌とは何かということについて定義しておきたい。短歌のような文字の文学も歌だが、それを含みつつここでは、リズムと旋律を伴う声による表現とゆるやかにとらえておく。歌は感情を共有するに適した表現方法である。感情はわたしたちの無意識からほとばしるようなものとして感覚される。従って、無意識の世界を意識の向こう側の神秘な何かとみなしたとき、歌は、意味の向こう側の意味づけられない世界（例えば神の世界）に届くような幻想をまといやすい。ある意味で、そこに歌の力があると言ってもいいのだが、つまり、そのような幻想（共同幻想）を引き寄せる力が歌にはある。そのことは、歌い手を共同性の側に転移させる力とも言えよう。歌の起源を神の言葉の側から論じたのは折口信夫だが、共同体の起源を語る神話もまた歌われる。例えば、宮古島狩俣の「祖神祭」では、村の起源神話が女たちによって歌われるが、この歌の力によって、女たちは神と一体化し、村の起源である神話の世界がこの世に現前する。そしてそのことで、村が神に祝福されるのである。このように、歌の力は時に人々の心深くに届き呪術的な作用を発揮するのである。

「哭き歌」という歌がある。死者の葬送儀礼のとき、主に女たちが声をあげて哭くように歌う歌である。「哭き歌」は死者の魂をこの世に呼び戻すような働きの歌と解されている。その内容は、ほとんどが何故死んだのか私たちを置いてと残された者の辛さを死者に対してた訴える「くどき」になっている。「くどく」ことで死者があの世に行くことを引き留めようとしている、といってもよい。「哭き歌」の伝統はアジア各地で見られるが、日本では奄美・沖縄に残っており、酒井正子『哭きうたの民族誌』に詳しい。

死者への悲しみをただ哭くのではなく何故歌でなければならないのか。それは遺族の悲しみを共同体にひらくためだ。つまり、悲しみを共同性に転移する歌にすることで、その悲しみは、共同体が主催する葬送儀礼に組み込まれ、悲しみは共同化される。そうしなければ、悲しみは遺族の身体にとりつき、遺族を病にしてしまいかねない。

歌は、個々の身体へ深く関わるとしても、あくまで共同体における言語表現である。遺族は、歌（悲しみの表現）によって死者をこの世に留めようとするが、その悲しみは歌であることですでに共同化されているのだ。一方、言語表現であることで、その悲しみは、歌えばいつでも引き寄せられる、つまり再現できることになる。歌は言葉であることで、死者を忘却させずいつでもこちら側に現前させる力を持つのである。沖縄のシャーマンであるユタは、憑依し神の言葉を発するときたいてい歌を歌う。神に取り憑かれながらそれをコントロールする力を歌が発揮しているのだ。その歌によって、ユタは神に取り憑かれ過ぎず、自在に神の言葉を引き出し、神の言葉を他者にひらくことができるのである。

「哭き歌」的な歌の慰霊的な側面を、共同性へ転移する力を持つ呪術的とも言える力として述べてきたが、一方、歌のこの力は、共同体の成員の感情を鼓舞し共同体に一体化させる、躁的な勇ましい歌という形も取り得る。

戦争はこういう躁的な歌の力を必要とする。いや、正確には戦争を遂行する国家がと言った方がいい。

歌は、個々の存在を共同体にひらく。その性質を利用し、国家は、国民を国家に一体化させる作用を歌に期待する。国家のために命を投げ出して戦えと鼓舞する歌が作られる。国民国家として出発した近代日本も、そのような歌を、例えば軍歌や行進曲として作ってきた。だが、一方で、歌には、死者をこの世に呼び出し悲しみの感情を表出していく働きもある。この働きは鼓舞とは相反するのだが、国家が国民を鼓舞するために作った歌にそのような働きが現れてしまうケースもある。例えば「海ゆかば」がそうである。「海ゆかば」はもともと明治初期に「君が代」と一緒に雅楽曲として作られていたが、昭和十二年信時潔によって、西洋音階を取り入れた荘重な音楽として新たに作曲された。歌詞は、大伴家持の長歌の一節「海行かば水漬く屍／山行かば草生す屍／大君の辺にこそ死なめ／顧みはせじ」をそのまま取ったものだ。この歌詞からわかるように、戦争下で、国民の国家への犠牲的献身を当然とする歌として、公的な儀礼の場では必ずと言っていいほど歌われた。まさに、戦意高揚歌としてこの歌は国民が国家に歌わされた歌であった。

ところが、実際は、国民はこの歌を慰霊の歌として、聴き、歌った。それは、この歌が玉砕を告げる放送の時に伴奏歌として演奏されたことにもよるが、荘重なメロディや、歌詞の「海ゆかば水漬く屍／山ゆかば草むす屍」が死者のイメージをリアルに掻きたて、鎮魂によりふさわしかったのであろう。戦死者への慰霊の歌として人々は「海ゆかば」を歌ったのである。丸山隆司は、沖縄の「ひめゆり学徒隊」が死を覚悟したとき、皆で「海ゆかば」を歌ったということを記している（『海ゆかば　万葉と近代』）。死を決意した女学生たちは自分たちの鎮魂のために「海ゆかば」を歌ったのである。

この時、「ひめゆり学徒隊」は国家に「海ゆかば」を歌わされたのだと評することはできない。わたしたちは、死に直面する非常な時に、魂を揺り動かすような歌の働き、それは共同性へと転移させることと言ってもいいが、そういった呪術的な機能を時に必要とするのだ。その意味では「海ゆかば」は、その呪術的な機能としての「哭き歌」的歌として人々に歌われたのでもある。

国家による戦死者の慰霊は、西村明が述べているように「戦死者の顕彰と直結する構造」を持ち、「戦死者個人の多様な側面への配慮は消え、お国のために戦死したという一点に死の意義が収斂される」(『戦後日本と戦死者慰霊』)。それは、国家の慰霊が、次の戦争で生じる未来の戦死者たちを鼓舞することでもあるからだ。その意味で、国家による慰霊に「哭き歌」はふさわしくない。「哭き歌」は死者を失った悲しみに拘泥し死者を呼び戻そうとする。つまり、死者と共有した時へと回帰するから、時間は止まったままであって、その死を未来への戦争へと意義づける国家には都合が悪い。

戦時中戦死者の葬儀は公葬として市町村で行われたが、戦死者の葬儀に公が介入するのは戦死者を「英霊」として美化するためである。この公葬でも「海ゆかば」は歌われた。だが、英霊を讃美する雰囲気の中で遺族は声をあげて哭くことは許されなかった。田中丸勝彦は、戦時中長崎県壱岐で行われた戦死者の葬儀について報告しているが、それによれば、葬儀につきものの「泣き女」の風は改められ、個人的な悲しみのために涙を流すことは恥ずかしいとされたという。一度も泣かなかった「英霊」の妻は立派だったと褒められたと記している(『さまよえる英霊たち』)。このように、国家は、死者を現前させ何時までも悲しみに拘泥する「哭き歌」的な歌を抑圧せざるをえないのである。

戦争において、歌の力は「鼓舞と慰霊」という働きを持つ。それは、歌が、個を超えて共同性へと転移させる呪術的とも言える力を持っているからであるが、歌う主体の違いや歌われる状況によって、その歌は鼓舞とも慰霊ともなる。

現代の日本では、安保法案が改正され、自衛隊が国外の紛争地域に赴き戦闘に参加することも可能になった。つまり、戦後日本に初めての戦死者が生まれる可能性が出てきた。未来の戦死者をどう慰霊するのかは、日本人に突きつけられた大きな問いであるが、同時に、そのときわたしたちがどのような歌を歌い、あるいは歌わされるのか。ただ鼓舞されるために国家に歌わされることが繰り返されるのだとしたら、それは、歌の力の極めて功利的な利用であって、わたしたちの、歌文化への鈍感さを示すことになろう。その意味で、慰霊の問題と同様に、歌の力とは何かという問いは、現代においてもまだ問われるべきテーマなのである。

参考文献
丸山隆司『海ゆかば　万葉と近代』４９１アヴァン札幌　二〇一一年
酒井正子『奄美・沖縄　哭きうたの民族誌』小学館　二〇〇五年
西村明『戦後日本と戦死者慰霊』有志舎　二〇〇六年
田中丸勝彦『さまよえる英霊たち』柏書房　二〇〇二年

## 記憶と感情の錯綜　『無聊庵日誌』

福島泰樹歌集『無聊庵日誌』の「跋」に「短歌はまぎれもなく（記憶と感情の錯綜という複雑な音数律を内包した）音楽である」という一文がある。これがとても気になった。詩でも歌でもなく「音楽」と言い切ってしまうところが、いかにも短歌絶叫コンサートを続けている福島泰樹らしいといえばいいか。気になったのはむしろ「記憶と感情の錯綜という複雑な音数律」という言い方である。音数律とは数えられる言葉の韻律である。そこに感情がこめられているということはわかるが、「記憶」もまた刻印されるということであろうか。

記憶と感情の錯綜とは、感情のない記憶はないということなのだろう。というより、感情を伴わずに人は記憶出来ないしその記憶を引き出せないということだ。そのように記憶と感情は分かちがたくある。「記憶と感情の錯綜」という言葉通り、この歌集の歌もまた記憶と感情が分かちがたく一体となっている。

邦雄死し何変わらねど黒時雨　濡れなむけざむきこの夕まぐれ
胸のポケットから亡霊がでる笑うなよ寂しかりきをかく譬えしが

切なさや漣のように襞をなし押し寄せてくる憶いでなるよ
グローブの傷は光りてつややかな夜となりしぞ風間清よ
ひとり生きひとり死にゆくあわれさの鵟鳥の嘴　これも人生

こういった歌を突き動かしている感情とは何だろう。おそらくそれは、身体の奥底から響く声であり、その声は、何かを果たせぬままに中途で生を奪われてしまったものたちの声である。福島泰樹はそれらの声というよりは呻きに近い声ならぬ声に憑依しいや憑依され、言葉としての声に昇華させる役割を担わされたイタコのようである。

歌を歌うことの原初の光景もまたこんな風なものではなかったか。原初の歌い手とは、他者の声に憑依されその思いを伝えることを職業としていた。自らが思うことを歌ったのではない。歌い手の自己とは、他者のなかにある。しかもたくさんの他者のその悲しい感情とならざるを得ないなかにある。そのたくさんの他者の思いを引き出すのが歌い手なのである。

問題はそれをどうやって引き出すかだ。憑依といってしまえば簡単だが、具体的に語れば、自分の身体の声に憑依されることであろう。つまり自分の身体の声がここでは他者となるということだ。身体の奥に潜んだ他者の記憶が湧き起こるのを待つもしくはそれを引き出す、それが歌い手福島泰樹の歌の方法でもある。そのためには、その身体の声を、他者と分かちがたくあるような相当深いところにまで降りたって、言葉のレベルに翻訳出来るまでたぐり寄せ感知しなくてはならない。そのようなことはなかなか普通にできることではない。それこそイタコやユタのようなシャーマンが巫病に苛まれ、あるいは宿命として負った障害と引き替えに得た技術である。

福島泰樹の巫病とは何かとはまた興味深いテーマだが、ここでは、かつてある時代に自らに最大の負荷をかけてもしくはかけられて生きたものたちの痛さをわが痛さとする感覚、とでも評しておこう。記憶とは、この痛さを伴うものであるということだ。

ところで、身体の奥底からの声だけでは歌にならない。つまり詩にならないということだ。憑依してただ声を発するのならば、それはただ誰かが何かを訴えているということがわかる声であればよい。意味不明でもかまわない。が、多くのシャーマンは霊の声を歌で表現する。それは、内なる他者の声を、聞き手にわかるようにきちんと伝えなければならないからだ。しかし、その霊的な響きそのものを失ってはならない。折口信夫は神の言葉は韻律を伴うと「国文学の発生」で述べているが、韻律とは、言葉が神の側にありながら人の言葉でもあるという困難なありかたを、可能にする一つの方法なのである。

だが、その韻律だけでも詩にならない。つまり短歌にはならない。詩になるには、おそらく、その韻律や声が一度歌い手の中で断念され、いわば文字の言葉として、詩の韻律として生まれ変わらなければならない。この作業はシャーマンの作業とは異なる。詩人（歌人）の作業なのである。

しかし、ここが要注意なのだが、生まれ変わる瞬間、詩人は傲慢になる。自分が全て創造したように思う。だが、他者の痛みがたまたま自分を詩人にしたに過ぎない、という考え方も可能なのだ。他者の痛みは創造出来ない。自分が自分を創造出来ないようにである。

詩の言葉を生み出すというある種傲慢な試みのなかで、一度断念した他者の痛みへの通路をどう回復するのか、そういうシンプルな問いかけを身にまとう詩人（歌人）は当然出てこよう。この『無聊庵日誌』の歌人福島泰樹もまたそういった詩人（歌人）の一人である。

福島泰樹の言葉が詩であろうとしながら、声にこだわるのは、その声に「他者の痛み」が霊のように取り憑くからだ。というよりそのように取り憑かせることが、詩の方法になっているのである。だから、文字の言葉でありながら、声でなくてはならないし、韻律を持つ音楽でなくてはならないのである。彼の方法とは、文字の言葉であることを引き受けながら、その文字から声をできるだけ響かせ、その声の持つ力によって、身体の奥底の他者の痛みを詩の「抒情」として表現する、ということである。

福島泰樹のいう「記憶」とは、この「他者の痛み」の発生の記憶でもあろう。ある時代時代のなかでの痛みを共有した記憶、その記憶は、詩の言葉に簡単には再生されずに、詩となった声をその記憶の発生の過去へと導くのである。

声として顕現する感情は、抒情の言葉として情感を引き起こす。それは読み手を現在に引き据えるが、記憶は、その声の起源の現場へと時間を戻す。それらの錯綜した動きが、「記憶と感情の錯綜」した短歌をなす、ということである。

福島泰樹の短歌の、その「記憶と感情の錯綜」という複雑な音数律を味合わなければならない。声を最初から失っている詩の言語ではなく、声として立ち現れる抒情とその抒情の起源に発生している「他者の痛み」としての感情を感受しなければならない。それは、涙を流しているものの傍らで一緒に涙を流すことに似ている。そういう詩の読み方が嫌いなものには、福島泰樹の歌はよくわからないだろう。だが、わかるものには、言葉の意味をあれこれ考えるより前に、声が聞こえてしまうはずだ。

この歌集はそのように読まれるべきなのである。

## 「忘れる」ことに抗する情　福島泰樹歌集『百四十字、老いらくの歌』

福島泰樹歌集『百四十字、老いらくの歌』の「跋」に『自伝風　私の短歌の作り方』の次のような文章を引用している。

人体とはまさに、時間という万感のフィルムを内蔵した記憶装置にほかならず、短歌の韻律とは、その集積した時間の一刹那を剔出し、一瞬のうちに現像させてみせる追想再生装置にほかならない。

『百四十字、老いらくの歌』は、この「万感のフィルムを内蔵した記憶装置」と化した歌人の記憶を「追想再生装置」によって丹念に現像させた、福島泰樹による彼の個人史と彼が生きた時代の記録集、と言っていい。記録集と言ってしまうと味気ないが、その記録されている出来事が短い文章と短歌によって再現されることで、あたかもその現場にいた者の生々しい肉声を直接受け止めている感覚になる。そしてその感覚は、その再現を受け止める私たちに、尋常ならざる情念のようなものを感じさせ、その出来事が抱えているこの世界の理不尽さといったようなものを感じさせずにはおかない。その感覚は、『百四十字、老いらくの歌』の半年前に出された『自伝風　私の短歌の作り方』にも感じられた。この二冊はセットになっており、歌人福島泰樹の短歌が（「老いらく」とわざわざ名付けることから彼にとっては晩年という意識があるのだろう）たどり着いた独自の表現のスタイルと言える。『百四十字、老いらくの歌』から三首ほどあげてみる。

3月11日（木）東北地方大震災から10年を迎えた本日午後3時、無念の死者を悼み、無謀な原子力行政を反省もなく繰り返す政官財への抗議の月例祈祷会を、「経産省前テントひろば」において、私たち「日本祈禱團」は開催する。死者は死んではいない！

**死者は死んではいない　髪や指の影より淋しく寄り添っている**

4月28日（水）継母が嫁いできたのは、「東京大空襲」前夜。ひそやかな祝言の夜、外には雪が降っていた。その数時間後、東京は火の海となった。死者10万人。超高空戦闘機「Ｂ２９」３３４機による焼夷弾攻撃、史上最大のジェノサイド！

**ジェノサイド語り伝えてゆくからに前夜の雪は浄めにあらず**

4月30日（金）晩春の雨に、「夕べ、大平、寺沢と月見亭に会す。」の、知覧出撃前夜、穴沢利夫少尉が草した手記を思い起こしていた。「春雨が降るからとて」「愚かな、もの思ひはよせ」。「忘れて了うには余りにも惜しい」思い出を抱き出撃。婚約者智恵子には……

**穴沢を忘れよ、未来にこそ生よ！　遺書を残して飛び立ちにけり**

一首目の「死者は死んではいない」が、この歌集を貫く言葉と言えるだろう。ただしこの言い方が意味を持つのは、二首目のように、その死が語り伝えられなければならないものだからだ。東日本大震災による死者、東京大空襲による死者、戦場に散った特攻隊員。いずれの死も、鎮まらざる（と判断される）死であり、語り伝えなければならない死である。何故語り伝えなければならないのか。それはその死を忘れてはならないと生き残ったものが強く思うからだが、そう思うのは、実は私たちは、どんなに理不尽で悲劇的な死であろうと、忘れてしまうからである。私たちの生はそのようにできている。その死の原因を語り伝えることで、二度と同じことを繰り返さないため、というのは、過去の死を未来を考えるための歴史として理知的に把握することであって、「死者は死んではいない」と語ることと次元を異にする。三首目、「穴沢を忘れよ、未来にこそ生よ！」と婚約者に遺書を残して特攻に飛び立った穴沢少尉の言葉は、婚約者への思いやりの言葉であって、この通りには受け取れない。婚約者への思いやりを語ることで自らの宿命を受け入れようとする覚悟の言葉であったろうが、そのことを歌に詠む福島の言葉は、逆に、死を受け入れることの理不尽さをかき立てている。忘れてはならないぞと。

何故忘れてはならないのか。それは、その死が忘れられてはならないからだ（私たちはそれがどんな死であろうと忘れるように生きているから）と述べたが、もう一度そのことを強調しておく。それは私たちが未来をよりよく生きる、というようなことのためなのではない。シンプルに言えば、これは、多くの理不尽な死を受け入れながらたんたんと生きていく私たちの生、あるいは社会への抵抗なのだ。

『自伝風　私の短歌の作り方』で福島は次のように語る。

短歌という詩型の歌う主体は、宿命的にこの〈私〉である。私は、この一人称詩型短歌の〈私〉を逆手にとり、焼け死んでいった死者たちの〈私〉に降り立ち、「不特定多数の〈私〉」の、その痛苦と悲嘆の数々を短歌をもって体験してゆくのである。

福島は、生き残った側ではなく、死者の側に降り立つと語る。重要なのは、死者の「痛苦と悲嘆」を体験することだからだ。忘れてはならない、と語るその根拠にはこの「痛苦と悲嘆」がある。

普通、死者を弔うときに生き残ったものが嘆くのは、生き残ったものの自然な反応だが、それは、生者が死者にいつまでもとらわれることのないための、感情の解放である。死者の死を嘆くことで私たちは、死者を忘れ新しい人生を始めることができる。フロイトは身近なものの死を受け入れその死から立ち直るプロセスを「悲哀の仕事」と名付けたが、そのプロセスにとって、死を悲しむことはその死から立ち直るための大事なステップなのである。
だが、福島泰樹が表現する「痛苦と悲嘆」はそういうものではない。その「痛苦と悲嘆」はあくまでも、死者のであり、生者はそれを忘れてはならないものとして、追体験しなければならないものとしてある。何故なら、その死の多くは、誰でも死ぬという意味での自然過程の死ではないからだ。災害、戦争による死であり、あるいは社会変革を志したが故の死である。つまり、それらの死は、私たちが生きるこの世の矛盾や理不尽さを突きつけるのであり、だからこそ忘れるわけにはいかないものなのだ。あるいは、こう考えてもいい。私たちは、だれでも福島が描く死者たちの「痛苦と悲嘆」を抱え込んでおり、ただ、幸運にもそれを意識しないでいるだけなのだ。福島の歌は、その強い「情」の表現によって、読み手にこの「痛苦と悲嘆」を共有させせてしまうが、そのことは、だれもこの「痛苦と悲嘆」からは逃れられないのだ、というメッセージになっているとも言えよう。

私は、これらの福島泰樹の死者への挽歌とも言えるような歌を読むと、私が取材した中国雲南省少数民族の葬儀での「哭き歌」を思い出す。三度ほど少数民族の葬儀を取材する機会があった。死者の近親者である女性たちが、遺体の前で哭くのだが、その哭く声には一定のメロディがあって、ただ泣くというよりは歌に近いものである。それらは「哭き歌」と呼ばれるもので、その風習は中国のみならずかなりの広がりを持っている。日本でも奄美大島での「哭き歌」についての報告(酒井正子『奄美・沖縄　哭きうたの民族誌』

前掲）があり、本土でも葬儀のときに専門に泣く「哭き女」がいた。

民俗学者田中丸勝彦は、戦時中長崎県壱岐で行われた戦死者の葬儀について報告している。それによれば、葬儀につきものの「泣き女」の風は改められ、個人的な悲しみのために涙を流すことは恥ずかしいとされたという。一度も泣かなかった「英霊」の妻は立派だったと褒められたと記している（『さまよえる英霊たち』前掲）。この事例は、イ族の葬儀における事例（本書「うたい続けられる『哭き歌』」参照）を想起させるが、イ族の場合は、死者を安らかに送り出すために「哭き歌」を歌う女性たちの動きが制限される事例である。だが、この壱岐の例は、死者を「英霊」として美化するために、死者への「情」を抑圧する事例と言えよう。この場合の抑圧の主体は国家である。国家は、若者を戦争へと送り込むために、「戦死者」を顕彰し哭く情を抑圧せざるをえないのである。このような場合、「哭く情」は国家に抗することになる。

死者の「痛苦と悲嘆」に降り立った福島泰樹の「情」を、壱岐の戦死者の葬儀の事例にあてはめるなら、まさに、戦死者や遺族の「情」を無視するその国家に抗する「情」と言えるだろう。泣かないことを立派だとする国家の論理に、真っ向からたてつくように福島は「情」を表現するのだ。

福島泰樹の歌の特徴は強い「情」を表現する（声による絶叫というパフォーマンスも含めて）ところにあるが、その「情」は、「悲哀の仕事」に抗する、と言ってもいい。そうであるが故に、それは国家に抗する「情」ともなるが、他方、私たちの生そのものあるいは社会に抗するものとなろう。私たちが生きる世界は、自然災害、戦争、あるいは格差故の様々の悲劇といった理不尽さに満ちているのに、その理不尽さを抑え込む（あるいは忘れる）ことで、日常の世界が成立しているからだ。だからこそ、私たちは、抑え込まれた理不尽さを表現しようとする行為を必要としている。文学はそういった行為の一つであり、福島泰樹の強い「情」の表現は、まさに、抑え込まれた理不尽さを、この世に突きつける行為である。その意味で、福島の「情」は、理不尽さを隠して成り立つ、国家やあるいは私たちの日常に抗する姿勢を取り続ける。「追想再生装置」と評する彼の短歌表現は、私たちが生きる世界が忘れようとする理不尽さを「忘れるな」と、絶えず突きつける装置なのである。

## 何故「悲しむ」のか　窪田政男歌集『Sad Song』

この歌集の歌々には「悲しさ」がある。この「悲しさ」とは何だろうと思いながら、この歌集を何度か読み返してみた。
この歌集を構成するモチーフに「死」がある。歌人窪田政男は「死」を意識せざるをえないような病を抱えている。冒頭からの二首目「オーロラを一度は見んと死の淵へ降りてゆきたる花冷えの夜」で、「死」は読み手に刻印される。ガン闘病中の私は、やや重苦しい気分になるのを覚悟しながら読み進めたのだが、不思議に、重苦しくはならなかった。歌集最後の二首。

わが身抱くしぐさは遠い水生の生きものならん胎児のように
羊水に抱かれしのちの日々を終えしずかに崩る水の柩に

歌人窪田は、抒情の手つきで死者を胎児に還す。そこには、死を短歌的抒情を紡ぐ大事な契機として愉しんでいる風さえある。私は歌人ではないが、自分の死を意識したとき、こんな風にはとても表現出来ないなと正直思う。

痛むとき「痛い」と漏れるそのせつな半音狂う自動ピアノは

闘病の痛々しいリアルな光景になりがちな場面を「半音狂う自動ピアノ」と転化するところに、自己の死を意識した歌人の、覚悟を決めたような言葉の遊びがある。そこに重苦しさはない。「あと十年てかんにんしてぇなけっこう気ぃ疲れとって、半分かなあ」といった歌にもその遊びは現れているが、死という重いテーマを基底に据えてのこの遊びとも言える自在な歌いぶりにこの歌集の面白さがある。その意味では、この歌集を彩る「死」は、「悲しさ」の一因ではあろうが、主因ではない。

冒頭の一首。

野の花は時間《とき》に移ろい身を了う、ぼくは夕暮れを喪くしている

この「ぼくは夕暮れを喪くしている」は難解だが、枯れてゆく野の花のように自然な過程としての死を自分は失っているということか。とするなら自分の死は自分の観念となるから想像力の問題として現実の死から突き放すことも可能となろう。三首目の「オーロラを一度は見んと～」は想像の翼を広げて死を詠

んだ歌だ。三首目は「死地へ行く少女もいたりこれからは命ののちを何と呼ぶべき」である。想像を他者の死へと広げている。そしてその想像は、「『あの人はここで撃たれた』自転車の残されたまま春の雪ふる」と戦争における死（ロシアとウクライナの戦争を詠んだか）へと広がっていく。

この広がりは、この歌人の世界への関心のあり方を示している。それは戦争における膨大なそして無残な死への関心と言ってもよい。だがその関心は「ぼくの手はニュースを消してマグカップを口へと運ぶ申し訳なく」と、とりあえず戦争のないこの日本に住む私たちにとって、遠く離れた所から心を痛める事にすぎない。従って、現に世界で起きている戦争を詠むならば、多くの歌人の戦争についての詠とそれは変わらない（というよりそのようにしか詠めない）。だが、歌人窪田はそこからさらに想像の翼を広げる。

圧倒的優位であれば虐殺も略奪もしてしまうかもしれず
ヒトラーと写真撮りたき紅顔の少年とぼく分かつものなく
あの人はぼくかもしれずぼくはまたガス室に立つ志願兵かも

歌人窪田は、戦争で死んでいく兵隊や民間人の死者だけにでなく、その戦争を引き起こす側、虐殺する側にも、自らを同一化させる。そこに断罪の意図はない。あるのは、そういう状況に置かれれば誰も残虐になってしまうのかも、という諦念のようにも見えるが、そうではなく、戦争という大きな状況の中に置かれた非力な一人の人間への共感、と言ったほうがいいだろう。歌人に、戦争を憎む思想、戦争を引き起こす国家への批判がないわけではない。が、この歌人の詠む歌が表出するのは、人間という存在の「悲しさ」である。ナチのホロコーストもプーチンのウクライナへの侵略も、人為的な思想に起因する。その限りにおいてそれは防げるもの、のはずだが、しかし戦争はなくならないしこの先なくなりそうにもなく、残虐な行為は世界のどこかで繰り返される。『Sad Song』は、それを防げない事への「悲しさ」というのではないだろう。私たちは、そういう状況を作り出し、そういう状況に翻弄される、ただそれだけの存在なのではないか。

そうなんだたれも否定はできゃしないそれはぼくにもありえた光景

と窪田は詠む。窪田の歌の「悲しさ」とは、そういう存在であることへの「悲しさ」なのだ。『歎異抄』のなかで親鸞は弟子唯円に、往生のためなら千人を殺せるかと問い、唯円が殺せませんと答えると、お前が一人も殺せないのは善人だからでなく「業縁」によるからだ、殺すまいと思っても百人も千人も殺してしまうことがある、と語った言葉を思い出す。親鸞は人という存在のそのようなあり方から「絶対他力」を唱えたが、歌人窪田はそのような人の存在を「悲しさ」として歌にしているのだと言える。そこには、間近な「死」を見つめざるをえない歌人の、人間という存在へのまなざし方があるように思える。

万葉集の歌人大伴旅人に次のような歌がある。

世の中は空しきものと知る時しいよいよますます悲しかりけり（巻五・七九三）

上句は訃報を聞いた時の感慨とされるが、それを仏教の世間虚仮の思想として詠む。本来なら下句の「悲しみ」はこの世界は「空」であるという仏教思想に拠って克服されなければならない。つまり「世の中は空しきもの」としたとき「悲しみ」という情の呪縛から自由になるはずなのだ。が、旅人は逆らってあえて「空」という認識を「悲しみ」としてとらえる。そこに宗教的あるいは哲学的ではない、短歌的（文学的と言ってもよい）な人間への見方がある。私は、この旅人の歌の「悲しみ」は、歌人窪田の歌における「悲しみ」と相通じるところがあると思うのだ。この歌集のタイトルを『Sad Song』としたことにも納得がいくのである。

# 第二章　万葉論

# 戦争と短歌　防人歌における「悲しみ」の成立

## 一、戦争と短歌

『昭和万葉集』に収められている戦時中（日中戦争および太平洋戦争）の歌を読むと、やはり心打たれる歌が多い。戦争は、それ自体非日常の世界である。こう言っては何だが、短歌という表現にとってこんな絶好のシチュエーションはない。

現代のわたしたちにとって戦争は、対岸の出来事か、歴史の問題になっている。仮にそれを題材にすれば、日本の戦争責任問題や、反戦・平和というイデオロギー的な色合いを帯びて、何となく歌いにくい。むろん、一人の表現者として、戦争という重い問いを逃げずに表現していくべきだという考えも当然あるし、真摯に戦争という問題を正面から扱う歌人もいる。が、そういう表現は、『昭和万葉集』の戦時中の多くの歌とは違う。

その違いは、『昭和万葉集』の歌は戦争の当事者の歌であるということだ。つまり、戦争そのものを客観視し、何らかの歴史観や世界観に基づいて戦争を評価したりするようなものではなく、抗いがたい時代の流れの中に巻き込まれたものの立場から歌われているということである。むろん、戦争を批判する歌もあるが、そういう歌は、どちらかと言えば当時のプロレタリア文学運動の流れに沿うものか、自由主義を思想として知っていたエリート知識人によるものだった。言い換えれば、それらの歌は、歌い手が歌い手の属する社会もしくは時代というものを超越し得るような観念を持ち得ていたということだ。

多くの戦争を歌った歌は、そのような観念と無縁なところで歌われている。それはそのような観念を歌い手が持っていないということを必ずしも意味しない。むしろ、短歌は、そういう観念と離れたところで言語を生み出す機能を持つ。例えばそれを「情」といってしまえば簡単だが、私はそのような短歌の言葉の性格をローポジション（地上的）と呼んでいる。短歌は、歌い手を歌い手の属する現実を超越させそれを俯瞰するようなハイポジションの位置に立たせることを不得手としている。というより、そういう地上的な位置にあるときにこそ自在に言葉が出てくるようなものとしてある。常に、当事者としての地上的な位置に歌い手を縛り付ける。特に戦争という状況下における短歌にはそのような特徴が顕著であるように思われる。

さがし物ありと誘ひ夜の蔵に明日征く夫は吾を抱きしむ　（成島やす子）
目の前に海と島とをうかべてみれどわが子はいづこに在りとも知らず　（土岐善麿）
帰りくる子とぞとおもひてうたがはず老ひづくことを妻も忘れつ　（同）

吾は吾一人行きつきし解釈この戦ひの中に死ぬべし　（近藤芳美）
妻の写真持ちて行かむをためらへり奉公袋ととのへ終へし夜半　（同）
貼られ来るかそかなる青き切手さへ何にたとへて愛しと言はむ　（同）

いずれも『昭和万葉集』から選んだ戦時中に歌われた歌である。前三首は、兵隊に赴く夫や戦場にいる子を想う痛切な歌である。近藤芳美の「吾は吾一人」の歌は、この戦争に赴く合理的な理由をつきつめようとする思いを自分の胸に潜めようとする歌で、たぶん、その理由は、戦争という状況を観念的に把握し合理的にその理由を導き出すというよりは、戦争を自分ではどうにもならない理不尽な時代の運命として受け入れ、その当事者としての覚悟を、例えば家族のために死ぬというように何とか見いだそうとする、そういう心の動きを歌ったものであろう。さすがに、冷静に自分を客観視しようとしているが、その冷静さの帰結が、運命を引き受けるような覚悟であるところに、この歌の悲しさ（情）がある。次の二首は、戦地に赴く自分の家族への想いを歌ったもの。いずれも、戦争という非日常下における心の揺れ（悲しみ）が主題になっている。

戦争は、一人一人の生活者に、否応なく死や別れを強いる非日常の事態である。その原因は、神の側にはなく人為的なものなのだとしても、戦争が個を超越した国家の側に属する事態である限り、その国家に対峙し得る観念を持たない者にとって、あるいは、権力としてあらわれる国家の力に抗えないものにとって、その異常な事態は、あたかも神の所為のような事態としてやってくる。

そういった戦争という事態に対して、私的なレベルでは様々な表現があったに違いない。が、それが短歌という様式化されたスタイルをくぐると、その表現は、固定化してくる。これらの歌は、その意味で、戦争下における人々の情の発露を様式化したのであるが、そこに表現された心の動きは、やはり今読んでも心を打つ力がある。その力とは、この様式化された表現から抽出された心の動きを、普遍的なわたしたちの心の動きとして感受し得るからである。

戦争という人為的な所業を、ただ悲しみの発露というような表現に特化してしまう短歌の様式的表現には当然批判がある。むろん、戦時中の歌であっても、歌誌等に公になった歌という性格上あからさまに体制を批判できないといった制限はありながらも、時代に流されず、戦争という異常さもしくはその理不尽さを指摘する表現がないわけではない。が、圧倒的に、戦争下における歌とは、悲しみの歌なのである。ローポジション（地上的）で、ハイテンション（強い悲しみ）に彩られた歌なのである。

ここで問題にしたいことは、戦争という現代のわれわれをも重く問いかける課題にとって、短歌というものの可能性や限界を考えるというようなことではない。ただ戦争と短歌との出会いというものを考えたいのだ。おそらく、その最初の出会い方が戦時下における多くの短歌のある傾向を決定づけたのだと思われる。

短歌が初めて戦争と出会ったのはいつだろうか。それは、八世紀、「万葉集」の防人歌が作られた時がそうであったと思われる。むろん、戦争そのものはもっと古い時代からあった。が、ここで意味する戦争とは、部族間の争いや、王によるまつろわぬ者たちへの征服の戦いのことではない。国家というものの成立によってあらわれる戦争のことである。そして、そのことが短歌と戦争との出会いに深くかかわると思われるのだ。

八世紀の日本は、律令国家という、それまでの豪族を統合した部族連合国家ではなく、中国の律令制度を模倣して対中国や朝鮮との国際関係を意識した中央集権国家を成立させる。そのような国家が、対外的な緊張関係の中で戦争を意識したとき、戦争の意味は動員される兵士にとって従来のものとは違ったものとなった。戦争は、国家という利害を背負うものになり、その戦争の意味や利害は、国家の成員に組み込まれた個々人の利害と直接切り離されたからである。人々は自分の生活の利害の延長に自分が兵隊に取られることの意味を見出し得ない。八世紀の防人に徴集された兵たちがまさにそうであった。

八世紀は、国家が、個々人に口分田を与え、租庸調という税によって支配した時代である。法という抽象的な制度を媒介にした国家による支配は兵役にも及ぶ。防人という兵役は、税の制度と同じように、そういった国家という見えない制度の支配として到来したのである。従って、そういった国家が想定する外国との戦争もまた人々にとって見えないものであったろう。それはまさに防人歌の中に多くあらわれる表現「大君の命かしこみ」といったものとして受け止めざるを得ないものだった。

防人歌と『昭和万葉集』の戦時中の歌はよく似ている。何故、似るのか。たぶん、『昭和万葉集』の歌い手と同じ状況が八世紀に出現したからだ。むろん、防人歌を生み出した同じ状況が近代国家の戦争という事態において繰り返された、という言い方も出来る。防人歌において、戦争という状況下での歌のスタイルが確立されたということであろう。まずはそのことから見ていこう。

## 二、防人歌の成立

防人歌は、「万葉集」巻二十に九十三首、巻十四の東歌に五首ある。合計九十八首だが、これらは題詞等で防人歌とわかるものである。ちなみに防人歌群冒頭の巻二十・四三二一の題詞には「天平勝宝七歳(七五五年)乙未の二月に、相替りて筑紫に遣はさゆる諸国の防人等が歌」とあり、防人歌が八十四首続く。これら八十四首は、時の兵部小輔大伴家持の命令によって、それぞれの国の防人の歌が集められ家持に進上された歌である。家持はこれらの防人歌の歌巻を、当時の左大臣橘諸兄に献上したのであろうと推測されている。

白村江の戦いでの敗北によって、唐・新羅の来襲に怯えた日本は、東国から二十一歳から六十歳までの成年男子を徴集し、北九州西北部の防備に当たらせた。何故、東国から徴集したのかについては、武勇に優れていたとか、遠国で簡単には逃げて帰れないからだという説がある。任務の期間は三年で、人員は約三千人、千人ずつ毎年交替した。三年の任務といっても任地へ赴く旅の期間は勘定に入っていないので、実質は三年半にわたる徭役となる。

この負担が過酷なものであったことは言うまでもない。経済的負担も大きかったろう。何より、遠い異国へ、戦争になるかも知れぬそういう場所へ兵隊として赴くのである。途中の旅も楽なものではなかった。とすれば、防人にとられることは、ひょっとすると帰れないかも知れないといった不安のつきまとう辛い別れをもたらした。従って、防人歌の内容は「端的にいって羈旅歌群、つまり別れることや別れてあることを悲しむ非別歌の集合で、質の上では、巻十二の第二部旅の部（三一二七〜三二二〇）や巻十五の歌群に通じ、それらよりもっと切実な悲哀感の溢れる歌群である」（伊藤博『万葉集釋注』）というものであった。つまり、ほとんどが別れの悲しみを歌った歌なのである。その悲しみの歌には、防人として赴くものたちの歌と、防人にとられる男と別れざるを得ない両親や妻の側の歌がある。別れの悲しみを歌うことは当然と言えば当然だが、ただし、そういう悲しみの歌ばかりではなく、戦争という非日常の世界へと入っていくのであるから、数は少ないが、その興奮を国家を讃えることで言葉にする歌もあるし、あるいは、まったく逆に何故自分が行かなくてはならないのだと疑問を投げかける歌もある。

主な防人歌を抜き出してみよう。

畏きや命《みこと》被《かがふ》り明日ゆりや草《かえ》がむた寝む妹《いむ》なしにして　（四三二一）

わが妻はいたく恋ひらし飲む水に影《かご》さへ見えて世に忘られず　（四三二二）

父母も花にもがもや草枕旅は行くとも捧《ささ》ごて行かむ　（四三二五）
橘の美袁利《みおり》の里に父を置きて道の長手《ながて》は行きかてぬかも　（四三四一）
父母が頭《かしら》かき撫で幸《さ》くあれていひし言葉ぜ忘れかねつる　（四三四六）
たらちねの母を別れてまことわれ旅の仮廬《かりほ》に安く寝むかも　（四三四八）
大君の命《みこと》かしこみ出で来れば吾の取り著《つ》きて言ひし子なはも　（四三五八）
防人に発たむ騒きに家の妹がなるべき事を言はず来ぬかも　（四三六四）
霰《あられ》降り鹿島の神を祈りつつ皇御軍《すめらみくさ》にわれは来にしを　（四三七〇）
今日よりは顧みなくて大君の醜《しこ》の御楯《みたて》に出で立つわれは　（四三七三）
難波門《なにはと》を漕ぎ出て見れば神さぶる生駒高嶺に雲そたなびく　（四三八〇）
国々の防人つどひ船乗りて別るを見ればいともすべ無し　（四三八一）
ふたほがみ悪しき人なりあた病《ゆまひ》わがする時に防人にさす　（四三八二）
ひなくもり碓氷の坂を越えしだに妹が恋しく忘らえぬかも　（四四〇七）
防人に行くは誰が背と問ふ人を見るが羨《とも》しさ物思《もひ》もせず　（四四二五）
障《さ》へなへぬ命《みこと》にあれば愛《かな》し妹が手枕《たまくら》離れあやに悲しも　（四四三二）

四三七〇と四三七三は、別れの悲しみではなく、「皇御軍《すめらみくさ》」「大君の醜《しこ》の御楯《みたて》」という言い方からわかるように、防人という任務それ自体に、天皇を抱く律令国家の軍隊というイメージを重ねようとしている。ただ仕方なく徴用されるのではなく、少なくとも、防人に赴くことは、近代の戦争時の言いかたでいえば「お国のため」といったような何らかの意義を見いだす回路のあることがわかる。歌としては、四三七〇は鹿島の神に祈るのは無事に帰ることを祈願する歌であろうが、やはり防人に赴くことを「皇御軍」と呼ぶことは「大君の醜の御楯」と同じように注目していいだろう。

四三八二は、病人である自分を防人として徴用するとは「ふたほがみ」はひどい奴だと、防人に徴用されたことを恨む歌である。「ふたほがみ」とは、「布多に住んでいるお上」で、下野国守であろうと解釈（中西進『全訳注』）されている。いずれにしろ、防人への批判めいた歌であることは確かで、あからさまの批判はこの一首ではあるが、このような歌が防人歌にあるということ、このような歌が公的な歌の中に採集されたということを含めて、やはり注目する必要がある。

「皇御軍」「大君の醜の御楯」と「ふたほがみ悪しき人なり」は、前者が天皇もしくは国家への良くも悪しくもアイデンティティの表明だとすれば、後者は、さすがに国家への悪口ではないが、兵役を負担と感じる不満は表明されており、その意味では個が歌われているのだと言ってもよい。

これらの歌が象徴するのは、法や税とともにやって来た国家と、その国家によってどうしようもなく翻弄されるようにあらわれる個の存在である。八世紀は、その意味では、律令国家と民としての個の距離が、違和としてあらわれた時代だったとも言える。その違和を抱えた個がその違和にどう対処したか、これらの歌が象徴的に表現している。一方は、国家そのものと重なるようにあらわれる王（神）としての「天皇」への一体化を通して違和を克服するか、一方は、不満として悪口を言うかである。

その対処は両極端であるにしろ、その両極端の歌が、防人歌として並べられ、少なくとも拙劣歌として落とされなかったということは、どうしてだろう。特に、「ふたほがみ悪しき人なり」のようなお上を批判する歌を選ぶことに不都合はなかったのだろうか。一見してわかるように、この歌は悲しみを抒情的に歌っていないが、悪口歌であり、歌としての面白さがある。おそらくは、そういった面白さが理由なのかも知れない。さらに、推測を述べるとすれば、これらの歌の防人歌群における意味とは、防人たちの心の世界をより完全なものとして構成するということだったのではないか。

防人歌のほとんどは別れの悲しみの歌であり、「皇御軍」や「大君の醜の御楯」と歌う歌も「ふたほがみ悪しき人なり」という悪口歌も、数は少なく、その意味では例外的な歌とも言える。防人歌に圧倒的に別れの悲しみを歌った歌が多いのは当然であろうが、防人や防人を見送る人たちの心の動きは、そのような表現ばかりではすくい取ったことにはならない。中には、いさんで大君を讃えるものもいたろうし、微兵に不満を述べるものもいたろう。そういった様々な心の動きを揃えることで、防人歌群をよりリアルなものにしようという意図が働いたのかも知れない。

## 三、悲しみの情

防人歌とは、悲痛な別れの感情を抒情的な表現として歌うべきものであった。歌い手もその歌を選りすぐる選者もそう意識した。そう考えてよいように思われる。例えば、家持自身、防人歌を創作している。防人歌群の中に、家持作の長歌と短歌の歌群が四組ある（四三三一〜四三三三・四三六〇〜四三六二・四三九八〜四四〇〇・四四〇八〜四四一二）。

それぞれの歌群の題詞は次のようなものである。「追ひて、防人の別れを悲しぶる心を痛みて作れる歌一首併せて短歌（四三三一）」「私《ひそか》に拙き懐ひ陳べたる一首併せて短歌（四三六〇）」「防人の情《こころ》と為りて思を陳べて作れる歌一首併せて短歌（四三九八）」「防人の別を悲しぶる情《こころ》を陳べたる歌一首併せて短歌（四四〇八）」。この題詞を見ればわかるように、家持の防人歌に対する認識がよくあらわれていよう。それはまさにこの題詞に繰り返されているように、防人歌とは「悲しみの情《こころ》」でなければならなかったということだ。とすれば、その「悲しみの情《こころ》」こそが、優れた防人歌を選抜する判断基準であったということにもなろう。

それにしても、防人歌とは、国家の戦争という見えない世界へ強制的に徴兵される当事者の歌であったはずである。注目していいのは、家持がその当事者の「情」になりきって歌うと陳べている（四三九八）ことだ。考えて見れば、別れの悲しみを作り出す側に属す家持が、その悲しみの当事者になりきって「悲しみ」を歌おうとする。おかしな話だが、このことは、「悲しみの情」が、すでに一つの優れた表現のスタイルとして、つまり文芸的な意識とも言える抒情表現として意識されていたことを示す。家持の歌は、四三六〇の題詞に「追ひて」とあるように、防人歌に追和したものと思われるが、そこには、「悲しみの情」はこう歌うべきだという家持による防人歌の理想が歌われているのだと言っていい。その理想を家持は次のように歌う。

大君の　命畏《みことかしこ》み　妻別れ　悲しくはあれど　丈夫《ますらを》の　情《こころ》ふり起こし　とり装ひ　門出をすれば　たら
ちねの　母かき撫で　若草の　妻は取り付き　平けく　われは斎はむ　好去《まさき》くて　早還《はやかへ》り来《こ》と　真袖
持ち　涙をのごひ　むせひつつ　言問ひすれば　群鳥の　出で立ちかてに　滞り　顧《かへり》みしつつ　いや
遠に　国を来離れ　いや高に　山を越え過ぎ　蘆が散る　難波に来居て　夕潮に　船を受け据ゑ　朝
凪に　舳向け　漕がむと　さもらふと　わが居る時に　春霞島廻に立ちて　鶴《たづ》が音《ね》の　悲しく鳴けば
遥々《はろばろ》に　家を思ひ出　負征矢《おひそや》の　そよと鳴るまで　嘆きつるかも（四三九八）

海原に霞たなびき鶴が音の悲しき宵は国辺し思ほゆ（四三九九）
家おもふと寝《い》を寝《ね》ず居れば鶴《たづ》が鳴く蘆辺《あしへ》も見えず春の霞に（四四〇〇）

この長歌には、防人歌の殆どの要素が入っている。「大君の命」を畏れつつしんで、防人に行こうとする私に母は私の頭を撫で、妻は取りすがって泣く。そういう辛い別れを経て旅に出て難波に着くと、いよいよ船で防人の地に出発である。いっそう故郷が思い起こされる、といった内容であるが、整理すると、①出立時の別れ、②旅（陸路）の途中での故郷への思慕、③難波での船出とその悲しみ、といった要素に分けられる。これら①〜③は、防人歌群の「悲しみの情」の歌のだいたいの類型である。出立時、旅（移動）の途中、難波の津での船出、それらはおそらくは防人たちが作歌した所であり、あるいは、作歌の場所として決まっていたのであろう。先に引用した歌で言えば、①は四三二一〜から四三六四であり、防人歌群の中でも最も多い歌になっている。②は四四二五、③は四三八〇・四三八一である。

家持の歌には、そういった「悲しみの情」のポイントがきちんと押さえられている。防人歌群に目を通した家持が防人歌のポイントを整理したか、あるいは、どの時点でどのように歌うかという防人歌の決まりのようなものがすでにあり、家持はその決まりに沿って、理想的な防人歌を作ったということだろう。言い換えれば、このような歌に、防人歌のあるべき姿があらわれていると言ってよく、そのあるべき姿とは洗練され様式化された「悲しみの情」であった。

この「悲しみの情」を生み出しているのは、国家と民としての個との距離にある。それは冒頭の「大君の命畏《みことかしこ》み　妻別れ　悲しくはあれど　丈夫《ますらを》の　情《こころ》ふり起こし」といった表現によくあらわれている。「大君の命畏《みことかしこ》み」という国家の側に立つ立場と、その国家には逆らえない個の位置との距離が、この場合は

「妻別れ悲しくはあれど」という、違和としてあらわれている。その違和を「丈夫《ますらを》の　情《こころ》ふり起こし」と克服しようとするのだが、「負征矢《おひそや》の　そよと鳴るまで　嘆きつるかも」と、どうしても「悲しみの情」を抑えることは出来ないと結局は吐露していく。こういった展開が、防人歌のスタイルであり、家持の歌は、この防人歌のスタイルを見事になぞったかもしくは完成させたということである。

例えば「大君の命かしこみ出で来れば吾の取り著きて言ひし子なはも」（四三五八）は、大君（天皇）の命令を畏んで出征する私に取りすがってあれこれ言ったあの子はといった意味で、おそらくは「子」は行かないでくれとか別れの辛さを訴えたのであろうが、この歌には、国家と個との距離もしくは違和というものが鮮やかに出ていると言えるだろう。とりようによっては、「大君の命かしこみ」という公的な立場は、下句の個の「悲しみの情」を鮮やかに引き立てる敵役のような意義すら帯びてしまう。つまり国家に批判的であるようにも読めてしまうほど、「悲しみの情」を前面に出す。こういう歌が防人歌そのものであったのであり、この「悲しみの情」を鮮やかに歌うことが優れた歌であることは、家持作歌の防人歌を重ねれば確認できる。そのように歌えなかったものが拙劣歌として落選したのである。

## 四、新しい「別れ」

短歌（和歌）という様式の成立と、七世紀から八世紀にかけて成立した律令国家との関係がパラレルであることは、すでに説かれていることであるが、ここで繰り返せば、それは移動という問題として説明できるだろう。

律令国家の成立が人々に何をもたらしたかと言えば、それは、移動である。律令という法制度を基盤にした中央集権国家は、天皇という権威だけでは機能しない。法制度は、言語化され地方に伝達されなければならず、あるいは国家というシステムを支える役人もまた国家の隅々にまで行き渡らなければならない。そこに現象するのは、貨幣、モノ、人の移動である。その移動は、国家が存続する限り絶えず繰り返されなければならない。だから、道が整備されてモノや人の移動を効率化し、また文字化への意欲によって言語の流通を積極的に効率化した。

そういった律令国家を抱いた当時の日本が、歌を必要としたのは、天皇という王（あるいは神）を必要とした事情と重なるだろう。歌が持つ古代的な（呪術的）な力を、社会的な力として必要としたということである。その社会的な力としての歌を、天皇や貴族や官人たちが、自らのアイデンティティを確かめる文化として実体化していったのが「万葉集」であり、短歌（和歌）という様式であったと言える。

古橋信孝は、短歌（和歌）という様式の成立を、貴族文化のアイデンティティである神の言葉（呪性）を装うものだと述べる（『古代和歌の発生』）。つまり、貴族という世界は、神の言葉を共有する共同体意識（王に連なる共同体）によって支えられているのであり、古代的な歌が律令国家の成立に見られる社会構造の変化によって失われていくときに、そのような貴族的世界を、短歌（和歌）という様式によって確保しようとしたということである。律令という制度そのものは天皇や歌を必要としないが、律令国家として自らを装った日本の社会自体は、古代性としての天皇や歌を必要としたのである。

短歌は歌である限り古代性（呪術性）を持つが、実は、成立したその様式自体は新しい。それは文字化と対応し、移動の時代における人々の新しい生き方すなわち内面を表出するものであった。つまり、その新しく生まれた短歌という様式は、ただ、神や天皇を賛美するような、それこそ、共同体の中で共同体の起源を歌っていたような古代的なものの繰り返しであっては成り立たない性格を最初から与えられていた。短歌は、その成立時から、新しい時代における人々の新しい生き方を反映するものであった。何故か。そうでなければ、短歌もまた移動しなかったからである。

国家が歌を必要としたのは、ただたんにその古代（伝統）性を必要としたということだけではないはずだ。歌の持つ社会的なパワーを、国家自体が自らの中に組み込むことを必要としたということである。組み込むということは、国家の隅々に短歌（和歌）が移動（流通）するということである。短歌が国家の隅々に移動するためには、短歌の担い手でありその移動の中心であった、官人たちの心を表出するものでなければならなかったし、感動させるものでなければならなかった。その意味では、短歌（和歌）は、伝統的なものであったにしろ、新しい時代の中で揺れ動く人々の生き方を表出する優れた文芸性（ある意味では近代性）を必要としたということである。

こう考えていったとき、「万葉集」の歌の多くが、独りでいることの悲しみを歌った抒情歌である理由が見えてくるであろう。相聞歌にしても、歌垣の歌のように相手を目の前にして恋の駆け引きを歌うものではなく、相手が眼前にいないことを前提にその辛さを歌うものになっている。いわゆる独詠歌ともいえるような歌い方になっているのだが、これは、移動の時代において、独りで居るときの「悲しみ」という心のあり方が、表現すべき価値として浮かび上がってきたことと連動しているからである。

例えば、「万葉集」の旅の歌などは、妻は旅に出た夫を思い、旅に出た夫は故郷に残した妻を思うという内容の「悲しみ」を中心としたが、それは当時の新しい時代の新しい生き方の悲しみでもあった。旅という移動は、律令国家によって生まれた新しい生活のスタイルであって、短歌はその旅の当事者の心を「悲しみ」という表現ですくいとったのである。そのようにすくいとることが歌を社会化する力になり、また歌を国家の隅々に移動させることになったのである。

防人歌の表現が表象する「悲しみの情」も、また、新しい時代における新しい「悲しみ」であった。その「悲しみ」は引用歌を見ればわかるように、多くは旅の歌のスタイルをとっている。それは防人に選ばれることが、実態としては故郷を離れ旅に出ることを意味したからであるが、ただし、旅の歌とはやはり違っている。

妻か恋人が自分に取りすがるような別れは防人歌独特のものであるし、特に「防人に行くは誰が背と問ふ人を見るが羨しさ物思もせず」（四四二五）の歌などは、旅の歌にはあり得ない心の動きを歌ったものである。この歌で、防人に徴集された夫を持つ妻は、徴集されなかった夫を持つ妻たちが、防人の男たちを見てあれは誰の夫だとささやきあっているのを聞いて、羨ましくまた辛く悲しい気持ちになっている。こういう複雑な心の動きは、旅の一般的な類型化された「悲しみ」の表現ではとてもすくい取れない。こういった歌には、「悲しみ」の心の内実をリアルに再現しようとする表出への意欲すら感じられ、防人歌が、新しい時代におけるそれまでにはない人の心の動きをすくいとっていることがわかる。

別れを歌うについても、類型的な別れとして多く歌われるのは、相聞歌における別れであり、旅における別れであるが、それらが主に男女という関係を前提にした別れであるのに対し、防人歌では、その別れの場面を家族の別れとして積極的に描く。

例えば四三二一は「わが妻はいたく恋ひらし」とあるが、「妹」ではなく「妻」と歌う。万葉においては、相聞歌の場合女性を妹と呼ぶのが普通である。防人歌でも妹という呼び方は多出するが、妻と歌う例が四首ほどある。この場合の「妻」は、男女という関係の中で対象化される女性ではなく、家を構成する夫婦としての「妻」ということであろう。

また、防人歌で目立つ別れは親との別れである。巻二十の防人歌群には、父母の出てくる歌が七首、母父《おもちち》が三首、母もしくは母刀自が十首、父が一首ある。「父母が頭《かしら》かき撫で幸くあれていひし言葉ぜ忘れかねつる」（四三四六）の歌などがそうだが、実は、このように、親との別れの場面を歌うということ自体が、「万葉集」ではあまり見られない。

防人歌群以外で、離別という状況を前提にして父母への思いを歌っている例として、巻五・八八六～

八九一、巻九・一八〇〇、巻十五・三六九一～三六九三がある。巻五の歌は山上憶良の歌。肥後の国の大伴熊凝は都に行く途中病を得て亡くなった。臨終の際、父母の思いを語った。その熊凝の歌が二首（熊凝の立場で歌った代作）あり、その歌に追和して歌った歌六首である。「出でて行きし日を数えつつ今日今日と吾を待たすらむ父母らはも」（八九〇）はその中の一首。一八〇〇は「足柄の坂を過ぎて、死れる人を見て作れる歌一首」と題詞のある長歌である。

……父母も　妻をも見むと　思ひつつ　行きけむ君は　鳥が鳴く　東の国の　恐きや　神の御坂に
和霊の　衣寒らに　ぬばたまの　髪は乱れて　国問へど　国をも告らず　家問へど　家をも言はず
ますらをの　行き進みに　ここに臥せる（一八〇〇）

三六九一～三六九三は、壱岐の島で病死した遣新羅使一行の一人、雪連宅満《ゆきのむらじやかまろ》への挽歌である。故郷の母と妻があなたを待っているだろうにと歌う。

こう見ていくと、これらの歌はいずれも父母と子がすでに別れている場合を前提にしており、しかも、子の方が死んでしまっていて、その死んだ子の立場から、その子に成り替わって「父母」への思いを歌うというものである。

これらの用例では、離れている「父母」への思いを述べることは、すでに父母へのもとには戻れない、つまり子の「死」という状況が前提になっている。男女の別れではないこのような父母との別れとは、それだけ不吉なものとしてあったということだ。とすれば、防人歌における「父母」との別れは、子である防人の死を前提にはしていないにしても、少なくとも、そういう可能性を秘めた歌い方だったのではないか。

妻との別れ、父母との別れといった場面そのものを歌う歌は、どうやら「死」のニュアンスを抱え込んでいる。それだけ悲痛なものであったということであろう。

防人として徴集される時に起こるこのような別れは、まさに歌として表現されるべき価値を帯びた「別れ」であったろう。しかし、歌の表現の伝統はそのような「別れ」の表現を持っていない。男女の別れのような表現では、防人の「別れ」をうまく表現し得ない。とすれば、「別れ」のシチュエーションを新たに作り上げる必要があった。その一つが家族との「別れ」の悲痛な場面を描くことであったのだと思われる。

このように見ていくと、防人歌は、防人として徴集される際の「別れ」の場面での様々な「情」の動きをとらえようとしていることがわかる。おそらく、そこに、新しい歌の可能性があった。その可能性に大伴家持は注目したのだ。が、ここで強調しておきたいことは、やはりそれが「悲しみ」の場面であったということである。

「万葉集」は「悲しみ」の歌集である。相聞における独り寝の悲しみ、挽歌における残された者の悲しみ、旅に出たものの悲しみ、そして防人の悲しみ。見えない神の世界との繋がりにおいて捉えられていた歌の力(呪性)は、時代の変化に応じて、不在の対象を求める心の働きである「悲しみ」に、その力の発露を求めたのだ。その背景には、短歌という様式の成立が、共同体的な感情のベースの上に、共同体的な感情ではすくいとれない個の感情もしくは意識を表現するようになったこととかかわっている。その個は「悲しみ」という「情《こころ》」の様式を与えられることで、律令国家における個の内面を象徴的に表現し得たのだ。だからこそ、短歌は律令国家の隅々に広がった（移動）のだ。防人歌の「悲しみ」は、そういった悲しみの様式の中でも、最も新しくリアリティのあるものだったに違いない。

防人歌群には悲しみのリアリズムとも呼ぶべき優れた歌が多い。やはり当事者が歌う歌には表現としての普遍性があらわれるものだ。国家に徴兵される個の「悲しみ」、それは、徴兵という事態に抗する感情とも言えるだろう。ある意味では国家に抗する「悲しみ」でもある。むろん、防人たちに抗する意図はないにしても、「悲しみ」の原因が国家にある以上、そのようにも読めてしまう。その意味では、万葉集における他の歌の「悲しみ」とはやや異質であるはずなのだが、防人歌を蒐集した家持がその異質性に気付いていたのかいなかったのかはわからない。

## 五、戦争と死

『昭和万葉集』の戦時下の歌が、防人歌と似るのは別に不思議なことではない。近代以降、アララギ派によって「万葉集」が評価され、品田悦一の言い方で言えば近代になって「万葉集」は国民歌集として発明されて状態になっていたからである。従って、アララギ派のもしくはその影響を受けた人たちが、戦争へ赴く自分のあるいは家族の心情を、防人歌の如くに歌っていくのはある意味で当然であった。いままで見てきたように、防人歌は、国家の命令によって徴集される個の揺れ動く「悲しみの情」をリアルにかつ象徴的に表現していたからである。その「悲しみ」という象徴性によって、日本人は自分たちの心情を共有化できたとも言えるのである。

だが『昭和万葉集』にあって防人歌にないものは、実は、戦闘の場面の歌や死に直面する内容の歌である。防人の任務は、戦争の可能性のある北九州の防衛であって、実際には戦争そのものはしていない。しかし、近代の戦争は、大量の死を伴う戦闘行為である。当然、短歌もそのような場面を歌わざるを得なくなる。

まどろめば胸《むね》など熱く迫り来て面影二つ父母よさらば
たたかひの最中《さなか》静もる時ありて庭鳥啼けりおそろしく寂し
戦を苦しかりきと言はねどもおもひに入れば涙溜るを
ひきよせて寄り添ふごとく刺ししかば声も立てなくくずをれて伏す
死すればやすき生命と友は言ふわれもしかおもふ兵は安しも
胸元に銃剣うけし捕虜二人青深峪《あおふかだに》に姿を呑まる

これらの歌はいずれも『昭和万葉集』（六巻）からとった宮柊二の歌（『山西省』所収）である。冒頭は、防人歌そのもので、父母との別れが歌われている。後半三首は、戦闘場面や死に直面した戦場の生を歌っており、それこそ読む側が息を呑む歌になっている。こういう「悲しみの情」を超えてしまった歌はさすがに防人歌にはない。八世紀の防人たちが実際に戦闘場面を体験し死に直面したとき、こういう歌が歌えたかどうかそれはわからない。挽歌での悲しみの表現、あるいは相聞での「恋ひ死ぬ」といった比喩的な歌い方でしか万葉集は死を表現していないからだ。むろん、防人歌が新しい「別れ」を歌っていたという意味では、死に対する新たな「悲しみ」を歌ったであろう。だが、宮柊二のように歌うためには、一人の人間にとって、死の事実というものが、個の内面や国家や天皇の超越性を凌駕するほどのすさまじい重さを持っていなければならない。そこまでの重さを認識するには、一方で個という存在のかけがえのなさや普遍性への認識が必要であろう。そういう意味では、防人歌から千二百年たたなければ、このような歌は歌えなかったとも言える。

参照した論文及び著作
『昭和万葉集』講談社。引用歌は、一九七四年刊、巻五（昭和一五〜一六）・巻六（昭和一六〜二〇）からとった。

伊藤博『万葉集釋注』集英社　一九九八年。

古橋信孝『古代和歌の発生』東京大学出版会　一九九八年。

三浦佑之『万葉びとの「家族」誌』講談社一九九六年。三浦は八世紀は、律令制の成立によって人々が個に分断されそのことによって家族が自覚されてくる時代だと述べている。その意味では、防人歌における家族との別れは、八世紀の新しい現象だと言える。

品田悦一『万葉集の発明』新曜社　二〇〇一年。

# 心情語論　「悲しみ」は貨幣でもある

## 一、心情語の析出

最近だが、和歌における抒情の成立という問題についてきちんと考えなければならないのではないかと思うようになった。現代短歌評論の仕事に関わるようになって、短歌の詩的な表現の根底に、抜きがたく抒情的心情のあることに今さらながら気づいたからだ。和歌的抒情から距離を取ろうとする短歌はいくらでもあるが、それはいつもその距離が意識されている。短歌という短詩に親しむわたしたちの身体は、抒情を生きてしまっているといっていいくらいである。その事実に反抗することは出来るが、抒情のない身体を生きることは困難である。それはどうしてなのか、ということにこだわり始めたのである。

この自明とも言うべきわたしたちの抒情とは、和歌の世界ではいつの頃から始まったのか。それは、万葉集からであるというのはとりあえず共通の理解であるだろう。

和歌の伝統は万葉集以前には記紀歌謡しかない。声で歌われた歌は万葉以前に膨大にあったろうが、それは検証できない。が、いずれにしろ和歌の成立は、文字で記録され、声で歌う歌とは違うレベルでの詩の言葉を表出し得た万葉集においてである。とすれば万葉集において抒情の成立の様相とはどんな具合だったのか。それを見てみたいのが本稿の目的である。具体的には、その様相を心情語の成立として見ていきたいと思う。

万葉集における心情語とは、例えば「悲し」「思ふ」「恋ふ」といったものである。むろん、これ以外にも様々な表現があるが、とりあえずは、これらの言葉で代表させることができるだろう。これらの心情語は万葉集の中の頻出語であり、いわゆる心物対応構造における上句の物象表現に対応して下句の心象表現を形成する語である。心物対応構造を万葉歌の基本的な構造であるとする鈴木日出男は、物象表現の景の表象を個的とし、心象表現を類同的とし、同じ言葉が多用されるこれらの言葉を「手垢に汚れた心情語」と呼んでいる（『古代和歌史論』）。が、手垢に汚れているにしろ、これら心情語抜きに抒情の成立は何も語れないことは確かである。

これらの心情語は歌の表現においてどのように成立していったのだろうか。実は、記紀歌謡の、斉明紀、皇孫建王《たけるのみこ》の死を悼む歌が、その成立の様相をよく伝えている。

今城《いまき》なる小山《をむれ》が上に雲だにも著《しる》くし立たば何か嘆かむ　（紀一一六）
射ゆ鹿猪《しし》をつなぐ川上《かはへ》の若草の若くありきと吾《あ》が思《も》はなくに　（紀一一七）
飛鳥川漲《みなぎら》ひつつ行く水の間《あひだ》もなくも思ほゆるかも　（紀一一八）

いずれも、上三句が序詞になっており、物象表現である。二首目を景とするかは微妙なところだが、川辺の景だととらえれば三首とも景の表象を序詞としていて、下句の心情語「嘆かむ」「思はなくに」「思ほゆるかも」が形成する心象表現にかかっていく。典型的な心物対応構造と言えるが、そうであるからなのか、他の記紀歌謡とは異質である。「比喩的な自然がほとんどである記紀歌謡にあって、右はきわだっている」のである（『古代和歌史論』）。

記紀歌謡の比喩的な自然とは例えば次のような歌をさす。

狭井河《さゐがは》よ雲立ち渡り畝火山《うねびやま》木の葉さやぎぬ風吹かむとす（記二〇）
畝火山昼は雲とゐ夕されば風吹かむとそ木の葉さやげる（記二一）

これらは古事記の物語の中に挿入されていることによって、自然の表象が物語に必要とされる寓意を含んでいる歌として読むことが出来る。つまり、自然の表象自体が喩になり得ているわけである。

詩の言葉は比喩から始まる、と言っていいのではないか。吉本隆明の言い方を借りるなら、自己表出の言葉は、対象を指示する指示表出の言葉とは違った回路で対象を表現するのである。それが喩ということだ。その時、言葉は、指し示す対象自体の輪郭を溶かしそこに意味づけ得ぬ世界を積極的に形成する。

景から導かれた「木の葉さやげる」とか「風吹かむ」といった表現は、最初から比喩であるという回路のもとに構成されることで、超自然的なものへの畏れの表象とも言うべき神秘さを表象の水準として獲得しながら、その日常の風景とは違う神秘さの程度において、意味づけ得ぬものを開示する喩の力を獲得する、というわけである。

シャーマンが意味のとりにくい言葉を発する時、それを何かの暗示として受容する回路は詩の表現を生んでいく回路でもあったはずだ。むろん、シャーマンの言葉は詩ではない。それが詩であるためには、言葉が「表現」として自立する飛躍が必要だが、おそらく喩という方法はその自立のために編み出されたのではないか。神の言葉がいろんな風に解釈されるように、ある水準を獲得した表現は意味付け得ぬ世界を開示するのだ、というように喩の力は発見された。

記紀歌謡の自然の描出が喩そのものであるという表現は、このような喩のプリミティブなあり方をよく伝えている。記紀歌謡の表現自体が原初的というのではない。その表現自体が元は民謡であったにしろ叙事の一部であったにしろ、その表現の自己表出性が極めて大掴みに取り出され、意味づけ得ぬ何かを抱え込みながら、別の文脈の意味性へと導かれる、という展開は、シャーマンの言葉がその神秘性を担保としながら別の文脈に導かれるように、意味づけ得ぬ世界を開示しようとする方法のより原初的な姿であっただろう。

例にあげた斉明紀の三首が記紀歌謡のなかにあって異質なのは、このような喩の力が失われているからである。それはこれらが心物対応構造をとっていることに理由がある。いずれも下の句に「嘆かむ」「思はなくに」「思ほゆるかも」といった心情語があることによって、上句の景の自然の表象は、その自己表出性が大掴みに掴まれることなく、心情語を導くための序詞という統辞的な関係性を与えられてしまっている。この序詞は、確かに喩の力を持っていて、その力は心情語によって開示される世界を導く働きを持つが、記紀歌謡のレベルと違うのは、その喩が導く別の文脈が、修飾・被修飾という関係性のなかに束縛され心情語が表す表象として明示されてしまったということである。表現の自己表出性が大掴みで掴まれるというその大掴みさ加減が限定的なものになってしまったという言い方もできる。

大掴みとは喩の暗示性が無限定であるということでもある。だから、記紀の散文文脈の中で、記紀歌謡は自在に解釈可能な暗示力を発揮し得た。が、この三首にはそのような力はない。これは、皇孫建王の死を悼む歌でありそれ以外のどんな暗示も期待されていない。そのような歌であることを決定づけているのは、何も地の文の説明があるからではない。この歌の心情語によってそれ以外には解釈出来ない歌になっているからである。

例えば「狭井河よ雲立ち渡り畝火山木の葉さやぎぬ風吹かむとす」と人麻呂の次の歌を比較すればよりわかり易くなる。

小竹《ささ》の葉はみ山もさやに乱《さや》げどもわれは妹思ふ別れ来ぬれば　（巻二・一三三）

上の句は自然の神秘さを暗示する景の表現であり、「狭井河よ〜」の歌とよく似ている。しかし下の句に心情表現が入ることによって、上句の自然の表象は大掴みに掴まれる契機を失い、「妹思ふ」という心情と交換されるような限定性を持ってしまっていることがよくわかる。

それにしても何故このような心情語、心物対応構造という言い方をすれば下句の心象表現、は出現したのだろう。皇孫建王の死を悼む歌は、それこそ死を悼む歌なのだから当然心情語が出てくる、という言い方も出来よう。だが、記紀歌謡では、同じようにヤマトタケルの死を悼む歌（大御葬歌《おほみはふり》）があるが、これらの歌には心情語は出てこない。

なづきの田の稲幹《いながら》に稲幹に這《は》ひ廻《もとほ》ろふ薢葛《ところづら》　（記・三四）
浅小竹原《あさしのはら》腰泥《なつ》む空は行かず足よ行くな　（記・三五）
海が行けば腰泥む大河原の殖草《うゑぐさ》海処《か》はいさよふ　（記・三六）
浜つ千鳥浜よは行かず磯伝《いそづた》ふ　（記・三七）

以上の歌謡は身体の所作の表象になっているが、それらの表象が大掴みに掴まれ、喩の力が発揮されて別の文脈を導くという構造になっている。その意味では典型的な記紀歌謡の喩の表現になっている。

これらのヤマトタケルの死を傷む歌はもともと歌垣の歌ではなかったかという説もあるが、元がどうであるにしろ、これらの歌の喩の力は充分にヤマトタケルの死の悲しみを伝えていよう。とするなら、斉明紀の三首は、死の悲しみを歌う歌の表現に、何故心情語を析出してしまったのだろうか。別な言い方をすれば、ヤマトタケルの葬歌は、何故心情語を析出しなかったのか。

## 二、心情語は貨幣である

斉明天皇が皇孫建王《たけるのみこ》を偲んだ歌三首は挽歌ではない。この歌の後の文に「天皇時々に唱ひたまひて悲哭《みね》す」とある。斉明天皇は、時々孫である建王の死を思い起こしてこの歌を歌い嘆き悲しんだということである。つまり、死者の魂を送る公的な儀礼の場での歌なのではないということである。

このことは、これら三首を斉明天皇がいつも持ち抱えていたということを意味している。ある特定の場で死者の魂に働きかけるような歌なのではない。これら三首は、いつでもどこでも悲しみを想起する歌として持ち運ばれた、といってもよい。そこが、おそらくは公的な場で死者の魂と直接関わりを持とうとしたヤマトタケルの葬歌との決定的な違いである。

従って、心情語が析出されたのは、いつでもどこでもその悲しみを再現させるため、言い換えれば、歌を心情とともに移動させるためであったということとかかわっている。ヤマトタケルの大御葬歌は持ち運んでいつでもどこでも歌うというものではない。持ち運ぶためには心情語を析出しなければならない、ということなのである。

それなら心情語を析出することは歌の表現にどのような変化をもたらすのであろうか。あるいは、どのような変化が歌の移動を可能にしたのか。

ヤマトタケルの大御葬歌も全体が喩の機能を持っているが、「狭井河よ～」の歌のように自然の叙述をそのまま喩として機能させる記紀歌謡の方法は、喩が暗示する世界を歌の外部に置く。それは「一般に古代和歌は、歌い手個人の心の動きをモチーフとして詠まれるものではなく、むしろ対象賛美といった外在的な要因から詠まれることを本質としている」（呉哲男「家持と四季」）からである。

つまり、死者（の魂）、神、あるいは自然という外部との交換を前提に歌の言葉がある、ということである。言葉は外部を描出する。その意味するものは喩として暗示される何かであるが、その表象は外部（自然）の表象そのものである。恐らく、心というものもその外部の中にあるもの、つまり喩によって暗示されるものの一部であった。猪股ときわや野田浩子が言うように〈こころ〉とは神（共同性）の側にあるものだった。ということは、心が心情語として析出されると、歌の内部に外部が組み入れられるということになる。それは歌が外部との関係を断ち切りながら自立していくきっかけとなる。

そのとき歌は次のように変化する。記紀歌謡における景の叙述が歌の外部に対して相対的に内部であった（外部としての景がそのままつまり心情語を持たずに心情の表出となり得る）のに対して、本来外部にあって意味づけ得ぬ世界と分かちがたくあった心情が心情語として内部にしかも歌を統括する下句の位置に組み入れられる。そうすることで、今度は上句の景の叙述が内部の心情を導く外部の役割を担い相対的に外部となる。そうして歌の中に外部と内部が対応するという完結した構造が成立するということになる。その構造によって、歌は外部（例えば儀礼的な場や自然そのもの）の拘束から自由になるということである。それが自立ということである。この自立によって歌は儀礼的な場の拘束から解き放たれ、あたかも歌い手の心の一部であるかのように持ち運ばれることが可能になったのである。

何故心情は歌の中に組み入れられたのか、それは心情をあらわす表現が歌（詩）の言葉として価値化されたからだと言ってよい。歌の外部に意味づけ得ぬ何かとして暗示させたままにしておくことが出来なくなったのである。歌を歌うことがそのような心の顕在化なのだとすれば、心を価値化することで心を直接表象する、つまり自己言及的なスタイルにすることで歌をわかりやすくし、歌をより自分に近づけたいとする歌い手の欲求があったのではないか。

以上が心物対応構造成立の仕組みであるが、この心物対応構造は、鈴木日出男が指摘するように、万葉集の歌の基本的な構造として確立され急速に普及していくのである。

歌はあたかも歌い手の心の一部であるかのように持ち運ばれるものでなければならなくなったといっても、それは必ずしも同じ歌がいつでもどこでも歌われることを意味するわけではない。斉明天皇は皇孫建王の死を悼む歌を、いつでもどこでもその時々の感興に応じていくらか表現を異にしながら歌うことが出来たろう。ただ、その時、下句には「悲し」といったような心情語が入っていたはずだ。とすれば、より正確には、歌い手が歌い手の心の一部であるように持ち運んだものとは、心情語である。つまり心情語を抱え持った歌い手は、時々に、眼前の景を上句に描出しながら下句の心情語につなげることで、いつでもどこでも自立した歌（詩）の世界を生きることが出来た。このように考えるならば、心情語とは貨幣である、と見なすことが出来よう。

貨幣とは、交換価値であって、それ自体に実体としての価値つまり使用価値があるわけではない。商品と交換されることで価値は実体としての姿をあらわす。貨幣が普及したのは、商品と商品を交換する（物々交換）ことが不便になったからである。いつでもどこでも商品と交換できる価値でしかも持ち運びの可能な価値が必要とされた。それが貨幣である。

そのように考えれば心情語とは貨幣であると言ってよい。心情語は類同性を持つ。同じような心情語が多くの歌で使われる。それは、心情語がそれ自体の価値（使用価値）を持たないということだ。心情語が威力を発揮するのは、上句の序詞である景の描出と結びついた時である。それを交換とたとえれば、まさに、心情語の価値とは交換価値なのである。上句で描出される景は、その意味では商品である。歌い手は心情語という貨幣を持ち、感興がわいたときに景（でなくてもよいが）を心情語と交換する、その行為自体が詩的表出として、歌になるということである。心物対応構造における景と心の関係とは、その意味では交換される商品と貨幣の関係なのである。

阿倍の島鵜《う》の住む礒に寄する波間《ま》なくこのころ大和し思ほゆ　（巻三・三五九）
雲隠り鳴くなる雁の去《ゆ》きて居む秋田の穂《ほ》立《たち》繁くし思ほゆ　（巻八・一五六七）
思ひ出づる時はすべなみ豊国の木綿山《ゆふやま》雪の消ぬべく思ほゆ　（巻十・二三四一）
石走る滝もとどろに鳴く蝉の声をし聞けば都し思ほゆ　（巻十五・三六一七）
渋谿《しぶたに》の崎の荒礒《ありそ》に寄する波いやしくしくに古《いにしへ》思ほゆ　（巻十六・三九八六）

以上の歌は、いずれも序詞である景の表現が心情語「思ほゆ」が表現する心象を導くという典型的な心物対応構造である。歌い手は「思ほゆ」という心情語を携えて移動する。荒々しく波の寄せる海辺に来れば、「思ほゆ」という心情語を持ち出して眼前の風景と交換する。モノとしての自然は心情語と交換されることで、心象を導き出す商品（景）へとたちまち結晶化するのである。秋の田の風景でも、石走る滝の風景でも、その交換は成立する。だからいつでもどこでも、心情語を携えれば心象に結びつくように自然の結晶化（商品化）は可能であり、おそらくはそうやって膨大な歌が歌われたのだと推測される。

景の叙述がまるごと喩であるような記紀歌謡の表現は、物々交換であったろう。歌の言葉は、外部の自然、あるいは神と、あたかも同じ重量として存在した。ヤマトタケルの大御葬歌の言葉は、死者の魂を送る儀礼的な所作と同じような重さであった。だから歌を携えていつでもどこでも歌うというわけにはいかない。確かに交換は成立するが言葉はそこでは交換される自然や事象に匹敵するモノでもあったのだ。つまり、ある価値化された特定の言葉を通して切り取るのでなく、歌うという行為やその言葉全体を通して交換せざるをえないような経済行為であったということである。

心情語を析出し、心物対応構造によって外部を内部に取り込んだ歌は、物々交換から貨幣による交換へと進化したのである。それは歌の自立であるが、一方で、心情語という貨幣によって景を発見していく、つまり歌の表現へと結晶化していく作業を意味した。景の叙述は、心情語が表象する心象を導く自然の商品化であったが、それは、商品を通して逆に豊かな自然を発見していくという営みでもあったのである。心情語を伴わない万葉の叙景歌が成立するのは、この商品化された自然の発見を通しての後のことである。

## 三、移動する時代

万葉の歌い手たちが心情語を貨幣のように持ち歩いたのは、実際に貨幣が鋳造され貨幣経済が社会に浸透してきたことと対応している。八世紀の律令国家は、税の徴収や新都造営の労働力の確保等、中央集権国家体制の維持のために銅銭を流通させ、市を整備するなど貨幣経済システムを整えていった。実態としては、貨幣経済は全国的に広がっていたわけではなく、畿内もしくは各地方の役所の置かれていた地域を中心とした限定的なものだったにしろ、人々の生活を確実に変えていった。その変化の実態は『日本霊異記』の因果応報の物語の中にたくさん描かれている。

八世紀は移動の時代であった、といってもよい。律令官人たちはその支配を隅々にまで行き渡らせる役割を負い、中央から地方へそして地方から中央へと移動した。防人は東国から九州へと移動し、税を納める人々もまた地方から中央へと移動する。その移動をより容易なものにしたのは当然中央で作られた貨幣である。中央や地方での市の整備が貨幣を流通させ、移動する人々は貨幣を持っていればその土地の市で商品と交換できた。

そして、万葉の主な歌い手であった貴族や官人たちもまた中央から地方へ、地方から中央へと移動したのである。旅先で彼等は歌を歌う。自然（景）に触れ、その景を序詞として表現する歌を歌う。序詞としての景は、心情語に収斂され、自然（景）の残像を漂わせながら心象世界を描き出す。そうしてたくさんの心物対応構造の歌が作られた。それが可能だったのは、心情語という貨幣を歌い手が手に入れ、旅先での心情をいつでもどこででも歌の言葉に変換できるようになったからだ。

斉明紀の皇孫建王を悼む歌三首は「天皇時々に唱ひたまひて悲哭《みね》す」ものであった。この「悲哭《みね》す」の悲しみというものは、ヤマトタケルの大御葬歌のあの喩に満ちた悲しみの所作の歌と比べたとき、かなり融和されていた。何故なら、析出され貨幣化した心情語によってそれは流通可能な悲しみとなったからだ。別な言い方をすれば歌の言葉とともに移動し得る程に軽くなったのである。が、そのことが万葉の歌い手にとって重要だったのである。

歌う度に、激しい感情の揺れ、それは共同的な感情と言ってもいいが、そういった個を超えた感情を抱え込んでしまったらとても移動することは出来ない。が、歌の要は心情である。その心情を歌うことこそが歌の力（呪性）を浴びて生き返ることになるからだ。佐藤和喜は心物対応構造の心象表現を、神の側のものであり「激情」と呼んだ（『景と心』）。自分の心象であるのに神の側のものでもあるというその心象、歌を歌うことはそのようにこちら側のものではない、神の側の何かを一身に浴びるような、生命の回復行為という面があったはずだ。ただし、祭祀のような公の共同的な場ではなく、いつでもどこでも個人が歌を歌うという行為によってそれを可能ならしめた、というところに、万葉集の歌の呪的な働きというものがある。

そのためには歌において心象は軽くならなければならない。それが八世紀の新しい時代を生きる歌い手の必然であった。そういう必然に促されて心情語は貨幣のように価値化された。歌い手は、その心情語を通して、自分にそれほどの負荷をかけずに、自分のものでありながら神の側とも言える類同的な心象世界を描くことで、いつでもどこでも回復行為に身を濆すことができたのである。

ところで、心情語の登場は序詞というものを、歌の表現の一つの方法としてより明確なものとした。心物対応構造における物象としての景は序詞によって担われるが、この序詞と序詞がかかっていく心象世界との対応は、実は、移動がもたらしたものとして説明出来る。巻十一の「寄物陳思」は万葉集の中でも序詞が多く使われているところであるが、そこから特に地名の入った歌を抜き出してみた。

葛城の襲津彦《そつひこ》真弓荒木にも憑《たの》めや君がわが名告《の》りけむ　（巻十一・二六三九）

小墾田《をはりた》の板田の橋の壊れなば桁《けた》より行かむな恋ひそ吾妹　（二六四四）

住吉《すみのえ》の津守《つもり》網引《あびき》のうけの緒の浮れか去なむ恋ひつつあらずは　（二六四六）

難波人葦火《あしひ》焚く屋の煤《す》してあれど己が妻こそ常にめづらしき　（二六五一）

二上に隠らふ月の惜しけども妹が手本を離《か》るるこのころ　（二六六八）

朽網山《くたみやま》夕居る雲の薄れ行かばわれは恋ひむな君が目を欲り　（二六七四）

君が着る三笠の山に居る雲の立てば継がるる恋もするかも　（二六七五）

佐保の内ゆ嵐の風の吹きぬれば還るさ知らに嘆く夜そ多き　（二六七七）

吾妹子に逢ふ縁を無み駿河なる不尽の高嶺の燃えつつかあらむ　（二六九五）

荒熊の住むとふ山の師歯迫山《しはせやま》責めて問ふとも汝が名は告らじ　（二六九六）

行きて見て来ては恋《こほ》しき朝香潟《あさかがた》山越しに置きて寝ねかてぬかも　（二六九八）

明日香川明日も渡らむ石橋の遠き心は思ほえぬかも　（二七〇一）

真薦刈る大野川原の水隠《みごも》りに恋ひ来し妹が紐解くわれは　（二七〇三）

泊瀬川速み早瀬を掬《むす》び上げて飽かずや妹と問ひし君はも　（二七〇六）

犬上《いぬかみ》の鳥籠《とこ》の山なる不知也川《いさやがわ》不知《いさ》とを聞こせわが名告らすな　（二七一〇）

もののふの八十氏川の早き瀬に立ち得ぬ恋も吾はするかも　（二七一四）
白細砂《いらまなご》三津の黄土《はにふ》の色に出でていはなくのみそわが恋ふらくは　（二七二五）
菅島の夏身《なつみ》の浦に寄する波間《あいだ》も置きてわが思はなくに　（二七二七）
淡海の海奥《おき》つ島山奥まへてわが思ふ妹《も》が言の繁けく　（二七二八）
紀の海の名高の浦に寄する波音高きかも逢はぬ子ゆゑに　（二七三〇）
沖つ浪辺浪の来寄る左太《さた》の浦のこの時過ぎて後恋ひむかも　（二七三二）
大伴の三津の白波間《あいだ》無くわが恋ふらくを人の知らなく　（二七三七）
志賀の海人の火気《けぶり》焼き立てて焼く塩の辛き恋をもわれはするかも　（二七四二）
なかなかに君に恋ひずは比良の浦の白水郎《あま》ならましを玉藻刈りつつ　（二七四三）
三島江の入江の薦をかりにこそわれをば君は思ひたりけれ　（二七六六）
紀の国の飽等《あくら》の浜の忘れ貝われは忘れじ年は経ぬとも　（二七九五）
伊勢の白水郎の朝な夕なに潜《かつ》くとふ鮑《あはび》の貝の片思ひにして　（二七九八）
伊勢の海ゆ鳴き来る鶴《たづ》の音《おと》どろも君し聞《きこ》さばわれ恋ひめやも　（二八〇五）

以上を見てみると、すでに奈良の都の官人にとって「故郷」となった明日香周辺の地名が多いが、住吉、難波、九州（朽網山）、駿河、紀伊、伊勢などの地方の地名が続く。これらの地名は上句の景の表象の中にあり、下句は「恋ふ」「嘆く」「思ふ」などといった心情語によって描かれる心象世界である。こうした羇旅歌が心物対応構造になっているのは、すでに繰り返し述べてきたように、心情語が貨幣のように携えられ、その地域の自然を言葉としての景に変換したからである。一方このような羇旅歌を通して気付かされることは、この歌を歌うまなざしは地方のものではないということである。都の官人たちが歌ったのだから当り前だということになるが、古橋信孝が述べるように「旅はむしろ都の優位性を地方地方に示していくものだったともいえる」(『古代都市の文芸生活』)ということである。

その当然なことを歌の構造の問題に帰して論じるなら、心情語にこそ都の優位性があらわれている、ということになろう。中央の官人たちは地方に旅し、都での彼等の文芸的共同性そのものでもある心情語によって、地方の粗野で未知なる自然を景に変換し、中央の都の言葉の中に組み込んでいったのである。それは、国家が地方を組み込むこと、貨幣が地方の物産を中央に集めること、と同等の動きとしてあったことである。

つまり、地方の景を叙述する序詞の成立とは、心情語が都である中央の価値として析出されたときに、その中央の価値言語によってくまなく見出される地方そのものの成立なのでもある。

が、このことを詩の言葉の問題として考えれば、心情語は、それを貨幣の如く所持した官人たちに、地方の自然を彼等の内面を揺さぶる何か(詩の言語)として発見させていったとも言えるのだ。つまり、序詞としての景の成立は、同時に、中央の彼等の内面の差異化そのものだった。言い換えれば、地方の自然は多様で個性的な商品ではあるが、同時に、心情語の主体には意味付け得ぬ何かとしての神秘性を充分に与えるモノでもあり得た。心情語はその意味では、歌い手としての官人たちに、多様な詩的自然を発見させる魔法の言葉であったのだ。

## 四、家持の心情語

万葉後期（八世紀中頃）を代表する大伴家持の頃になると、明らかな心物対応構造の歌はそれほどに歌われなくなる。むろん官人が移動しなくなったわけではなく、心情語の貨幣価値が失われたわけではない。ただ、その価値の用いられ方が変化してきた。

山振きの花を詠める歌一首併せて短歌

うつせみは　恋を繁みと　春設けて　思ひ繁けば　引き攀《よ》ぢて　折りも折らずも　見る毎に　情《こころ》和ぎむと　繁山の　谿辺に生ふる　山振《やまぶき》を　屋戸に引き植ゑて　朝露に　にほへる花を　見る毎に　思ひは止まず　恋し繁しも　（巻十九・四一八五）

山吹を屋戸に植ゑては見るごとに思ひは止まず恋こそ益《まさ》れ　（巻十九・四一八六）

この家持の歌、特に反歌である四一八六は、心を和ませるだろうと思って山吹を山からとってきて庭に植えたが逆に恋の思いが激しくなってきてとてもつらいことだ、という意味で、一見心物対応構造の歌のようではあるが、そうではない。上句には確かに山吹という自然の景が描かれてはいる。が長歌によってこの上句は「情和ぎむ」という心情をあらわすものとなっており、下句の「思ひは止まず恋こそ益され」とは違う心情の表現なのである。つまり、上句の景が下句の心情を導くという構造ではなく、上句のあらわす情とは逆に違う情があらわれてしまうと下句で述べているのであり、この歌の上句と下句とは相異なる心情の流れもしくは対比を表現しているのである。

が長歌を見る限り、心物対応構造は充分に意識されていよう。「繁山の谿辺に生ふる山振」といった自然の「繁く」ある景の表現は、「繁き恋」を導く表現としてよく出てくるものである。

貌鳥《かほとり》の間無《まな》く数《しば》鳴く春の野の草根の繁き恋もするかも　（巻十・一八九八）
春草の繁きわが恋大海の辺にゆく波の千重に積りぬ　（巻十・一九二〇）
この頃の恋の繁けく夏草の刈り掃へども生《お》ひしく如し　（巻十・一九八四）
真田葛《まくず》延《は》ふ夏野の繁くかく恋ひばまことわが命常ならめやも　（巻十・一九八五）

このように見ていくと、「繁山の谿辺に生ふる山振」は恋を繁くする象徴であってもおかしくはないし、当然そのことは踏まえられていよう。が、使われ方としては、「情和ぎむ」ものなのである。が、結果的に「恋こそ益され」であるのは、やはり「繁山の谿辺に生ふる」という「繁山」での繁茂する植物の、激しい生命力に抗うことができない、と読めないことはない。

つまり、ここでは、「繁山」の山吹は、「繁き恋」という心情との結びつきと、「情和ぎむ」という心情との結びつきとの、二つの心情と結びつくものになっていると言えるだろう。この二つの心情とはここでは葛藤そのものである。その葛藤する心情が、屋戸に植えた「繁山の」山吹によって巧みにあらわされているのである。

とすれば、これらの歌では、景は心情語の微妙なあり方のその都合によって自在に変換し得るものとなっている、ということになる。中央の心情語によって地方の自然が景に変換され、その景が心情世界を差異化していくというダイナミズムは、すでにここにはない。「繁山の谿辺に生ふる山振」が屋戸に植えられたことが象徴するように、ここには地方と中央の対立構造はない。すでに景それ自体が屋戸という中央の心情が支配する世界へと組み込まれているのである。とすれば、ここでの景は、中央の心情世界の微妙な差異をあらわすための道具の如きものになっていると言える。

心情語は貨幣であるという立場から言えば、ここでの家持の歌は、貨幣と商品の交換ではなく、貨幣と貨幣との交換と言うことができよう。むろん貨幣は商品ではないが、ただ未来の商品ではあり得る。貨幣を貯えるのはそれが将来商品と交換し得るからだ。言い換えれば、貨幣とは商品を内面（幻想）として抱えているのである。従って、貨幣は他の貨幣の幻想と当然取引し得ることになる。貨幣が貨幣を買うというマネーゲームはそうやって生まれるわけである。

家持の歌の中で心情語の世界と景の表現とはすでに同質的である。外在的な自然の叙述（景への変換）によってではなく、最初から心の微妙な動きそのものの叙述として景も心情も語られていくからである。つまり、景は心情語に内在する幻想の言語化であって、その幻想を引き出しながら心情語とセットに並べていく方法が和歌の方法となっていく。

家持は膨大な万葉歌の蒐集家であったし、心情語が開示し得る世界をすでに豊富に持っていた。言い換えれば心情語という貨幣を大量に貯えた資産家であった。彼はその心情語の財産を駆使して、人麻呂の歌も赤人の歌も再現できた。ただしそれらの歌はどこかリアリティを持たない。外在的な自然を景に交換するという交換のダイナミズムがないからである。そこにあるのは、内在化した自然（景）を貨幣と貨幣の交換の如く取引するマネーゲームに似た世界であった。当然、そのような取引は、主体を疎外するだろう。詩の主体は常に「意味付け得ぬ世界」を価値として求めて止まぬからである。その疎外は内在化された景の交換のほころびとして現象した。

うらうらに照れる春日に雲雀あがり情《こころ》悲しも独りしおもへば　（巻十九・四二九二）

咲く花は移ろふ時ありあしひきの山菅《やますが》の根し長くはありけり　（巻二十・四四八四）

これら二首は、いずれも上句と下句とが連続性を持って結びついていない。四二九二の場合、上句の景と下句の情とが隔絶していて、その隔絶が孤独といった読み方をもたらす（三浦佑之『セミナー古代文学』）ことや、古代和歌としての完結性の揺らぎ（多田一臣『大伴家持』）、景を支える共同性が極めて不安定である状態なので歌い手は景に取り憑かれながらその意味を見いだせないでいる（古橋信孝『セミナー古代文学』）といった指摘がある（多田一臣『大伴家持』参照）。いずれの指摘も、上句と下句との隔絶に、それまでの上句と下句との連続性を支えていた歌の論理がほころんでいることを前提に述べていると言ってよい。その歌の論理のほころびは四四八四にもあらわれているだろう。上句の移ろいゆくはかなさと下句の変わらないことの景とがただ並べられている。意味としてつながることはつながるが、そのつながり方は、それまでの歌の文法にはないぶっきらぼうな並べ方になっている。そのような並べ方が意味の把握に戸惑いを与え、まるで近代の歌のような、意味づけ得ぬ何かを暗示する印象を与えている。

これらの上句と下句との隔絶をあらわした歌は、心情や心情と同質化した内在的な景の交換が不協和を起こしていることをあらわしている。この不協和は、同質化した詩的言語の交換ゲームそのものが必然的にもたらしたものだったと言えないか。歌が外部を失い歌の内部だけで完結する言語ゲームのようになっていけば当然軋みを起こすだろう。ただし、家持はその不協和を和歌の詩の方法として自覚することはなかった。むしろその不協和は家持における歌の終わりを意味したのかも知れない。家持の歌が和歌の歴史から消えていくのは、「咲く花は移ろふ時あり〜」の歌を歌ってから二年後のことである。

参照した論文及び著作
鈴木日出男『古代和歌史論』東京大学出版会　一九九〇年
吉本隆明『言語にとって美とは何かⅠⅡ』角川文庫　一九七二年
呉哲男「家持と四季」『古代文学講座2　自然と技術』勉誠出版　一九九三年
野田浩子『万葉集の叙景と自然』新典社　一九九五年
猪股ときわ「歌の〈こころ〉と『無心所着歌』」『古代文学26』古代文学会編　一九八七年三月
佐藤和喜『景と心・平安前期和歌表現論・』勉誠出版　二〇〇一年
古橋信孝『古代都市の文芸生活』大修館書店　一九九四年
三浦佑之「シンポジウム　春愁三首をめぐって表現を探る」『セミナー古代文学'85　家持の歌を〈読む〉Ⅱ』古代文学会　一九八六年七月
多田一臣『大伴家持・古代和歌表現の基層』至文堂　一九九三年
古橋信孝「大伴家持論　歌の呪性〈叙事〉」『セミナー古代文学'87　表現としての〈作家〉』古代文学会　一九八八年八月

# 「恋」は抗する　なぜ「恋の障害」は母であり噂なのか

## はじめに

万葉集には恋の歌（相聞歌）が多い。私は、その理由を、恋の歌は歌い手を社会的存在から切り離し得るからだと考えている。どういうことかと言うと、恋の歌において、歌い手は、社会的条件（身分とか経済的な格差）にとらわれない、自由に恋する男女としてふるまえるからである。無論現実はそうでないにしても、歌の世界ではそのようにふるまえるということが重要なのだ。その意味では、恋の歌は、社会に抗している、という言い方が出来よう。

恋の歌にも「悲しみ」はある。だが、その「悲しみ」は挽歌的「悲しみ」とは当然違う。恋の歌には「恋の成就」という目的がある。従って恋の歌の「悲しみ」は恋の成就の危機において表現されるとは言えよう。ただ、この危機は関係の現実的な破綻といったものというより（そういう場合もあるだろうが）、その危機の表現が恋の相手との駆け引きであったり、一方の当事者の主観的な不安心理であったりと、その表現の真意は単純ではない。

ただ、恋の危機をもたらす障害の表現に比較的共通するものがある。それは「母親」であり「噂」である。本稿ではこの「母親」と「噂」という恋の障害を取り上げてみたい。私は中国雲南省の白族の歌の掛け合い（日本での歌垣）を調査してきたが、その歌の掛け合いにも「恋の障害」がうたわれる。万葉集における「恋の障害」と比較してみたい。

挽歌的に「悲しみ」を引きずることによる「抗する」ではない、恋の歌の「抗する」あり方の考察ということになろうか。

## 一、「恋」は母に抗する

駿河の海磯辺《おしへ》に生ふる浜つづら汝《いまし》をたのみ母に違ひぬ　（巻十四・三三五九）
筑波嶺の彼面此面《をてもこのも》に守部《もりべ》据《す》ゑ母い守《も》れども魂そ逢ひにける　（三三九三）
汝が母に嘖《こ》られ吾《あ》は行く青雲《あおくも》のいで来《こ》吾妹子《わぎもこ》あひ見て行かむ　（三五一九）
等夜《とや》の野に兎狙《をさぎねら》はりをさをさも寝なへ児ゆゑに母に嘖《ころ》はえ　（三五二九）
妹をこそあひ見に来しか眉引《まよびき》の横山辺《へ》ろの鹿猪《しし》なす思へる　（三五三〇）

東歌には、このように母が出てくる歌がけっこうある。これらの歌に出てくる母はみな同じで、どの母も娘の恋を妨害する存在として歌われている。つまり、恋の障害として母は歌われているのである。
最初の歌は、娘が、通ってくる恋人の男に心を許しその結果として母を裏切ってしまったというもの、次の歌は、母が娘を番人に見張らせておくように守っていたが魂はいとしい人と逢ってしまったと歌う。次の三五一九は、なかなか面白い歌で、通う男の側の歌だが、娘のところへ逢いに行ったが母親に怒られて逢うことができず、娘に青空の雲のように自由に出てこいよ、一日会ってから帰りたいと歌っている。最後の歌も、男の歌で、やはり娘に逢いに来たのに母親に邪魔された歌だが、面白いのは、母親が男のことを「鹿猪」のように思っている、ということである。

母にとっては娘は鹿や猪に荒らされたくない大事な田のようなもので、男は、その田を荒らす動物なのである。ここに母親と娘とその娘に通う男との関係が見えてくる。どうやら、万葉の歌において、母親は、娘のもとに通う男を田を荒らす害獣のように警戒していたことがわかるのである。

母を恋の障害として歌う歌は他にも結構ある。特に作者未詳歌の巻十一・十二に集中している。

巻十一

玉垂れの小簾《をす》の隙《すけき》に入《い》り通ひ来ねたらちねの母が問はさば風と申さむ　（二三六四）

たらちねの母が手放れかくばかりすべなき事はいまだ為《せ》なくに　（二三六八）

百尺《ももさか》の船隠《かく》り入る八占《やうら》さし母は問ふともその名は告《の》らじ　（二四〇七）

たらちねの母が養《か》ふ蚕《こ》の繭隠《まよこも》り隠れる妹を見むよしもがも　（二四九五）
たらちねの母に障《さや》らばいたづらに汝《いまし》もわれも事は成るべし　（二五一七）
誰《たれ》そこのわが屋戸《やど》に来喚《きよ》ぶたらちねの母に嘖《ころ》はえ物思ふわれを　（二五二七）
たらちねの母に知らえずわが持てる心はよしゑ君がまにまに　（二五三七）
たらちねの母に申さば君もわも逢ふとは無しに年は経ぬべし　（二五五七）
かくのみし恋ひば死ぬべみたらちねの母にも告げつ止まず通はせ　（二五七〇）
桜麻《さくらを》の苧原《をふ》の下草露しあれば明していけ母は知るとも　（二六八七）
あしひきの山沢恵具《やまさわゑぐ》を採《つ》みに行かむ日だにも逢はせ母は責むとも　（二七六〇）

巻十二
たらちねの母が養《か》ふ蚕《こ》の繭隠《まよごも》りいぶせくもあるか妹に逢はずして　（二九九一）
魂合《たまあ》はば相寝むものを小《を》山田《やまだ》の鹿猪田禁《ししだも》る如《ごと》母し守《も》らすも　（三〇〇〇）
みさご居《ゐ》る荒磯《ありそ》に生《お》ふる莫告藻《なのりそ》のよし名は告らじ父母《おや》は知るとも　（三〇七七）
たらちねの母が呼ぶ名を申《まを》さめど路《みち》行く人を誰と知りてか　（三一〇二）

これらの歌を理解するには二つのことが明らかになる必要があるだろう。

1　何故母が恋の障害となるのか？　歌に歌われた母の役割をどう理解出来るか？
2　恋歌において特に母を恋の障害として歌うことは歌にどんな意味を与えるか？

まず1についてであるが、これらの歌の背景となった八世紀頃の母親とはどのような存在だったのかを見ておく必要がある。防人歌には母親について歌った次のような歌がある。

難波津《なにはつ》に装《よそ》ひ装ひて今日の日や出でて罷《まか》らむ見る母なしに　（巻二〇・四三三〇）
母刀自《あもとじ》も玉にもがもや戴《いただ》きて角髪《みづら》のなかにあへ纏《ま》かまくも　（四三七七）

一首目は、津（現在の大阪）から北九州に向けて出発するさい、見送る母親が居ないことを嘆く歌であり、二首目は、防人として赴任する息子が母親を珠にして髪につけて出かけられたら、と歌っている。ここでは、妻ではなく母親が、防人という兵役にとられる息子の無事を祈る存在であることがよくわかる。

古事記の出雲神話で、八十神の迫害によって命を落としたオオクニヌシは、「母の乳汁《おものちしる》」を塗られることで蘇生する。「母の乳汁」は母乳のことと考えられるが、母親が子どもにとって大きな力を持つ存在であることがこれらの歌や神話からもわかるだろう。ただし、これらの歌や神話上では母の力は息子に対してのものである。三浦佑之は神話や伝承上では父系的な原理が支配するのでどうしても母と息子の関係が浮き彫りにされ、母と娘との関係はあまり出てこないと述べている（『万葉人の「家族」誌』）。つまり、母と息子の関係が強調されるのは父系的な原理を背景としているということである。

これらの歌の背景となる八世紀では、資料から見る限り、婚姻の形態は、男が女のもとに通う通い婚で、恋愛がそのまま性的関係や実質的な結婚生活に結びつく対遇婚であると考えられる。結婚後、夫が妻方に居住するケースや、夫方に居住するケースとあったようであるが、基本的には父系性社会であるので、妻方居住であっても、子供が出来たらある年齢まで妻方で子供を育て、その後妻は子供と夫方に居住したようである。

中国の少数民族でナシ族の一部やモソ人は、いまだに母系制を持っていて通い婚の制度がある。モソ人の場合では、父親という概念がない。男は女のもとに通い、子が生まれても、子は母方で育てられる。男には養育義務はない。だから、子にとって、男は父ではなく、母親の夫でしかないのである。父親の役割は、母の男兄弟が果たす。家族の長は女性であり、女性が財産権を持ち、家長権も女から女へと継承されるのである。

このような制度の利点は、誰もが生まれた家で一生を暮らすという点にある。女は当然であるが、男も母親のもとで一生をすごすことになる。分家がないので、財産の分割もなく、経済的に有利であり、労働力も確保できる。男は複数の女性のもとに通うことができる。女に対して、男の数が出稼ぎに出たりなどして少ない社会では、これは合理的なシステムでもあるのである。

さて、最初は男が女の家に通う通い婚であって、子ができればやがて母子とも夫（父）方に移るというケースが多かったと考えられる日本古代の婚姻形態は、モソ人のような母系制がくずれたものか、もしくは最初から母系的な婚姻形態と父系的婚姻形態が混じり合っていた（双系制）、と言うことができるだろう。いずれにしても、恋の障害において、父親でなく母親が主に登場するのは、娘を育てているのは母親であるからということである。むろん、娘はすでに父方にいるとも考えられるが、やはり、子にとっては母親の役割が決定的に重要なのである。ただ、歌においては、母と娘との関係は、母と息子との関係とは違った現れ方をする。防人歌では母親は息子の頭を撫でて無事を祈るが、恋歌の場合、母と息子の関係は表れない。ほとんど母と娘との関係である。しかも、その母と娘に対して娘の監視者となって、娘の恋を邪魔する存在として現れる。

何故母は娘の恋を邪魔するのか。親の気持ちとして、大事な娘を嫁にほしいと言ってくる男に最初から簡単に許すことはないということもあるだろう。古事記の出雲神話に、根の国に逃れたオオクニヌシはスサノオの娘スセリビメを妻とするが、父親は簡単には許さない。そこでオオクニヌシに様々な試練を与える。これは、少年オオクニヌシが成人するための通過儀礼とも言われているが、このように、娘の親は婿に対して試練を与える、というような心理は当然考えられる。そう簡単には赤の他人には娘は渡せない、ということである。

一方、親にとって娘は貴重な労働力である。父系制では娘の親にとって結婚は貴重な労働力を失うことになるわけだから、そう簡単に結婚を認めないということも考えられる。「常陸国風土記」の歌垣の記事の中に、「筑波嶺の会に娉《つまどひ》の財《たから》を得ざれば児女《むすめ》とせずといへり」とあるが、娘の結婚はある意味で「娉《つまどひ》の財《たから》」を得るための貴重な機会でもある。従って、親が娘の結婚相手を吟味するということは当然あり得ることであり、親にとってどこの馬の骨か分からない男は田を荒らす害獣と同じなのである。

## 二、母の両義的な役割

おそらくは以上のような理由で母は娘の恋を邪魔していたのだろうが、ところが、先に挙げた歌の例の中で、次のような歌がある。

かくのみし恋ひば死ぬべみたらちねの母にも告げつ止まず通はせ　（二五七〇）

この歌は他の歌と違っている。娘は恋に苦しむあまり母親に男のことを告げる。母親は別れろとは言わなかったようだ。それで男に今まで通り通って来てほしいと言っている。この歌は一見母に結婚の許しをもらった歌のようだが、そうだろうか。ポイントは「恋ひば死ぬべみ」にある。「たらちねの母が手放れかくばかりすべなき事はいまだ為《せ》なくに（二三六八）とあるように、恋は苦しく危険なものであった。それは「恋死ぬ」という言い方で象徴的に表現された。この歌では娘は恋にかなり苦しんでいたのだから、母に告げたのはその苦しみから逃れるためであったと考えられる。むろん、それは結果的に結婚の許しを得ることだったとしても、恋の苦しさから逃れるために母に告げた、ということがこの歌を理解するポイントなのである。

つまりこの歌からわかるのは、もう一つの母の役割である。母は娘の魂を守る存在だということである。この歌では、母は、恋という危険な病に罹った娘を治したのである（それは恋人の男を受け入れるということを意味する）。このような役割の側で理解すれば、娘に言い寄る男を「鹿猪」のような害獣にたとえるのも、親の気に入らない男を寄せ付けないということではなく、恋という危険から娘を守るという意味合いが強い。母と娘の関係は「たらちねの母が養ふ蚕の繭隠り」とよく表現されるが、この言い方でわかるように、母が大事に大事に娘を保護している様子が窺えるだろう。

母は、娘の恋を邪魔することにおいて時には娘に敵対する存在である。だが、この歌のように娘を守る存在でもある。ここに母親の両義的な役割が窺える。考えて見れば、母親は娘の恋そのものを排除することはできない。どんなに禁止しても恋はしてしまうものである。それに、娘の恋を禁止すれば娘は男を見つけ結婚することができない。まだ親が家の維持のために娘の結婚相手を探すような時代の話ではなく、通い婚がそれなりに機能していた社会の話であるから、通う男との恋を禁止すれば娘は結婚できず、それは親にとっては避けなければならないことであったはずだ。そこに親の抱えたジレンマがあると言えるだろう。

婚姻は家族もしくは共同体を維持するための制度である。が、問題なのは、この制度が「恋」という男女の非日常的な関係を引きよせてしまうことだ。この「恋」は時として家族や共同体を揺るがすやっかいなものである。だから、結婚相手は親が決めるとか、多くの民族でみられるような「交叉いとこ婚」といった婚姻システムがある。それらは、ある意味では「恋」を忌避する仕組みだとも言える。だが、「恋」は生まれてしまう。

共同体社会にとって「恋」は禁忌である。ただしこの場合の禁忌とは、神との交流がきちんとした手続き（神を祀る儀礼）を経なければ神の顕現そのものが禍になるのと同じように、そういった手続きなしに「恋」が日常に現れることを忌避する、という意味合いである。従って、「恋」は一定のルールのもとに行われることになる。例えば筑波山の歌垣などはそのようなルールによって設けられた公認の「恋」の場であると言ってよい。

それなら、「恋」は一定のルールに従って粛々とおこなわれたのだろうか。そうではないだろう。「恋」はそうした共同体社会が設定したルールを超えてしまう。「恋死ぬ」という表現は、そういう「恋」の危険な現れを象徴的に表したものである。「恋」は制限を設ける共同体社会のルールを逸脱するほど過剰でもある。言わば、「恋」は社会に抗する現れなのである。

神の現れを共同体が必要とするように、「恋」の過剰さを共同体もまた必要とする（文化人類学的な言い方をすればその過剰さは共同体を活性化するからだ）。が、その過剰さは、ときに共同体をおびやかしかねない。そこに共同体のジレンマがあるとすれば、そのジレンマを引き受けるのが母という存在なのである。

三、歌垣における家族

筆者は中国雲南省の少数民族白族の歌垣文化を調査しているが、彼等の歌の掛け合いの中で、家族が出てくる場合がある。

彼等は、歌の上で熱烈な恋愛の歌を歌うが、当然、それはあくまでも歌の上であって、現実の関係ではない。その歌の上での恋の歌のやり取りのなかで、相手を誘う歌がお互いから出てくる。相手を自分の家に来ないかと誘う場合もあるし、直接に自分の家で暮らさないかと言う場合もある。そのように誘われたとき、だいたい答えの歌は、その誘いをやんわりと断るというものである。その断り方の中に、まず、あなたには夫（妻）がいるのではないか、と疑うケースもある。またあなたの家族がいるので私は行くことができない、私はきっと気に入ってもらえないと言って誘いを断ることの理由にする場合がある。結婚すれば、嫁となる場合にしろ婿となる場合にしろ、相手の家族と住むこともあり得るから、当然、結婚を前提にした歌の掛け合いにとっては、家族は重要な関心事になる。その意味では、掛け合いの中の話題になるテーマなのだが、ただ、歌のあり方として考えるなら、歌の中で家族を持ち出すことは、相手の出方をうかがう駆け引きの手段なのである。

白族の歌の掛け合いで三時間に及ぶ三〇〇首の掛け合いを取材した。そこでの掛け合いの中で、何度か互いの家族に言及する場面があるが、たいていは相手を試す内容になっている。（「繞る歌掛け」）

二〇七　女

あなたの言うことは何でもよく聞こえます、実際あなたは何が欲しいのですか。

わたしの家には一人の老人がいますが、代わりに世話をしてくれますか。

もしあなたが同意してくれるのなら、あなたが私の代わりに老人を養ってください。

あなたは一人っ子だから老人を養うのには同意しないでしょう。

二〇八　男

私はあなたの言ったことが嘘ではないかと心配しています。

私は花を取るなら花一輪だけ取ります。他は入りません。

たくさんの人を養うことは出来ませんが、あなた一人だけだったら問題はありません。

私が今欲しいのは一人の妻です。あなたは分かりますか。

二〇九　女

私はあなたを試しただけです。あなたの肝は小さい小さい（度胸がない）。

他の人は一株の花を取るのに、あなたはたった一輪の花しかとらないのですね。

あなたがそう言うのなら私はあえてついて行きます。あなたが怖いかどうか試してみたいです。

二一〇　男
実際私はあなたを得ることができたら何も怖くはありません。

私はあなたと一緒に行きたいと思っていますが、一体どっちが怖がっているんでしょう。

私はもう決めました。まったく動揺していません。

みんなの前で嘘をついたらあなたの顔を殴りますよ。
二一一　女
あなたは私の顔を殴ると言いましたね、私が何か間違ったことを言いましたか。

一方であなたは肝が小さいことを言う。一方であなたは何も怖くないという。

実際私はとても気をつけてものを言っています。どこに間違いがあるでしょうか。
二一二　男
私はあなたに言います。あなたは何も間違ったことを言っていません。

ただ私が怖いのはあなたの家の人です。ほかは何も恐くありません。

あなたの家の人が私の家に来てののしったら、私にはどうすることもできません。

あなたのお母さんがここにあなたを捜しに来たら、私はどうしようもありません。
二一三　女
あなたに言います。家の人がここへ来て捜すなんてことはありませんよ。

私のお母さんは、眠くて今ぐっすり寝ています。
私のお母さんはとてもいい人です。あなたを罵るなんてことはありませんよ。
あなたもお母さんと会えばわかります。お母さんはとてもいい人です。

番号は、歌の始まりからの通し番号で、二〇七番から二一三番目の歌ということである。このやりとりで面白いのは、女の方が自分の家族を持ち出して、相手の結婚への意志を問うという展開になっていることである。最初に老人を持ち出し、あなたは養えますか、と男に聞く。これは挑発であって、男は、私が欲しいのはあなただけだと切り返す。それに対して、あなたは心の小さい人ですね、と男を揶揄するのである。それに対して、男は怒り、さらに、あなたの母親が出てきたら私にはどうしようもないと女を牽制し、女は今ぐっすり寝ているからそんなことはないとやり返すのである。

なかなか面白いやり取りであるが、ここで、家族は、確かに二人の関係の障害として持ち出されていることがわかるだろう。非現実的な世界にひたろうとする恋の成り行きに対して、家族を持ち出すことは当然、日常の厳しい現実をつきつけるのであるから、いったん互いの距離を離すことになる。そうして、相手の反応をみながら、誠意や真剣さといったものを推し量ろうとする。

一方、他の例では、家族が歌の中で持ち出されるケースとして、相手を自分の家に誘う場合がある。自分の家には母や兄弟がいるが、あなたを歓迎するといった内容になる。が、このような場合でも、相手にとっては障害であることに違いはない。自分の母はとても良い人だと誘っても、相手は逆に私にはとても自信がないとか、相応しくないと歌を返すのである。つまり家族が話題になるということは、それがどのような意図において歌われるにせよ、歌垣に於けるやりとりでは恋の障害となる、ということである。

従って、白族の歌の掛け合いでは母が歌われたとしたら、それは恋の障害であるから、相手に対して、この恋の障害をどう取り除きますか？　と、相手を試すような意味合いを持つ。そう考えると、確かに、白族の歌垣でも、万葉において恋の障害である母が歌われるのと基本的には同じだと言えるだろう。

ただし、万葉集において母が歌われる場合、「たらちねの母に知らえずわが持てる心はよしゑ君がまにまに（二五三七）」といった歌を読む限りでは、相手の誠意を試すのではなく、むしろ自分の誠意を相手に伝えようとする歌になっている。万葉の歌は、互いに歌のやり取りを想定し得る相聞歌であって、歌垣的なやりとりに於ける歌の影響は受けているとしても、歌垣のような対面して即興で歌を掛け合う、という次元のものでなくなっている。その意味では、万葉における、恋の障害の歌われ方というのは、相手との距離を保つような駆け引きというよりは（むろんそのようなケースもあるだろうが）、障害があるからこそ、互いの距離を縮めようとする歌ととらえていいのではないか。つまり、万葉では、母が歌われることは、その恋の禁忌性が際だち、その恋そのものがせっぱ詰まっていることを示すのであるから、互いの距離を縮める契機として歌われた場合もあったのではないかと思われる。

## 四、噂

うつせみの八十言《やそこと》の上《へ》は繁くとも争ひかねて吾《あ》を言《こと》なすな　（巻十四・三四五六）
人言《ひとごと》の繁きによりてまを薦《ごも》の同じ枕は吾は纏《ま》かじやも　（三四六四）
梓弓末は寄り寝む現在《まさか》こそ人目を多み汝《な》を間《はし》に置けれ　（三四九〇）

次の恋の障害として噂を取り上げる。東歌から噂を歌った歌をいくつか抜き出してみた。万葉で噂とは「人言」のことである。また「人目」も噂に直接かかわっていく表現として同じ範疇にいれることができよう。一首目の「八十言」は人言のオーバーな表現。世間の噂に負けて私のことを口に出すな、と歌っている。二首目は、噂がうるさいからといってお前と共寝をしないことがあろうかと、噂に負けないぞと宣言している歌である。三首目は、いつかお前と共寝をしよう今は人の目がうるさいので中途半端な状態にしているけど、といった意味だが、いずれの歌も噂が恋の障害として歌われていることがわかる。

恋の歌で「人目・人事」はよく題材になる。ちなみに、巻十一・巻十二から「人目・人言」の歌を抜き出してみる。

巻十一

人言は暫《しま》し吾妹子縄手《つなで》引く海ゆ益《まさ》りて深くしそ思ふ　（二四三八）
淡海《あふみ》の海沖つ島山奥《おく》まけてわが思ふ妹が言の繁けく　（二四三九）
思ふにし余りにしかば鳰鳥《にほどり》のなづさひ来しを人見けむかも　（二四九二）
わが背子に直《ただ》に逢はばこそ名は立ため言の通《かよひ》に何そ其《そこ》ゆゑ　（二五二四）
おほろかの行《わざ》とは思はじわがゆゑに人に言痛《こちた》く言はれしものを　（二五三五）
人言のしげき間守《まも》りて逢ふともやさらにわが上《へ》に言《こと》の繁けむ　（二五六一）
里人の言縁妻《ことよせつま》を荒垣《あらがき》の外《よそ》にやあが見む憎くあらなくに　（二五六二）
人眼守《も》る君がまにまにわれさへに早く起きつつ裳《も》の裾《すそ》濡れぬ　（二五六三）
人言を繁みと君に玉梓《たまづさ》の使も遣らず忘ると思ふな　（二五八六）
人言の繁き間守《まも》ると逢はずあらば終《つひ》にや子らが面《おも》忘れなむ　（二五九一）
人目多み常かくのみし候《さもら》はばいづれの時かわが恋ひずあらむ　（二六〇六）
月しあれば明《あ》くらむ別《わき》も知らずして寝《ね》てわが来《こ》しを人見けむかも　（二六六五）
淡海《あふみ》の海奥《おき》つ島山奥《おく》まへてわが思ふ妹が言の繁けく　（二七二八）
人言を繁みと君を鶉《うづら》鳴く人の古家《ふるへ》に語らひて遣りつ　（二七九九）

巻十二

直《ただ》に逢はずあるは諾《うべ》なり夢にだに何しか人の言の繁けむ　（二八四八）
人言の讒《よこ》すを聞きて玉桙《たまほこ》の道にも逢はじと言へりし吾妹　（二八七一）
逢はなくも憂しと思へばいや益しに人言繁く聞え来るかも　（二八七二）
里人も語り継ぐがねよしゑやし恋ひても死なむ誰が名ならめや　（二八七三）
里近く家や居るべきこのわが目人目をしつつ恋の繁けく　（二八七六）
人言はまこと言痛《こちた》くなりぬとも彼処《そこ》に障《さは》らむわれにあらなくに　（二八八六）
人言を繁み言痛み吾妹子に去にし月よりいまだ逢はぬかも　（二八九五）
心には千重《ちへ》に百重《ももへ》に思へれど人目を多み妹に逢はぬかも　（二九一〇）
人目多み眼こそ忍べれ少なくも心のうちにわが思はなくに《も》　（二九一一）
人の見て言咎《とが》めせぬ夢《いめ》にわれ今夜《こよひ》至らむ屋戸《やど》閉すなゆめ　（二九一二）
直《ただ》今日も君には逢はめど人言を繁み逢はずて恋ひ渡るかも　（二九二三）
心には燃えて思へどうつせみの人目を繁み妹に逢はぬかも　（二九三二）
人言を繁みこちたみわが背子を目には見れども逢ふよしも無し　（二九三八）
人言を繁みと妹に逢はずして心のうちに恋ふるこのころ　（二九四四）
問答の歌
うつせみの人目を繁み逢はずして年の経ぬれば生けりとも無し　（三一〇七）

うつせみの人目繁けばぬばたまの夜の夢にを継ぎて見えこそ　（三一〇八）
ねもころに思ふ吾妹を人言の繁きによりてよどむ頃かも　（三一〇九）
人言の繁くしあらば君もわれも絶えむといひて逢ひしものかも　（三一一〇）

人目・人言の歌はけっこうたくさんある。噂とは、恋にとってそれだけついてまわるということなのであろう。それにしても万葉の歌い手は噂をいろんな風に歌い込んでいる。最初の歌は、噂はほんのひときに過ぎない、私の思いは海よりも深いのだ妹よ、と歌っている。なかなかいい歌である。二五六一では、噂の隙間をぬって逢ったのにさらに噂がひどく立ってしまった、と嘆いている。噂は増殖していくことがよくわかる。二五六二では、私の妻だと噂されている妹を、私は荒垣の外からしか見ることができない、憎く思っているわけではないのに、という意味だが、「言縁妻」というのがなかなか面白い表現である。噂の上での妻という意味であろうが、つまり、噂を立てられてしまったために、好きなのだけれど逢うことができなくなってしまった、というわけである。噂によって二人は結びつけられるが、同時に噂によって逢うことができないというジレンマがよく出ている歌である。

噂が何故歌に歌われるのか、そのことについて次のような解説がある。

したがって恋も、「人みな知りぬ」といった人の目や口に晒されることを禁忌としながら、同時に〈ひとごと〉を必要とする矛盾した構造を持つ。恋が深まっていくことと、恋が人の噂になっていくこととの間にはある主の因果関係があったことが『万葉集』の歌から見えてくるのである。（略）恋というものが相手と自分だけの二人の関係で成り立ちながら、その恋が、第三者である「人」の口に噂されることで逆に、二人の恋がより深いものとして確認されていく在り方である。恋は男と女との対の関係で成立するが、二人の対称的な関係の内部では恋の成就が認識できず、二人の関係の外の世界である〈ひとごと〉といったものを媒介とすることで初めてそれが確認できる構造である。〈ひとごと〉は恋の妨げでありつつ同時にそれによって恋を深めていくといった、まさに両価的な力を持っていたといってもよい。（斎藤英喜「人目・人言」）

噂が何故歌われるのか、つまり、噂を通して恋の成就が実は確認されるのだ、というのである。この説明にある通り、恋愛は当事者としての二人だけの行為だが、しかし、恋愛は二人だけでは成立しない。第三者が必要である。

恋愛の感情というものには恥ずかしさというものが伴っている。何故恥ずかしいのか。それは恋愛が秘められたものだからである。それなら何に対して秘められるのか、それは世の中の人々に対してである。世間の目があるから恋愛は成立する、ということは、恋愛は秘められているものであるのに、世間の目に晒されるというものである、ということになる。そこに恋愛のジレンマがある。別の言い方をすればそれは噂の持つ両価的な力ということになるだろう。噂は、恋を妨害しまた恋を成就させる、というわけである。

確かに、秘められた恋愛をしているのに、誰も噂してくれなかったら、がっかりするだろう。それだけ自分たちの恋愛が秘められるべきほどの禁忌性を持っていないということになるからだ。禁忌性を持っていないということは、恋の程度が低い（過剰ではない）ということである。要するに世間にとってつまらない恋になってしまうというわけだ。それは当事者にとってはつらいことである。禁忌の恋愛をしているからこそ、燃えるのに、誰も相手にしない恋愛だったら、すぐに醒めてしまうだろう。

それなら、どうしたら自分たちの恋を秘められたすばらしい恋（過剰な恋）にできるのだろうか。それは噂になる、ということだ。噂になることで、初めて自分たちの恋愛が秘められた特別なものなのだという認識が成立する。そこに噂の力があるというわけなのだ。

これは恋の障害として母が歌われるのと似ている。ただ、噂には危険が伴う。噂は恋をする当事者にとって喜ぶべきことではない。母の場合は、二人の仲を引き裂く存在として意識されていた（むろんそれは娘を守るという意味があったにせよ）。それなら恋愛の当事者は噂を何故恐れたのだろうか。

## 五、物語としての恋愛

何故噂を恐れるのか、それは「恥」という感情から解くことが出来る。「恥」とは、内と外との境界が破られたときの、内にある心の反応を言う。家の中で裸同然の格好をしてくつろいでいたとき、突然お客が訪ねてきてその姿を見られてしまった、というような時に恥の感情は発生する。内の姿を外から覗かれたからである。神話の語りでもこの「恥」は、やはり内と外との境界が破られた時に使われる。

古事記の神話で、イザナキが黄泉国のイザナミを訪問する場面。もう一度この世に戻ろうと訪ねてきたイザナキにイザナミは黄泉大神に相談してくるが私のことを決して見てはならないと言う。いわゆる「見るなの禁」だが、イザナキは燈を灯して見てしまう。するとイザナミの姿は「うじたかれころろきて」という腐敗している屍体の姿であった。驚いたイザナキは逃げ出す。見られたイザナミは「恥を見せつ」と言って追いかける。

山幸彦のホオリノ命と海神の娘であるトヨタマヒメが結婚し、トヨタマヒメがウガヤフキアヘズを出産する時もまた同じである。トヨタマヒメは地上で出産するために浜辺に産小屋を鵜の羽を葺いて作る。が、まだ作り終えないうちに産気づき、ホオリノ命に産小屋の中を決して覗かないでくださいと言って産小屋に籠もるが、ホオリノ命は覗いてしまい、トヨタマヒメがワニ（鮫）の姿でのたうちまわっているところを覗いてしまう。ホオリノ命は驚き、見られたトヨタマヒメはやはりここで「恥を見せつ」と言って、産んだ子供（ウガヤフキアヘズ）を残して故郷である海神の国へ帰ってしまうのである。

いずれもシチュエーションは同じである。イザナミやトヨタマヒメが見てはならないと言ったのは、彼女たちが「異界」の側の存在であり、この世の存在である男たちに「異界」の姿を晒さなくてはならなかったからである。つまり、覗かれた時点で、内と外との境界が破られ、彼女たちは、内のあられもない姿を外側に晒してしまったのである。それはまさに「恥」なのだ。異界の側の女とこの世の男とはもう一緒に過ごすことはできない。だから別れなければならない。異類婚の昔話にもこのような「見るなの禁」のモチーフは、話型として出てくるが、有名なのは「鶴女房」いわゆる「鶴の恩返し」だろう。機織りをしている姿を覗かれた鶴はもうこの世にはいられない。「見るなの禁」とは、異界の側の存在とこの世の存在が、婚姻という形であれ一緒にいることが不可能になったことのサインなのである。

異類婚というモチーフは神話から昔話にいたるまで実にたくさんの物語を生み出しているが、この物語の構造は極めてわかりやすいものである。異界の存在である異類（神）とこの世の存在である人間が婚姻という関係を持つが、その関係は長続きはしない。異類の正体が見破られたときその関係は解消されるが、その時の解消の仕方として例えば「見るなの禁」があるというわけである。異類女房は多くは「見るなの禁」によって異類と人間の関係が解消され別れる、というパターンであるが、三輪山型神話のような「蛇婿入」の昔話の場合には、異類の正体がばれると、異類は人間によって殺されるというような残酷な終わり方の場合もある。

このような構造を言い換えると、異類と人間との婚姻とは、異界（神の世）とこの世とが重なったことを意味する。これはこの世の秩序にとって異常な事態であるから、その異常な事態を正常な事態に戻さなければならない。つまり、異界のこの世への顕現という異常な事態を正常に戻すプロセスが、多く語られている物語の構造なのだということができる。

例えば宮崎駿の『千と千尋の神隠し』というアニメ映画があるが、千尋が異界とこの世との境界であるトンネルをくぐって異界に入り込んだとき、異界とこの世の重なるという異常が生じ、それを正常な状態に戻す、つまり、ふたたび千尋がトンネルを潜ってこの世に戻る、そこまでのプロセスがこの映画の物語の構造になっているというわけである。

われわれの住むこの世はそこいら中で異界を抱え込んでいてその異界が時々顕在化するのである。だから、物語の種は尽きることはない。異界が顕在化することは異常な事態の発生であるから、当然この世の社会はその異常な事態を正常な事態へ戻そうとする。実は「恥」とは、このときに起こる反応の一つなのである。イザナミやトヨタマヒメの正体の露見は、異常性そのものの露見を意味する。そのとき、その場にはいられないいたたまれなさが正体を知られた当事者を襲うのである。それが「恥」であるが、それはある意味では異常を正常へ戻そうとする反応だと言える。

それは、恋の当事者が噂の対象となり「恥」ることとまったく同じである。

恋もまた異界とこの世が重なり合うような異常な事態である。恋が禁忌である理由はいろいろと説明できるが、簡単に言えばそれが非日常の行為だからということである。日常の生活の中での恋愛の顕現を人々は嫌う。当たり前のことで、仕事をしている隣で男女の恋愛を見せつけられたら誰でも仕事にならないだろう。つまり、恋が秘め事で無ければならないのはそれが非日常の行為だからだが、だからこそ、この世に恋が顕現することは異常な事態ということになる。

この異常とは、この世の側に異界とも言うべき非日常としての恋が顕現したことを意味するが、実は、その異常は「噂」という形で露見されるのが、恋の特徴と言っていい。つまり、噂とは、この世に潜んでいる「恋」という秘められた異界的行為の一種の検知器なのである。噂が立てば、恋が露見する。すると、恋の当事者は「恥」という反応を起こす。それは、異常を正常へ戻そうとするこの世の社会の力学が働き始めたことを意味するのである。

それでは何故恋の当事者は噂を恐れるのであろうか。それは、「恥」という反応を引き起こすからだということになる。しかし「うれし恥ずかし」なんて言い方があるように「恥」だってそんなに悪くないではないか、という見方もあるだろう。確かに、恋が露見して恥ずかしく思っても、噂は両価的な力を持つとあったように、「恥」もまた両価的であるはずだ。すでに述べたように「噂」によって自分たちの恋が世間に認知されるということでもあるのだから、「恥」自体必ずしも忌むべきものではない、という考え方もあるであろう。

が、それは「噂」や「恥」を甘く見た考えだと言わざるを得ない。「恥」という反応は、萎縮であり、一種の引きこもりである。恥ずかしいと思うときは、恋の相手と会うことが出来ない。だから恋の障害になるのであるが、何故萎縮するのか。それは噂が引き起こす世間の力への防御的反応だからである。恋の発生は、異常な事態の発生であり、世間は噂を通して異常を検知し、その異常を正常に戻そうと働き始める。それは恋の当事者をこの世から排除する力としても作用する。それが噂の持つ怖さなのである。
常陸国風土記に「童女松原の伝承」の物語がある。

古《いにしへ》、年少き僮子《うなゐ》ありき（俗《くにひと》、加味乃乎止古《かみのをとこ》、加味乃乎止売《かみのをとめ》といふ）。男を那賀《なか》の寒田《さむた》の郎子《いらつこ》といひ、女を海上《うなかみ》の安是《あぜ》の嬢子《いらつめ》となづく。ともに、形容端正《かたちきらきら》しく、郷里《むらざと》に光華《かがや》けり。名《な》聲を相聞きて、望念《ねがひ》を同存《おなじ》くし、自愛《つつし》む心滅《うせ》ぬ。月を経、日を累ねて歌《うたがき》の會《つどひ》（俗《くにひと》、宇太我岐《うたがき》といひ、又、加我毘《かがひ》といふ）邂逅《たまさか》に相遇《あひあ》へり。時に、郎子歌ひけらく（略）嬢子、報へ歌ひけらく（略）便ち、相語らまく欲ひ、人の知らむことを恐りて、遊《うたがき》の場《には》より避け、松の下に隠りて、手携はり、膝《ひざ》を役ね、懐《おもひ》を陳《の》べ、憤《いきどほ》りを吐く、（略）偏《ひと》へに語らひの甘き味に沈《おぼ》れ、頓《ひたぶる》に夜の開けむことを忘る。俄《には》かにして、鶏鳴き、狗吠えて、天暁《そらあ》け日明《あきら》かなり。ここに、僮子等《うなゐたち》、為むすべを知らず、遂に人の見むことを愧《は》ぢて、松の樹と化成《な》れり。郎子を奈美松《なみまつ》と謂ひ、嬢子を古津松《こつまつ》と称ふ。

那賀《なか》の寒田《さむた》の郎子《いらつこ》と、海上《うなかみ》の安是《あぜ》の嬢子《いらつめ》はそれぞれの共同体で評判の男女であった。二人はそれぞれに相手の噂を聞き、それだけで情愛を抱いてしまうのだが、ただすばらしい人が近隣にいるというだけでは、ここまでの関係にはならないはずである。この風土記の文には、二人の関係を直接結びつけるような噂は出てこないが、二人を「かみのをとこ」「かみのをとめ」として近隣の特別な男女とする風聞はあったはずで、そのことは、二人を理想のカップルとして、恋愛という関係に押し上げる噂のあったことを十分に推測させる。二人がまだ見ぬ相手に情愛を抱いたのは、そこに、二人の関係を恋愛の関係であるかのようにみなす噂があったからであろう。つまり、二人の理想の男女を聖なる恋愛の当事者であるかのように噂する地域の人々の恋愛幻想に、まだ会ってもいないはずの二人はとらわれ、相手に情愛を抱いてしまった、ということだと思われる。

そうして二人はついに歌垣の場で出会う。歌垣は祭りの場であるから、恋愛の禁忌は解除されている。従って、二人はそこで思いのたけを述べあうのだが、歌垣の場所をつい離れてしまい、さらに、彼等は、歌ったのでなく語らっている。声は公開性を持っている。歌を歌えばそこには歌垣的な空間が現出し、第三者である観客がいて、人々は彼等の恋を受け入れる(過剰な恋を受け入れるルールと言ってもいい)。しかしひそひそ語らったのでは、その恋は禁忌そのものであり、異常な事態として世間は対処せざるをえなくなる。

夜が明けても二人は恋愛を終わらせない。つまり恋の許される非日常の時間が終わってしまったのである。そのことに気づかない二人は松になったとある。心中したという解釈もあるようだが、要するに、この世に戻れず二人は永遠にあの世の存在になってしまったということである。その理由は、「人の見むことを愧ぢて」とあるように、彼等の恋が、異常なものとしてこの世にさらけ出されてしまったからであろう。

この物語は、噂の持つ恐ろしさをよく伝えている。彼等が恥じたのは噂になることを恐れたからである。問題はそこからで、恥じたとき、彼等はこの世に戻れなくなってしまったのである。別な見方をすれば、これが噂の持つ力と言っていい。彼等を結びつけたのは噂の力だが、実は、彼等をこの世に戻さず、あの世の存在（松の木）にしてしまったのもまた噂の力なのである。

恋が露見し（噂を立てられ）たとき、「恥」という反応が生じるが、その後どうするのか。おそらく選択肢は二つである。この世に戻るか、戻らない（戻れない）かである。この世に戻るとは、別れるかそれとも正式に世間に認められて結婚するかである。つまりいずれにしても恋の終焉である。戻らない（戻れない）とは、もともと恋はあの世の側に属す行為と幻想されているのであるから、非日常としての恋を貫くなら二人はあの世で恋を続ければいいわけである。ある意味で、それは理想的な恋愛であり、それを実現するとしたら「心中」ということになるであろう。

噂を立てられたら、いずれこのような判断を強いられるということになるわけである。恋という過剰な事態をそのまま維持する事は出来ない。「恥」のままずっといられないということとそれは同じことである。

二人を恋愛の当事者にしたてていくのも噂であり、一方、恋愛の禁忌を犯した者として心中に追い込むのも、まだ噂のはたらきであるとすれば、噂は恋愛の物語をまさに構成していると言えないか。その物語とは、二人が、特別な男女として恋愛の当事者となるが、その恋愛は次第に過剰なものとなり、歌垣のような禁忌の解放されている空間にとどまることができず、いつのまにか社会の中に露出してしまう。その結果、禁忌に触れた二人を社会はあの世へと排除する、というものである。噂は、二人の恋をはやし立てたその時から、二人が禁忌に触れ犠牲となる瞬間を願望していたのだと言えるかも知れない。噂は、いつも、そうやって一つの恋愛の物語を完成させるように機能するものなのかも知れない。その意味で、噂は、恋愛の物語を作るきっかけであり、恋愛の当事者は、そのことに憧れつつも一方では恐れなければならないのである。

人言の歌に次のような歌がある。

里人も語り継ぐがねよしゑやし恋ひても死なむ誰が名ならめや　（二八七三）

里の人々が物語として語り継いでいくように、いっそのこと恋に死んでしまおう。その時浮き名が立つのはあなたの名前なのですよ。といった意味の歌であるが、「語り継ぐ」恋とは、恋の当事者があの世へと排除される恋なのだということが、これまで述べてきたことによって明らかになるはずだ。恋愛が物語化するのは、恋の露見した二人が、この世に戻れず、あの世の存在へと化してしまうからである。噂が怖ろしいのは、恋を感知したとき、同時に、その恋を物語としての恋に仕立てようとする意志のようなものが噂に潜むからである。恋は禁忌であるという意味で社会に抗する。が、一方で社会はいつもそのような過剰な恋の物語を必要としている。まさに、「語り継ぐ」べき誰かの死を待っていると言っていい。寒田《さむた》の郎子《いらつこ》と、安是《あぜ》の嬢子《いらつめ》は、そのような過剰な恋の物語を必要とする社会の要請によって作られた物語だった。何故、噂を恐れるのか。誰もが恋の物語の主人公になることを何処かで切望しながらそれを避けようとするからなのである。

## 六、白族の歌垣における噂

白族の歌垣では、噂という言葉が歌の中に出て来るケースはあまりないが、しかし、やはり噂を意識するやり取りはないわけではない。

例えば次のようなやりとりの例がある（『中国少数民族歌垣調査全記録1998』）。

二一四　男

私はあなたに同意しますが、あなたが本当のことを言っているかどうかは分かりません。

あなたはここに歌の掛け合いにきて、お母さんに叱られたことがあると聞いています。

あなたはいつも私と一緒にいることで、家の人に叱られたそうですね。

私と歌の掛け合いをしたことが罵られた原因ですね。（二人はすでに知りあいで歌を掛け合ったことがあるのか？）

二一五　女

あなたは多くのことを言う必要はありません。何でも私一人で言います。

大きな街を一人で歩いても私は何も怖れません。知っていますか。

噂を立てられても私はいいですが、他の人があなたの悪口を言うなら私は許しません。（？）

私はどうどうと歌の掛け合いに来ているのですから、誰に罵しられることがあるでしょうか。


歌の訳が多少不安な面のあるところであるが、男が、女に対して、歌垣に来たことを知られて怒られたそうですね、と歌うと、女は、噂を立てられても私はかまわない、ただあなたが悪く言われるのは許さないと、歌う。つまり、私は、「噂」には負けないとここで女は歌っているのである。

また次のような掛け合いの例がある。

男
私はあなたのことを知りません。顔を私の方に向けてくれませんか。

そうすればはっきりとあなたの顔がわかります。

あなたは人垣の中に隠れているので、私はどうしても見る事ができません。

ほかの人と間違えないように、こちらを向いて、顔をはっきりと見せてください。

女
恥ずかしいわけではありませんが、今は昼間なので、あなたと直接会うのをためらっているのです。

私の村の人に見られたら、噂を立てられますから。

もしあなたが結婚していれば、帰ってから奥さんにしかられますから。
そういうことをいろいろ考えているので、立ち上がって歌う勇気がありません。

この掛け合いは今までの掛け合いの事例とは違う掛け合いであるが、女性はグループで来ていて、観客やグループの中に隠れるようにして歌っている。男は、立ち上がってはっきり顔を見せて欲しいと言うのに対して、噂になると嫌だからはっきりと顔を見せるのは嫌だと歌うのである。むろん、立ち上がって顔を見せたからといって、ここで本当に噂になるわけではない。むしろ、「噂」が相手の要求を断る一つの方便になっていることに注目すべきだろう。この場合、男にとっては、まさに噂は恋の障害となる。

白族の歌垣では、万葉の「人目・人言」のような、噂の歌語とも言うべき決まった表現はないようである。が、噂についてよく歌われる言い方に「烏鴉嘴生叫出血、我的心不変」（鴉が嘴から血が出るほど叫んでも私の想う心は変わらない）という表現がある（施珍華氏からの聞き書きによる）。鴉とは噂をする人のことで、これも噂には負けないという意味になる。

このように、家族を歌う場合と共通することだが、白族の歌垣においてもやはり噂は恋の障害なのである。ただ、万葉の噂の歌と比較すると、白族の場合の噂は、「悪口」というイメージが強い。これまで何度も白族の歌垣調査をしてきているが、悪口をお互いに投げ合う場面が時々ある。その場合は、たいていは、相手の誠意を試すような駆け引きのテクニックとしてやりとりされるが、中には、ほんとに相手にひどい言葉を浴びせて相手を怒らせてしまい掛け合いが終わってしまうというケースもあった。ひどい悪口の言葉は、けっこう人々の間で評判（噂）になるのだという。

白族の歌謡文化研究家で歌垣の歌い手でもある施珍華氏は次のように語っている。

一人のお爺さんがある娘さんを相手にどうしても歌いたかった。女性の方はそのようなお爺さんと歌うのが嫌で、お爺さんをひどく侮辱した。女性がどのように言ったか、というと、「お前はもう死にかかっている」、「お前は人間じゃない」、「お前は弓だ（弓のように背中が曲がっているという意味）」、「もう下顎はない、それでもまだ美しい花を探すのか」と、このような言葉で歌った。そのお爺さんはずいぶん前に亡くなったが、私はお爺さんを罵ったあの言葉をよく覚えている。この歌垣のことは広く世間に知られていて、人々はその言葉をまだ覚えている。（『中国少数民族歌垣調査全記録1988』）

ある娘さんがお爺さんを罵った言葉は世間での評判になった、ということは、歌垣が人々の耳目に開かれていることを改めて印象づける。当然のことだが、歌の掛け合いは観客の前で行われている。つまり、公開されているやりとりである。だからこそ、そこでひどい悪口が歌われればたちまち噂になるのである。ひどい悪口は、この世の秩序の逸脱であり、それは噂を通して露見され排除されるという力学がそこで働くのである。

後者の掛け合いの事例で、女の方が顔を見せるのを嫌がったのは、掛け合いを見ている観客（村人）の噂を立てる力は、恋愛を露見させるというその本来の力だけでなく、こういう歌垣の場においても発揮されるのだということを意味していよう。歌い手は、そのことを利用しながら、噂を恋の障害として表現化し、歌の中に織り込んでいくのである。基本的には、万葉集の噂の折り込み方とそれほどの違いはないように思われるが、違うとすれば、万葉集の歌が、駆け引きという性格にそれほど縛られないことによって、自分の恋の切実さや思いを吐露するような歌になっているということであろう。

## 七、何故「恋の障害」は母であり噂なのか

万葉集の歌に表現された「恋の障害」として、「母」「人目・人言」（噂）について論じてきたが、現実においては、「恋の障害」は母親や噂だけではなく様々にあり得るだろう。何故、この「母」と噂である「人目・人言」が象徴的に詠まれるのだろう。

それはこの二つが共同体にとっての恋に対するジレンマをよく現すものだからと思われる。すでに述べて来たように、恋は共同体に抗するように現象するが、共同体は恋を抑え込みつつも排除は出来ない。それは恋が共同体に非日常を持ち込む過剰なあらわれであるからであり、その過剰さは共同体の維持には

必要だからである。しかしその過剰さは共同体を脅かす。そこにジレンマがある。このジレンマへの対処として歌垣という公的な恋愛の場があった。しかし、恋はそのような限定的な場におさまるものではない。共同体社会の日常のなかにいつでもあらわれてしまうものだ。そこで、共同体は、このどこにでもあらわれかねない恋を抑え込みつつ排除はしないという難しい機能をもった「恋の障害」を必要とした。それが母であり噂であったのだ。それが歌の表現における「恋の障害」の象徴となったということであろう。

今まで見てきたように、恋の当事者にとって、母親も噂も、恋を監視するという意味で障害であるが、徹底した妨害ではない。ときには、恋の成就へのきっかけにもなり得るものであった。母は、厳しい恋の監視者だが、一方で「恋死ぬ」程の過剰な恋にブレーキをかけ、恋を成就させることもあった。噂は、当事者を「恥」させることで恋にブレーキをかけるが、一方で当事者を理想的な恋愛幻想の物語へと導く。この幻想は危険なもの（心中を誘導することがある）だが、男女の恋愛を理想化し、男女を結びつける役割を持った。

そういった意味において、万葉の歌における母や噂という「恋の障害」は、恋の危機を嘆くものであったり、恋の成就を訴えるものであったり、駆け引きであったりと、多様な意味合いを持つ。恋の「抗する」は、挽歌的に「悲しみ」を引きずるという意味での「抗する」とは違うと冒頭で述べたのは、このような多様な意味を持つということにおいてであったが、ただ、共同体社会にジレンマをもたらすという意味では、両者とも共通すると言えるだろう。

中国の少数民族白族の歌の掛け合いでは、恋の障害を歌うことは、相手の心を試す言葉であった。その言葉は、たぶんに男女の恋愛という関係を危うくする危険をはらんだものだったろう。が、それは、二人がお互いを信頼し合うためには、一度通らなければならない試練であった。

白族の歌の掛け合いにおいては「恋の障害」をうたうことは相手を試すという意味以上の広がりをもっていない。それは、白族社会にとっての恋の歌のやりとりが、歌の掛け合い（歌垣）の場に限定されたものであって、そういった場にとらわれず、いつでも個の心情（内面）の吐露としてうたうというものではないから、ということだと思われる。


引用もしくは参照した論文及び著書。
三浦佑之『万葉人の「家族」誌』講談社　一九九六年
斎藤英喜「人目・人言」『古代語誌　古代語を読むⅡ』（桜楓社　一九八九）
岡部隆志「続る歌掛け―中国雲南省の2時間47分に渡る歌掛け事例報告―」共立女子短期大学紀要49号
二〇〇六年一月
工藤隆・岡部隆志共著『中国少数民族調査全記録1988』大修館書店　二〇〇〇年

白族の歌謡文化研究家施珍華氏へのインタビュー（於・中国雲南省大理）。筆者は一九九八年～二〇〇七年の間白族の歌の翻訳をお願いしたり、歌文化についてのインタビューを何度も行っている。

# 第三章　ローカルなものとしての短歌

## ローカリティ短歌論

二〇一五年の一月に短歌評論集を出版した。『短歌の可能性』というタイトルで、主に歌誌『月光』に連載していた時評をまとめたものだが、歌集評というよりは、短歌という定型詩についてあれこれと論じた文章が多い。定型論は今時あまり流行らないようだが、私は、歌人論や短歌評よりも、何故短歌なのかといった抽象的な論が好きである。

私は歌人でもないし短歌の優れた読み手でもない。ただ短歌についての興味はかなりある。何故興味を持つのかと問われるとうまく答えられないのだが、たぶん、私は短歌表現にまといつく〈情〉のようなものが気になって仕方がないのだ。そして、短歌が、近代的文学観では説明出来ないというところも気に入っている。一九九九年にだした短歌評論集『言葉の重力』で私は、短歌の表現は「ローポジションのハイテンション」と定義した。この定義ほとんど広がらなかったが、けっこう使えると思っている。ローポジションとは「地上性」ということである。歌い手の視点が恋愛や親しい者を喪失した当事者の位置にある、と言えばよいか。第三者的な視点をとらないし、俳句のようにやや俯瞰的な位置から言葉を並べるということもない。この歌い手の位置が「地上」に縛られることが短歌の表現を特徴づけている。地上的であるということは、歌い手の頭の中の理念の位置からではなく、より心情の部分で反応したことを表現の価値としていくということである。自然や生活への印象を世界観の披露ではなく、その時折の断片的な心象として表現していくのもまた地上的と言えるだろう。

私が文学に興味を持ちそれについて学んでいったとき、文学表現は、より普遍性を目指すべきものであり、その普遍性を支えるのは、人間あるいは国家や社会のあり方の説明として使えるような世界観であると思っていた。だから、それなりに思想や哲学の本は読んだ。だが、いつしか、どうもそれだけでは人間も世界もまた文学も理解出来ないということに気づき始めた。これは私の個人的な気づきというよりは、いわゆる、ポストモダン的な時代の流れだったと言ったほうがいいだろう。

ポストモダンとは、簡単に言えば、人間もしくは社会が抱えた歴史的課題を全部解決出来るはずという期待を孕んだ近代の様々な思想が、所詮その時代のシステムの中で生まれた思想に過ぎないのであって、それら諸課題の解決は無理、と気づいたということである。その結果、近代を導いた西欧的思想が克服したはずのアジア・アフリカ的文化やキリスト教以前の文化などにも、現代の諸問題を考えるヒントはあると見直されたのである。

私が短歌の「地上性」に惹かれたのはこのポストモダン的状況とは無縁でなかった。つまり、短歌は、マルクス主義のような世界の問題を一気に解決する思想からは遠くにある表現形式であり、その対極にある表現の面白さに気づくには、私のなかのポストモダン的な展開が必要だったということである。

現代短歌や、専門とする万葉集を勉強し始めて、次第に面白くなり、いつしか、ここには、言語表現にとっての本質的な問題があって、まだ充分には論じられていないのではないかと思うようになった。普遍性探求からの失望から始まった短歌への興味が、いつしか、また普遍性への希求へと展開したわけである。

短歌表現を特徴づける情とか地上性を、生活の中にあって普段に生じる感情的側面とか生活者の立場として理解すると、わたしたちが社会の問題を解決していく時にとらわれてはいけないもののことだとする見方が出てくる。感情ではなく理性を、地上性ではなく超越的な理念をと対置していけば、グローバルスタンダードだと理解される理性や超越的立場に対して、情や地上性はローカルなものということになる。たぶんに地域共同体において共有されそこでしか通用しない基準であるとみなされるからだ。

このローカル性は短歌の表現への評価としてもあてはまるだろう。もともと短歌の起源を遡ればアジア諸地域における歌の掛け合いにたどりつく。そこではその地域固有のローカルルールに基づく定型の歌があって、例えばそのローカルルールを共有する地域の男女が恋歌を交わしていた。これは日本でも筑波山の歌垣として少なくとも八世紀には見られたものである。

日本の短歌表現は文字による定型詩（和歌）として、日本というローカルな中でのグローバルスタンダードにはなったが、その基本はローカル性である。短歌がローカルなものであるというのは、そのルール、例えば音数律やあるいは枕詞のような修飾語に一定の共通理解があって、その共通理解を持たない外部には広がらない詩形式である、ということでもある。その意味で、日本の短歌（和歌）は、世界の中でのローカルな日本共同体における詩文化であったわけだが、それ故、日本固有の文化アイデンティティとしてその価値を外国の文化に対して誇ろうとする、宣長のような近世国学者の動きもなくはなかった。だが、近代になって短歌がグローバルな詩形式になることはなかった。戦後の第二芸術論もこのローカル性に対する評価だと見なせば分かり易いだろう。

「ローポジションのハイテンション」つまり地上性と情とは、ローカルなものであるとここではみなしておきたい。そして、このローカル性が今わたしたちの生き方やあるいは社会のあり方を考えていくうえで重要なのだということをここでは述べてみたいのだ。

最近、ローカル性を経済や社会の側から評価する動きが盛んである。これはグローバリズム資本主義への批判と連動したものである。グローバリズム資本主義とは、世界を言わば格差に満ちた社会とみなし、その格差を市場原理における交換経済に組み込んで利益を上げようとする欲望に満ちた経済原理ということになろうか。この経済原理が抱える問題は、組み込まれた辺境（分かり易く言えば安い労働力を供給する地域）の経済が、先進国並みに豊かになることは決してないし、また、辺境との格差は、先進国の内側でも再生産される、すなわち資本主義の内部に内なる辺境（先進国内での低賃金労働という新たな格差）が生まれ、結局社会を疲弊させていくということである。ピケティの『二十一世紀の資本』は資本主義が格差を拡大させるばかりであることをデータで証明したとして話題になったが、このような資本主義への疑問が言われ始め資本主義の終焉が論じられる時代になった。

それは日本でも同じであり、特に日本では、少子化による人口減少の時代に入り、生産と消費を拡大することで社会の貧困を解決するとされてきた資本主義への評価が急激に色あせてきた。拡大成長を宿命づけられたグローバリズム資本主義とは違う経済のあり方や社会をどう構築していくのか、それが日本において真剣に問われ始めているのである。

例えば水野和夫『資本主義の終焉と歴史の危機』(集英社新書二〇一四)、藻谷浩介『デフレの正体』(角川書店二〇一〇)。広井良典『定常型社会　新しい「豊かさ」の構想』(岩波新書二〇〇一)等を読むと、グローバルな経済とは違うローカルな地域経済を活性化しなければ日本はだめになるとして、自立したローカル経済や魅力的な地域社会の構築をかなり具体的に提起している。

日本はすでに資金が利子を生まない経済に突入し資本主義は終焉を迎えているというのが水野和夫の分析である。経済成長は利子を生む。その利子によって資本主義がまわるとすれば、低利子が続く日本ではすでに資本主義はまわらなくなった。人口減少は生産と消費の縮小を必然とする。とすれば、経済成長に舵を切るのでなく、低成長であっても幸福と感じられる持続可能な社会(定常型社会)をいかに構築するかが問われている、というのが藻谷浩介や広井良典の主張である。ただ、そのことは、必ずしもグローバリズムを否定するということではない。例えば、その地域の特産物をインターネットを通して世界に販売するといったグローバリズムの利用も必要になる。過疎化の進む旧態依然とした地域共同体や経済のままでは地域創生はあり得ない。それなりの知恵と工夫も必要なのだ。

大都市を中心とした、生活者の顔の見えない人間関係の希薄な消費社会型の経済モデルではなく、生産者、消費者として顔が見える地域の住人同士が、一定の経済レベルを維持しつつ、相互に助け合う関係を作れるようなローカルな地域経済モデルが今求められている、ということである。

社会学の分野では、新しい公共性を作る試みとしての地域コミュニティ論が盛んである。これも公共性のローカルなあり方の模索と言っていいだろう。グローバリズム資本主義のなかで、企業が稼ぐ利潤を国民の生活のために国民に分配するのが国家の機能であるとすれば、グローバル化した企業は利潤を国民に還元せず、その企業を国家はコントロール出来ない。つまり利潤の再分配という国家の役割があやしくなっており、借金で再分配システムを維持すればギリシャのような破産国家になりかねないところに来ている。

一方、3・11の大震災で国家が制度疲労を起こしあまり役に立たないことが分かってきた。しかも、世界一の借金を抱えている国家に福祉への期待も出来ない。つまり、日本では国家という公共性の信用度がかなり落ちてしまっている。こういう状況では、わたしたち自身が公共性をどう構築するかが問われるのであり、言わばその公共性構築の試みとしての地域コミュニティ作りが、国家を前提としない公共性の構築としてテーマとなっているのである。

考えてみれば今までは肯定するにしろ否定するにしろ国家という大きな枠組みを論じることが社会のあ

り方を論じることだった。その対極には個人がいて、その個人が国家とどういう距離をとるかが、その個人の生き方のスタンスとして問われていた。つまり、国家に支配されず自由でありかつ欲望を他者に否定されない生き方、それが個人の理想的なあり方だった。その個人の理想は対極にある国家との対立によって鮮明に意識された。だが今、そのような対立は無効になりつつあると言ってもいいだろう。国家の信度が落ち、その国家への距離感に依存できなくなれば、個人は自分の生き方を見直さざるを得なくなるのである。

ローカルな地域経済やコミュニティ論がわたしたちにつきつけるのは、国家や個人といった絶対化しやすい普遍的理念では、現在の社会が抱えている諸課題を解決出来ないということである。そういった普遍的理念は、言わばグローバルな経済成長路線とそれを支えた近代国家の枠組みの中で実質的に機能していたものであるからである。それらの枠組みが機能しなくなることで生じる課題に対して、普遍的理念は右往左往するしかないのだ。

グローバルな経済成長路線、それは近代国家や自由な個人を支えた枠組みだったが、それは無限に続くはずだった。少なくともその無限に成長できることを前提にわたしたちの社会観も人間観も作られてきた。だが、現在の現実がつきつけたことは、無限に続くということなど絵に描いた餅だったということだ。加藤典洋は近著『人類が永遠に続くのではないとしたら』（新潮社　二〇一四）で、人類のあるいは世界の有限性にもっと目を向けるべきだと語っている。有限であることを知れば、グローバル資本主義における競争原理に支配されずもっと穏やかに生きられる、ということである。ローカルな立場とは、言わばこの有限性をどこかで受け入れる立場ということになろうか。

経済にしてもコミュニティにしても、ローカルな場からの持続可能な新しい仕組みが今模索されている。欲望を無限に追求する資本主義に疲弊した人たちを救済するのは、ローカルな社会もしくは生き方の側にある。孤立した個人や大きな国家という枠組みの中にはない。何故なら、グロバーリズム資本主義や国家システムが作り上げたのは、競争原理のもとに個別化された人間の記号化であり効率的な配置である。現代においてそのシステムが人間を幸福にしないと痛いほどわかってしまったのだ。とすれば、生産し消費しそして相互互助的に生きている人たちのその顔が見える経済モデルや公共性のシステムを作るしかない。ここでいうローカルとは、そういった人間の顔が見えるシステムを可能にするそれほど広くはない地域性であると同時に、わたしたちの存在のあり方であると言っていい。

短歌を論じることからかなり離れてしまったが、以上のような、もうわたしたちはローカル性へと行くしかないのではという観点を、短歌についてあてはめてみたいのだ。ここでもう一度短歌のローカリティについて繰り返すが、地上性（ローポジション）と情（ハイテンション）といったところにはまりやすい短歌表現をローカルな詩型だとみなした。そのことを、歌い手と短歌という作品の表現主体との関係として考えてみよう。

二〇一四年の『短歌研究』九月号に発表された「短歌研究新人賞」で、父の死を歌った石井僚一の作品が受賞したが、その授賞式に作者の父が出席していたことが明らかになり、そのことをきっかけに、短歌における虚構や、短歌表現における「私」とは何かといった問題が盛んに議論された。読者に嘘をつくのは良くないといった批判から、所詮作品は虚構ではないか、寺山修司は亡くなっていない母の死を歌ったではないかといった意見、あるいは、虚構は許されるとしても自ずと限度がある、肉親の死を装うのはいかがなものか、虚構をしてまで表現しなければならない動機があるのか、虚構として納得させるような文体が伴っていないとか、実に様々である。

私がこの議論にとても興味を持った。というのは、作家と作品上の主体が同一でなければならない、という理屈を今時誰も信じていないだろうと思うからだ。が、それでも、「近代以降の『わたくし』性を軸にした文体は事実性とセットになってきていて、前衛短歌における『わたくし』の拡張はあったけれども、それはセットになる文体自体の革命でもあったということですよね」（穂村弘『短歌研究』平成二七年短歌年鑑）というように、作品主体の〈私〉が事実性とセットになっていたという短歌の歴史をまるっきり否定せずに受けとめているのである。作品上の〈私〉の事実性とは、近代が生んだ〈私〉の制度に過ぎない。言わば神話みたいなものである。が、ほんとにその神話は生きているのか、と問うたら、いや信じているわけではないが、その制度自体は悪くはないのでは、というのが大方の歌人のスタンスであるようだ。

この虚構云々という議論は文学の問題としては言わば終わった議論である。短歌における事実性というリアリズムが私小説と同じように近代になって成立したことは誰も否定はしないであろう。そして、そのリアリズムを支えていた〈私〉の表現そのものもまた現代にあってリアリティを失ってきている。現代における〈私〉のリアリティとは何かと問うことなしには、〈私〉の事実性など描くことなどできない。ならばその問いに明確な答えがあるかと言えば答えられない。そういう時代をわたしたちは生きているのである。

しかし、そういったことを了解しつつも歌人は、短歌は〈私〉を歌うべきだと説く。例えば、斉藤齋藤は石井僚一の虚構を最初に批判した加藤治朗の「今回の問題で実感したのですが、短歌の世界全体が『私』に回帰したと思います。この虚構に満ちた現代社会の中でいかに『私』を出していけるのか。虚構を孕みながらも一人称で歌っていくことが短歌の生命線だと思うんです」といった言葉を紹介しそれに賛意を表している（『短歌研究』二〇一五年二月）。

加藤治朗の言う「虚構に満ちた」時代の中で、旧来の事実性としての〈私〉の雰囲気をまったく持たない穂村弘も斉藤齋藤も、この事実性としての〈私〉を否定しない。いや、虚構論議の張本人である石井僚一も「短歌は詠まれたことが事実という前提で読まれる。これが短歌の面白いところで、短歌の強み。事実として読んでくれるそういう読者に対して虚構を書くのはもったいない」（『角川短歌』二〇一五年二月）と語る。

〈私〉の事実性など信じていないくせに歌人はなんで〈私〉を歌うべきだと言うのか。実は、そこに短歌のローカル性があるからだ、というのがここで私が述べたいことなのである。グローバル資本主義が文学に与えたインパクトは、この世の中の総てはただ利潤のために交換されるだけであり、それ自体に意味（使用価値）などないということを明らかにしたことだ。虚構に満ちた時代とは意味（使用価値）を失った時代ということである。この時代の流れに文学もまた意味を失った時代を描くことに夢中になった。

だが、ローカルな社会では意味（使用価値）がまだ信じられているように、ローカルな文学においても意味（使用価値）は棄てられていない。この意味を失ったら、いや現実は失っているのだとしても、それにわたしたちは耐えられるのだろうか。このような問いを抱えているから、歌人は〈私〉の事実性を棄てられないのである。何故なら、虚構に虚構を重ねたような記号化された世界の中で、〈私〉の事実性は、それが幻想なのだとしても、とりあえずは、わたしたちの生そのものに触れ得る意味（使用価値）であるからだ。

短歌の「私」論でよく引用されるのが岡井隆『現代短歌入門』の「短歌における〈私性〉というのは、作品の背後に一人の人の――そう、ただ一人だけの人の顔が見えるということです。そしてそれに尽きます」（「私文学としての短歌」）という文章である。結局短歌のローカル性というのはこういうことなのである。詠み手（作品上の主体と重なってもいいが）が一人の人間として表現の向こうに見えるということである。

私の言うローカル性としての「地上性（ローポジション）」と「情（ハイテンション）」とは、この情の発信者としての人間が見える（地上性）ことだと理解してもいい。この短歌のローカリティが新たな意味を持ち始めた時代をわたしたちは生きているのだ。その意味で、歌人たちが〈私〉の事実性に回帰するのもよくわかるのである。

# 「歌の翼」に想う　福島泰樹歌集『天河庭園の夜』

福島泰樹歌集『天河庭園の夜』は、岡井隆の歌集『天河庭園集』からとったタイトルである。本書に載る論考「曇り日の秋田を発ちて」には『天河庭園集』編纂の過程が書かれているが、この歌集の刊行に福島泰樹が深くかかわっている。「私は新版『天河庭園集』一巻を編むことによって、岡井隆後半の長大な旅立ちの餞としたのである」と福島は書いている。『天河庭園集』は、時代的には一九六〇年代後半、七〇年安保闘争の激しい政治闘争の渦中で詠まれた歌を収める。かつて前衛歌人として「市民兵に転化してゆく時あらばわれらもい行くことあらば、妻よ」（『土地よ、痛みを負え』）とうたった岡井隆は、騒然とした時代のなかで次のようにうたう。

苦しみて坐れるものを捨て置きておのれ飯食《いいは》む飽き足らうまで
飯《めし》食いて寝れば戦《いくさ》はどこに在る〈俺〉と呼ぶ此のこのこごれる脂《あぶら》
学生は神かと不意におもいつく一握《いちあく》の味噌湯におとしつつ
曇り日の秋田を発ちて雨迅《はや》き酒田をすぎつこころわななき

これらの歌に対して福島は、「岡井隆は、六〇年安保闘争の参加の論理をかなぐり捨てて」「飯を食い、満足して寝床に入るといった自身の日常を前面に出すことによって、それ（政治）がどうしたとばかり学生たちに対し、ふてぶてしく居直って見せるのである」と書き、「岡井隆は、みずから切り拓いてきた前衛短歌に、みずからピリオッドを打った」と評する。無論、この居直りやピリオッドにはそうとうの苦渋があることを承知のうえでの言であろう。『天河庭園集』の掉尾を飾るのは次の歌である。

あけぼのの星を言葉にさしかえて唱うも今日をかぎりやとせむ

岡井隆は一九七〇年に入って失踪する。愛人との逃避行とも言われているが、九州を転々としていたらしい。五年を経て歌作を開始する。復帰後に刊行された歌集『鷲卵亭』に次のような歌がある。

原子炉の火ともしごろを魔女ひとり膝に抑へてたのしむわれは

しぐれ来てまた晴るる山不機嫌な女とこもるあはれさに似て

福島は「エロスこそが、私たちの風化をこばむ最後の砦であるかもしれない。これらの歌をふかぶかと暗誦しながら、岡井隆の復帰を白祝していた」と書く。岡井隆と再会した福島泰樹は、『岡井隆歌集』（思潮社一九七二年）に未完のまま収録されていた「天河庭園集」の単行歌集としての出版を熱く語る。そして、福島泰樹も編集に参画した単行歌集『天河庭園集』が一九七八年国文社から出版される。

以上が、福島泰樹歌集『天河庭園の夜』に描かれた『天河庭園集』刊行の経緯と追懐である。私は、これらの追悼とも言える福島の短歌と文を読みながら、岡井隆という歌人にかなり親しみを感じざるを得なかった。七〇年安保の闘争の現場にいた私は、当時岡井隆が、福島が居直りと評したような歌をうたっていたことなど知らなかった。知ったとしても、その心情に距離がありすぎて理解する意欲すら持たずに読み捨てていただろう。が、福島はそれらの歌に衝撃を受けたと記している。前衛歌人の歌に影響を受け範とするところのあった福島にとって当然の反応だろう。がそれでも、あの居直りの歌の一群にある歌「曇り日の秋田を発ちて雨迅《はや》き酒田をすぎつこころわななき」を「わが愛唱歌」とし「旅の途次など思い出しては口にする」と書いている。やはり歌人なのだと思う。「こころわななき」が、政治闘争の時代にそこから逃げる後ろめたさを抱え込んだ心であったとしても、歌として優れていれば愛唱できるのだ。たぶん、「こころわななき」には、一つの心情に固定されない、多様に解釈される余地があって、そういった巧みな曖昧さ故に、読み手の心情に入り込む、ということであろう。

さて、私が岡井隆に改めて親しみを感じたのは、かっこよく思想を掲げて生きようとしたり、そのような生き方を断念したり、愛人と逃げたり、生活者を標榜したりと、そういうぶれる生き方がなんか人間らしいと思った、ということである。私も齢を重ねてきて、そういう生き方は私にも当てはまるところがあると思え、そして、そういう生き方をあからさまに歌人として表現し得る、ということが、いかにも岡井隆なのだと思うのである。

『天河庭園の夜』で福島泰樹は次のような歌を詠んでいる。

思想とは教えてくれよ岡井さん鞣《なめ》した革の輝きですか
さにあらずさにはあらずよ思想とは脆くこぼれる鋼《はがね》の艶よ

思想とは何なのであろうか。福島の問いに答える「思想とは脆くこぼれるはがね鋼の艶よ」は、福島の、岡井の生き方の思想への態度に対する悲しい批判であろう。思想が、知識人の取り替え可能な意匠のようなものであれば、思想とは何であるか悩まない。が、政治闘争の渦中で、権力に立ち向かうとき、思想はかなりの力を発揮する。思想は個人の生き方を支え、拘束し、暴走させもする。テロリズムに走らせるのも思想である。政治闘争の渦中では、この思想の持つ力の過剰さを身を以て知ることになる。

七〇年安保闘争は、この思想の持つ過剰さを知らしめた。こういう時代にあって、思想を語るにはそれなりの覚悟がいるだろう。前衛歌人たる岡井のまとう思想はその覚悟に耐え得なかった、と見るべきか。が、生半可な思想（例えば高橋和巳のように自己を「わが解体」にまで追いつめる、そういう徹底さとは無縁な思想）

など持たぬ方がよいとする慧眼が岡井にはあって、だが、それは言えないので、思想など持たぬと居直ることで逆説的に思想的であろうとする、そういう屈折がないとは言えない気もする。この見方はうがち過ぎだが、岡井が思想というものに対してかなり屈折したかかわり方をしていたことは確かだろう。思想というものの時に有無を言わさぬ支配力に、本能的に距離をとるところがあったと言ってもよい。彼がすっと生活者の振る舞いを演じるのも、そのような距離の取り方であったか。

『大河庭園の夜』では、福島泰樹は岡井隆の歌が好きなのだな、ということがよく伝わってくる。岸上大作をうたった歌の中に次のような歌がある。

死者は身をすり抜けてゆく影なるを歌の翼のばさばさ去らず

この歌の「歌の翼」に惹かれた。岡井隆『朝狩』に「歌の翼」と題する作品群がある。

走れ、わが歌のつばさよ宵闇にひとしきりなる水勢きこゆ
こころみだれてパン嚙むこころぞ真日《まひ》くれてきわ立ちやまぬ歌の翼よ
たえずわが行方を蒼くさえぎりてめくらむばかり迅きつばさは

冒頭の一首は好きな歌である。私には「歌の翼」がないので、このように歌える歌人がうらやましい。この歌の「水勢きこゆ」の「水勢」は、歌人の身体のあるいは無意識とも呼べるような内奥に在るもの、と解してもいいだろう。歌人の身体の奥にはこの「水勢」が常に轟いていて、たぶん、行き詰まったときには、歌の翼がこの「水勢」の轟く辺りに連れて行って、歌を詠ませる、ということか。

岡井隆はかなり立派な歌の翼を持つ歌人だったと言えるだろう。思想的生き方という視点からすれば強固な翼は持っていなかったが、強固な歌の翼は生えていた。この歌の翼が、歌人岡井隆を支え続けた、と言っていいし、多くの歌人が岡井隆を論じるのも、彼の歌の翼に惹かれるからに違いない。

歌人福島泰樹にもまた強固な歌の翼がある。その歌の翼を持つ歌人同士の共鳴、共感といったものを、この『天河庭園の夜』の岡井隆の追懐から感じるのである。

# 『中原中也の鎌倉』を読みながら

福島泰樹『中原中也の鎌倉』（冬花社）を読みながら、絶叫コンサートでの、福島泰樹による中也の歌（詩）がきこえてきてならなかった。何回もコンサートをきいているから、中也の詩もまた何度も聴いている。いつのまにか、福島の声と中也の詩とが切り離せなくなっている。今回、この本を読みながら、それにしても中也のどんな詩が絶叫コンサートで歌われているのか、そんなことが気になった。

手元に絶叫コンサートの資料がないので、演奏され歌われた詩の全体を知る術はないのだが、中也の詩篇を見ながら記憶を頼りにあげると、次のようになるだろうか。

「サーカス」「妹よ」「雪の宵」「生ひ立ちの歌」（以上『山羊の歌』から）、「六月の雨」「秋日狂乱」「頑是ない歌」「曇天」「また来ん春……」「春日狂想」（以上『在りし日の歌』より）、「渓流」等があげられる。たぶん、全部ではなく、けっこう落としていると思う。今思い起こせるのはこれだけしかない。このようにあげたからといって何か特徴が見えるというほどに私は中也の詩を知り尽くしているわけでもないし、またそこまで探求するつもりはないのだが、ただ、それぞれ耳につくフレーズが蘇る。それが特徴と言えば特徴である。

「幾時代かがありまして／茶色い戦争ありました　幾時代かがありまして／冬は疾風吹きました」（サー

カス）、「死んだっていいよう、死んだっていいよう」（妹よ）、「しづかにしづかに酒のんで／いとしひおもひにそそらるる……／ホテルの雪に降る雪は過ぎしその手か、囁きか／ふかふか煙突煙吐いて／赤い火の粉も刎ね上がる」（雪の宵）、「私の上に降る雪は真綿のやうでありました／私の上に降る雪は／霙のやうでありました」（生ひ立ちの歌）、「ではあゝ、濃いシロップでも飲まう／冷たくして、太いストローで飲まう」（秋日狂亂）、「思へば遠く来たもんだ／十二の冬のあの夕べ／港の空に鳴り響いた／汽笛の湯気は今いづこ」（頑是ない歌）、「また来ん春と人はいふ／しかし私は辛いのだ」（また来ん春……）、「ではみなさん、／喜び過ぎず悲しみ過ぎず／テムポ正しく、握手をしませう。」（春日狂想）。「渓流〈たにがは〉で冷やされたビールは、／青春のやうに悲しかつた。／峰を仰いで僕は、／泣き入るやうに飲んだ」（渓流）。これらのフレーズがいずれも強く耳に残っている。これらの詩は、とてもテンポがあって、まるで声で歌われるのを待っているごとくである。福島が歌わずにいられなくなるのは、必然だった。

声とリズムで詩を表出するというのは、自分に向かってことばを表出していないということである。ただ自分の内面のみを問題にしてことばを紡ぐなら、それもまた声とリズムを乗せる必要はない。たぶんことばになりにくい沈黙の張り付いた何かを、ことばにするだけを目的にするから、声もリズムもどうでもよくなる。声とリズムがそこにうまく乗ることばは、他者へのサービスが無意識に意図されている。別な言い方をすれば、他者に伝わらなければ、という強い思いのあることばだということにもなる。中也のことばはそのように解すべきだろう。「歌謡性に富んだ中原の詩は、声に出すことによって、その輪郭をいっそう顕わにしてゆく。文字が孕む喩法の他に、音による喩法があることを銘記しておきたい」（『中原中也の鎌倉』）という福島の言葉は、そのことをよく語っている。福島泰樹の絶叫コンサートにおける中也の歌は、その中也の「思い」をまさに具体化したのである。

中也の詩に「寒い夜の自画像」という詩がある（『山羊の歌』）。「きらびやかでもないけれど／この一本の手綱をはなさず／この陰暗の地域を過ぎる！／その志明らかなれば／冬の夜を我は歎かず／人々の焦燥のみの愁しみや～」と書かれる詩には、声で歌われることなどと関係なくことばが絞り出されるだけである。さすがにリズムはあるとしても、そのリズムはことばの意味に連動しない。たぶんに、自分に向き合いすぎ、その自分とどう対話していいか戸惑っているからだ。

中也は、他者との関係の中でこそ、ことばを発し得た詩人なのだと思う。その意味で、自画像を描くのはあまり得意ではない。画家の自画像は自分という他者へのサービスだが、中也は自分という他者にはサービスしなかった。中也は自分という他者の向こうに、無数の他者を見ていた、というより彼らと生きていた。『中原中也の鎌倉』はそんな中也にせまっていく。中也の描く自画像は「骨」である。「ホラホラ、これが僕の骨だ、／生きてゐた時の苦労にみちた／あのけがらわしい肉を破って／しらじらと雨に洗はれ／ヌクッと出た、骨の尖。」（『在りし日の歌』）とうたわれた「骨」である。骸骨なのでもない。顔でなく、しらじらと雨に洗われてヌクッと出た骨の尖なのである。自分という他者とうまく対話が出来たら、中也はまだ精神のバランスが保てたのかも知れない。が、その自分が「骨の尖」では対話のしようがない。

自分という他者にサービスしなかったのは、中也が近代の自意識によって自己を特権化しなかったということでもあろう。富永太郎や小林秀雄から学んだ教養で自己を特権化しなかった。それらの自意識や教養を、この世で悲しむ人たちのその悲しみに比して何の意味もないことを、誰よりも分かっていたという風である。

中也の他者は実にたくさんの他者であって、そのたくさんの他者からの関わりのなかで中也はことばを紡ぐことが出来たのだ。歌謡性はそのたくさんの他者への精一杯のサービスだった。たくさんの他者からたくさんの悲しみを受け取り、その悲しみは自分の悲しみを構成し、その悲しみを声やリズムのことばで伝えることで、中也は詩を生きることが出来た。そんなことなのではないかと思う。

他者の悲しみへの感受性があまりに強い詩人に、愛児の死がどれほどの衝撃だったたか。『中原中也の鎌倉』を読みながら、私は、その悲しみのすごさを感じとることが出来た。この本の力である。

# 中田實の短歌的身体　歌集『奄美』

これまで「月光の会」の歌人たちの歌集を読みその評を書いてきたが、中田實歌集『奄美』は今まで読んできた歌集とはやや違う味わいがある。それをどう言い現したらいいのか、なかなか難しいのだが、簡単に言ってしまえば、定型受容の仕方の違いと言えようか。これまで読んで来た幾人かの「月光の会」の歌人たちは、表現しなければならない切実な動機を過剰なほどに抱えていて、定型という詩形に出会わなければその動機に侵されて病んでしまうのではないかと思わせた。あたかも定型が歌人たちを救済しているようにも見えた。定型を文学的教養として学んだというのではなく、それぞれに定型との出会いにドラマがあったのだろうと思わせた。

だが、中田實の短歌を読むと、彼と定型との出会いにはそれほどのドラマがないように感じられる。歌わなければならない動機において、その切実さに差がある。むろんだが、そのことは歌の表現の評価において劣っているということを意味しない。動機が切実であればいい歌が歌えるわけでは決してないように、表現された作品としての歌が「切実さ」を感じるか感じないかといった読み方を決めるのであって、歌い手の切実さが歌の表現の価値を決める訳ではない。言うまでもないことだが、読み手の心を動かす歌を作ることと動機において切実であるかないかは直接結びつくわけではないのだ。

中田は、大学院で中西進に師事し万葉集を研究している。彼の短歌との関わりの始まりは万葉集の研究だったようにも思える。実は私も同じであって、大学院での万葉集研究の傍ら現代短歌にも興味を持ち現代短歌について文章を書き始めた。だから彼の短歌との関わり方がなんとなくわかる気がするのだ。

彼は研究者の道に進まず、高校の教師になり、「月光の会」に入り歌作りを始める。それ以来三〇年にわたって「月光の会」の中心メンバーとして会を支え歌を詠み続けてきた。その間の歌作の数はかなりの量になるだろうと思うが、歌集としてまとめたのは今回が初めてである。私が興味を持ったのは何故今まで歌集を出さなかったのかということだ。本人にはいろんな考えがあってのことだろうが、私は、他の「月光の会」の歌人たちとの違い、特に、切実さの見え方、ということに理由があるように思えてならない。

このことは中田に表現への切実な動機がなかったと言うことではない。おそらくは、定型という表現のスタイルが、彼の表現への意思を吸収する言葉の受容器（レセプター）たり得なかった、ということだったと思われる。つまり彼の表現への意思は短歌に掬われ（あるいは救われ）ていないという思いを彼自身がいつもどこかに持ち続けていた、ということだったのではないか。

歌の量がかなりたまったから歌集を出そうなどという出し方でなければ、歌集を出すにはそれなりの意味づけが必要だろう。歌で表現しなければ病みかねない歌人たちにとって歌集を出すことは必然であり出さなければならないことである。出さなければ、歌によって表現してきた自己をつかみ損ねるからだ。歌集はバラバラに表現してきた歌を集合しストーリーもしくはある超越性を与える。それを介して歌い手は自己をつかみ、つかみ損ねる不安から回避する。たぶん、中田はそこまでして不安を回避しなければならない歌い手ではなかった。それはむろん歌人として劣るということではない。ただ病みかねない歌人より少しばかり（これはかなり主観的な判断だが）健康であるとも言えるが、定型への関わり方が違っているということだ。

ここで、歌集から彼の歌を読んでみよう。冒頭の歌は福島泰樹が選んだこの歌集の秀歌である。

とろとろと漆黒の闇に火の生《あ》れる轟《とどろ》なるもの火のかたち見ゆ

「火のかたち見ゆ」が「我が火のかたち」でないところが中田實らしさである。「轟《とどろ》なるもの」とはなんだろう。自分かも知れないしそうではないかも知れない。いずれにしろ「見ゆ」とすることで、「轟《とどろ》なるもの」は歌い手から距離が生まれる。この距離感が、実は中田實の歌の特徴であって、その距離感が、病みかねない歌人たちとの違いを作り、また、動機の切実さの違いを生んでいると思われる。つまり、この距離感が、彼になかなか歌集を出させなかった理由になっている、ということだ。

一方この距離感が彼の歌らしさであり、歌作りを支えているとも言える。この距離感が彼の歌作りに効果を発揮したのが、この歌集の題（テーマ）の元となった彼の父に関わる歌である。

昭和二十六年十二月三十一日曇天の横浜港　父は「日本」に降り立つ
戦地を踏むことなく逃がれ東京の荒川土手を踏みし父はも
父の名を奄美は知るや空も海も青くああ碧く透きゆく島は
発令機関奄美群島政府月俸千三百四十円を支給さるる父の手に
分水嶺の左に流れ日本海へ　分かれの悲しみが滲む手の甲
総革の膝下までのコート垂れ累々続く死者の群れたち
痩せ細り骨格も皮も隠部も露に曝され置き去られてゆく
大腿骨腰の骨胸へと迷ひ箸頭部の骨すべて納まる

彼の歌の特徴は、歌われている対象の事柄の事態の中に、歌い手自身を当事者のように投げ入れないところにある。例えば父の帰還を歌う最初の歌も、歌い手の感情が過度に入り込まない。最後の骨になった父の描写も「すべて納まる」で、父への感傷を回避している。叙述的だが、ただ定型であることで抒情性は十分に担保されている。つまり当事者的な感傷をある程度確保しつつ距離を持って対象は描かれている。感傷の回避は対象への深い関わりへの回避になりかねず、こういう歌作りはややもすれば平板になりがちである。眼前の光景や事柄を定型の力を借りて描けば、とりあえず歌にはなるからだ。だが、平板さを装わなければ描けない事柄だってある。あるいは平板に描かれることによってしか描けない平板でない事柄もある。短歌（詩）表現の妙であろう。

引用した『奄美』の歌は、対象を平板さすれすれのところで平板でない事柄に表現し得ている。これは、題材の効果もあるが、作者中田實が、歌作りに於いて、彼なりの表現への切実さを手に入れたからだと思われるのだ。

それは中田が病みかねない歌人になったということではない。彼の対象への距離感を縮めずに、対象を表現せざるを得ない、内なる衝動を引き出す歌の身体のようなものをつかみ得たということであるように思える。次のような歌がある。

石を投げ池の面に立つ紋の　石を投げねば波紋は立たず

石を言葉としよう。波紋は歌だ。言葉を投げなければ歌という波紋は生まれない。当たり前のようだが、投げなければ歌にならないというところがミソだ。切実であろうとなかろうと言葉を投げれば歌になる、ということでもある。こうも言える。言葉を投げれば切実さが生まれて歌になる。この言葉を眼前の光景や出来事を描くことだとしよう。それを投げた（表現という行為に踏み切る）とき、切実さに押し上げられているような短歌になっている、ということだ。とすると、投げられた言葉が短歌になるのはその言葉が短歌的な身体を通るからだ、と考える。その身体は世界観や思想といった脳内反応とは異なった、情感といったようなものの反応の場所だ。言葉を投げると歌になるというとき、そこには短歌的身体が機能している。言葉を短歌に変換する受容器(レセプター)の機能ということだ。

中田實は三十年に及ぶ歌作りを通してようやく自分なりに納得できる短歌的身体をつかみ得たのではないか。それが、彼が歌集をまとめようとした動機であろう。

彼の歌には、とらえた対象を堅実に歌にしてしまう確かさがある。父を歌った歌もいい歌だが、鳥や動物を歌った歌もいい。そこには対象をとらえ吸収する短歌的身体が、冒頭の歌の「轟《とどろ》なるもの」なのだという感覚があるからだろう。その「轟《とどろ》なるもの」を通せば歌になるのだ。例えば次のような歌になる。どれもいい歌である。

状況は雁字搦めになりてゆく交差点真ん中に逆立ちならず
樹齢三百年大銀杏被爆樹木小型銀杏の葉降り注ぐ
飛び立たぬ水辺の鳥を飛び立てぬ鳥と知りたる睦月三月や
炎天の蜘蛛の糸にぞ絡められ八月の蝉は風に揺らぐを
路上には腹をみせたる　ひろびろと蝙蝠井守に秋の暮れ行く

聖なるものその域に現る言の葉に定型といふ聖なるながれ

桜木の日ごと葉叢を落とさせよ　太しき幹の顕はるるまで

曇天の雲の間《はざま》に幾筋も　光《かげ》は生れて終幕を描く

# 第四章　あらわしえないから歌う

## 切実な「ふり」　野口綾子歌集『ジャパニーズガールズジャーナル』

この歌集を読んで評を述べるのは容易ではないな、というのがまずは感想である。とても印象の強い歌集であって、訴えてくるものがある。「あとがき」で「自分を損ねてしまいそうなときにとなえればたすけてくれるおまじないのようなもの」と自分の歌を語っていて、とてもうまい評だと感心させられたのだが、なぜ「おまじない」なのかそのことを語るのは難しそうだ。

たとえば次のような歌がある。

魂が削れていく音気付かないふりをするため出している声

この歌もなるほどと思ったのだが、ここで歌われている「声」はおまじないのようなものではないのか。たとえば「声」でなく、これを「歌」ととれば、「気付かないふりをするために言葉にしている歌」となる。「魂が削れていく」今の自分のありのままの生の姿があって、それに気付かないふりをするために、歌を作り続けている。気付いているが気付いていると悟られないように生きるパフォーマンスを演じないといけない。そうしないと、魂が削れていくことに耐えられない（気がするだけかもしれないが）。それを避けるための「おまじない」が、歌なのだ。

この歌集は、さまざまな「ふり」に満ちている、と言えばよいか。「ふり」といういいわけめいた説明がなくても、歌そのものが「ふり」であると言えばいいのか。

気付いていないのに、気付いているふりをする、いや違った、気付いているのに気付かないふりをする。いや、本当は、気付いているのに気付いているふりをする、かもしれない。面倒くさいけど、わかる気はする。


涙が涸れる日を待っている来ないのに壊死のすすんだ少女を棄てて

この歌のように、歌の中の少女は、大人になる「ふり」をしているのだが、大人になれないことも気付いていていて、いや、少女を脱ぎ捨てたその先に何もないことなどわかっていて、わかっているふりをしている。このややこしさへの理解が、この歌に入り込むための鍵になっている。わたし、わかっているふりをしているだけよ、と言われて、だれもそうなんだとは納得しない。そのように受け取られることを知っていて「ふり」をしているのだなと気付けば、わたしたちは、この人は「ふり」をしなければ伝わらない何かをたくさん抱え込んでいるんだ、とそこに「ふり」の切実さを感じることになる。つまり、この歌集は、そのような切実さに満ちている。

王子様はなにもできない塔からはあたしの髪切って逃げるの
真夜中の散歩は道の真ん中をあるくのよひとり生きていく術
二度とあなたに触れられなくても出会わないほうがよかったなんて言わない
塔の暮らしも悪くなかったラプンツェルいまではあたしがたべたいわママ

たとえばこのような、「ラプンツェル」の歌は、その切実さが割合素直に歌われている。「ひとり生きていく術」をお姫様は獲得しなければならない。ひとり生きていくということは、王子様やママといったそれら他者とのそれまでの関係が変わっていく、というのではなく、そういった他者との関係が幻想だったかもしれないと気付いたり、孤独にならないために次の幻想を探す儀式をしなければならないといった、ひとりの作業を生きることだ。それは少女の「ふり」から次の「ふり」への転換でもあろう。しかし、この転換、そう簡単ではなさそうだ。

死ななければあのひとがしるわけもなくどこにもいかないあたしの絶望
暴力もいま愛でられていることも忘れるためのしっぽの角度
硝子の柩でプラスチックを食べる夢をみたの吐き出すために助けて

つきつめたらあのこみたいに死んじゃうのかしら喉元の痛みもよそに

その転換に伴う絶望や不安とは、一人生きていくための必須のアイテムである。とりあえずその「ふり」をする（歌う）ことで切り抜けるのだ。そうすれば、少女を捨てるための通過儀礼を演じることができる。いずれにしろ、つらい作業である。

少女を捨てるふりをするため様々なふりをする。が、ふと、ふりを繰り返す自分と出会ってしまう。こんなふうに。

世界の仕組みが透けて見えるのなすすべもなく立っているとき
おばけやしきでは目をつぶらないわたしは考えることをやめない

「世界の仕組みが透けて見える」とき、おばけやしきで「考えることをやめない」とき、何が見えるのだろう。それは、「ふり」ではあらわせない何かだろうか。それとも「ふり」をするしかない自分と世界との、ぞくっとするような関係だろうか。

わたしたちが属しているこの世界は、つきつめれば、あらわしえないのだ。が、そう思いたくないから わたしたちは、自分を確かなものに造形して、その確かさを手がかりに世界をあらわそうとする。だが、その確かさに自信がなければあるいは疑ってしまったら、わたしたちはとりあえずいろんな「ふり」をして世界をあらわすしかない。

この歌集は、自分というものを確固たるものとしてつかめない作者のやや敏感すぎる感性が、世界をそのようなものとして、つまり不確かなものとして感受してしまったために、一種の防衛機制のように、いろんな「ふり」をしながら、その「ふり」を通して世界（ここでは自分）を描いているのだと評しておきたい。が、いろんな「ふり」をしながら、そこからあらわれるものを歌うしかない、と覚悟を決めれば、世界はその度に新鮮にみえるかもしれない。次の歌のように。

やわらかくゆれているみずベルが鳴るそこはあたらしいアクセスポイント

「ふり」の結果として、新しいアクセスポイントがたくさん見つかりますように、と作者に代わっておまじないのように唱えておきたい。

# 歌はアンヴィヴァレンツ　大和志保歌集『アンスクリプシオン』

大和志保歌集『アンスクリプシオン』を読む。大和志保の歌がいつの頃からか歌誌『月光』に現れるようになって、その歌を読みながら、また『月光』に、痛々しいほどに過剰にことばを定型に投げ込む歌人がでてきたものだと思っていた。今度その歌が一冊の歌集になって届き、あらためてその歌の全部を読んでみると、いやはや、そのことばの切っ先の乱舞に傷つきながらも、ことばを抑えられない歌人の業のような魂を見る思いがした。

私には、この歌集について語るのはとても難しい気がする。一つは解説で福島泰樹がすでに十分にこの歌人の歌を語っていて、もうそれ以上言うことは無いと思うのと、とても巧みに並べられた抽象画の中の欠片のようなことばを剥がしていくと、例えばそこにいるのはリストカットを繰り返すような自傷癖の少女だったり（たぶんこちらの勝手な妄想だがそのような妄想を引き起こすように装っている面がないでもない）、あるいは自分の傷つき易さを覆い隠すために、この世の秩序から逸脱していく自分をこれでもかとことばに乗せていく痛いような人があらわれる気がして、ちょっと臆してしまうのだ。また、定型の器をいつもめいっぱいにことばで埋め尽くさないと表現という行為そのものが成り立たないのだと、全力で泳ぐのをやめたら死んでしまう魚のような迫力に、やはり戸惑ってしまう気がするのだ。だが、こういう歌人の歌集について語らなくて短歌についてものを書くことなど出来ないことだから、少しばかり感想を書いておこうと思う。

大和志保は歌誌『月光』十七号（二〇一〇年九月）の「月光歌筵　前号作品評Ⅲ」で次のように書いている。

本誌16号の岡部隆志氏の時評「存在論としての定型論」を興味深く――というよりも現在の短歌＝私（わたくし）にとり切実な何か、として読んだ。生の様式をアナロジカルに語るものとしての定型論。わたくしそのものを語らんとする短歌、私を仮託する器としての短歌。この様式にどう対峙するか距離をとるか、さてそれは世界への対峙なのか解釈なのか、自ずと結果＝短歌そのものに露わになる。

私の時評に触れてくれたことに感謝であるが、定型という器に対して強く反応する文章に興味を惹いた。「この定型フィルター（？）の稠密を桎梏ととるか型あるゆえのスポイルととるか、それも各々の短歌に自明のことだろう」という文章もある。この歌集の「あとがき」にこういう文章もある。

私の使う言葉はこのようにオリジンから逸れてゆき、短歌形式の棺桶のなかに撓められて寝かされている、のかもしれない。そんな大層なことでもなく、私のなかの度し難い蒙昧の汚水槽から溢れる何かが、短歌という型枠を得て徒にやすらっている—ような気もする。

大和志保という歌人は定型という型枠をいろいろとアナロジカルに語ろうとしていることがよくわかる。何故定型をこれほど語ろうとするのだろう。恐らくは、定型という型枠が、アンヴィバレンツそのものとしてあるからだ。この歌人はこのアンヴィヴァレンツに強くこだわるというよりは、自分の肉体と一体化しているようなことばそのものがアンヴィヴァレンツであるとみなしている、ということであるようだ。例えば引用した定型を語る文も、ことばにとって短歌という定型は両極であり得るという語り方をしている。「棺桶のなかに撓められて寝かされている」というのは、屍体としてなのか、あるいは自由な身体が引き受けるべき型枠なのか、たぶんどちらでもあり、なのだろうが、このようにアンヴィヴァレンツであることを受け容れかつ生み出している容器として、定型をアナロジカルに語る、ということだ。と同時にそれは、自分の歌もまた同じアナロジーである、ということになるだろう。そのように歌った歌がある。

生と死のアンヴィヴァレンツ　拒食の少女恥じらいの国境線をひく
エロス・タナトスあやめわかたぬわが夜々にあやしくOのくちひらく刻《とき》

例えばこのようなアンヴィヴァレンツはとてもわかりやすいが、二首目は祖母の死を歌った歌。福島泰樹が解説で述べるように、祖母の死をこんなふうに表現することに驚かされるが、祖母の死はすでにアンヴィヴァレンツという分光器なのかフィルターなのかそういったものにかけられていて、というより、それなしではことばが出てこない仕組みをこの歌人は抱えていたということか。

この仕組みがないと、ことばのイメージは暴走気味にならないし、かつ、そのことばを表現（詩）として結晶化させるほどに鎮まってくれないのだろう。この仕組みは詩を生み出す装置だが同時に詩のことばを束縛している気もする。歌人はこの仕組みとこれからどうつきあっていくのだろうか。そのことが気になるが、いや、そう考えてはいけないのかも知れない。詩的契機とは向こう側からやってくるものだから、ただ必死にことばを紡いでいくしかないのだ。

こんな歌がある。

纖き針にて腐食せしむる描法もあるとや燃え易き紙の婚

歌人は『アンスクリプシオン』という題名について「名を刻む、記銘する、刻みこまれたその文字、書かれたもの。登記し、登録し、痕跡を残すこと。線を曳く、ある形象のなかに。舞踏する、ある世界の舞台のうえで」とその意味を書いている。これは、ほとんど自分の歌についての解説である。というより、自分が短歌という表現様式を選びそれをこの世に形として残していくことの、たぶん理想形を述べている。

声として放つのでもなく白い紙の上に線を曳いて書くのでもなく、何かに刻むという行為がもつ傷や痛みを伴う実存的な営みを、この世に形としてあらわすというようなことが、自分にとっての表現なのだということなのだろう。やはり、ちょっと痛い気がしないでもないし、もうちょっと力を抜いた方がいいのではないかと思うところもあるが、そんな杞憂もまたこの歌人のアンヴィヴァレンツのなかに入っているに違いない。

この歌集は逆編年体になっているから、最初のページ「少女領」は最近のものだが、次のような歌に目がとまった。

贋金つくりの生を生きいむとしてナイフ砥ぎ白日紅《ひゃくじつこう》に裏切られおる

鎖骨の窪みわが領の縁《へり》とせり　イカロスの車輪墜ちくる朝に

いらいらと火に舐《ねぶ》られて満ちゆけりわが領の果て地の尽きる場所

たぶんアンヴィヴァレンツの仕組みがあまり起動しなくなってきていることを歌っているのだと思う。でなければあえて「少女領」などというタイトルはつけないだろう。もう少女ではないということか。その代償としてか、不本意であろうが歌はうまくなっている気がする。

「少女領」の範囲なんてそのうち消えるに決まっている。「鎖骨の窪み」も消え身体の何処を捜しても見つからなくなるだろう。それが生きるということだし老いることだ。それをどう引き受けるか、そのときにまたアンヴィヴァレンツの装置は起動するに違いない。その時の歌を読んでみたい。

## 失われたもの、決して手にはいらないもの　松野志保歌集『われらの狩りの掟』

歌集の帯に掲げられた歌がやはりいい。

ウェルニッケ野《や》に火を放てそののちの焦土をわれらはるばると征く

「ウェルニッケ野」は大脳の一部で音声言語を理解する役割を持つ聴覚性言語中枢がある。その野に火を放って焦土にして征くとは、言葉（音声言語）によって構築された世界を廃墟にして、私たちは別の世界へと進んでいくのだ、といった意味なのか。この歌には、松野志保の歌の世界観がよくあらわれている。この歌をシンプルに理解すれば、「ウェルニッケ野」は現実を生きる松野志保そのものだ。その松野を焦土と化すことで、歌うべき世界はあらわれるのだ、と宣言しているように読める。「征く」とあるから、そこには戦いに赴くような決意さえ読み取れる。「火を放て」は穏やかではないが、たんなる自己否定や自己の克服といったものではなく、松野自身の属するこの世を消去しようとする強い言い方なのだろう。そこに現れる世界はたしてどんな世界なのか。

この歌は表題にもなっている「われらの狩りの掟」という章の中にある。この歌の他に次のような歌がある。

武器を持つ者すべからく紺青に爪を塗れとのお触れが届く
鞣されて皮から革へ本当に撃つべきものはわが内にある
あしたには狩り、狩られると知りながら芥子の咲く野で一夜ワルツを
奈落その深さをはかりつつ落ちてゆくくれないの椿一輪

「われらの狩り」が狩る獲物とは松野自身のことだとみていいだろう。二首目はそのことを明確にする。一首目の「紺青に爪を塗れ」は、この狩りが、歌い手の属す日常を離れ非日常へと「征く」ための儀礼のごときものということか。「われらの狩り」の「われら」には松野もいる。だからこの狩りはややこしい。三首目の「一夜のワルツ」は、このややこしさに耐え、そして愉しむための「遊び」なのだろう。だが、「奈落」に落ちることもある。落ちることを「遊び」には出来ないが「はかる」ことは出来る（四首目）。「ウェルニッケ野」に火を放ち、「狩り、狩られ」、「撃つべきもの」となり「奈落」の深さを測りながら落ちる、これらは、歌によってしか表現し得ない世界を表現するための、通過儀礼のイメージと言える。「あとがき」で「私にとって歌はずっと、失われたもの、決して手にはいらないものへの思いを注ぎ込む器」だったと

書いている。「失われたもの、決して手にはいらないもの」を表現するための「通過儀礼」ということである。
だが、その「通過儀礼」によって「失われたもの、決して手にはいらないもの」が表現できた、ということではない。おそらく、松野にとって「失われたもの、決して手にはいらないもの」という言い方であらわされるものは、これら「通過儀礼」の行為そのものではないか。「ウェルニッケ野」に火を放つことで現れる世界ではない。火を放つ行為そのものを繰り返し続けることそのものということである。次のような歌を読めば、理解されよう。

荒天に釘ひとつ打つ帰らざる死者の上着をかけておくため
ガラス器の無数の傷を輝かすわが亡きのちの二月のひかり
たぶん世界の真ん中にある銀の耳わたしの悲鳴など、聞かないで
手放して風にまかせる最終稿わたしが死んで世界が残る
刺草のようなわたしを抱きしめて傷ついてゆく人を見ている
葛の花踏みしだきつつゆく道に滅したはずの私が蘇る
遠景に縄跳びの少女老いてなお描きつづける全き円を

「私」は傷つき死ななければならない。そして「失われたもの、決して手にはいらないもの」のために歌

人松野として蘇らなくてはならない。だが、その通過儀礼的行為は、一回的なものではない。それは永遠に続けなければならない行為なのだ。それを暗示するのが、塚本邦雄のあの有名な歌を下敷きにした「遠景に縄跳びの少女〜」の歌だ。少女は老いてなお縄跳びを続けなければならない。歌人松野にとって歌を作り続けるということはそういうこと、つまり終わりなき「私」の死と再生を繰り返し描き続けることなのだ。だからこの歌集では「私」の死がいくつも描かれなくてはならなかった。

松野志保の最初の歌集『モイラの裔』の歌集評で私は、松野の歌には暗さがあると評した。それは『モイラの裔』の次のような歌に反応したからだ。

殺めたるもののまなざし甦る炎天に黒すぐり摘みつつ
青い花そこより芽吹くと思うまで君の手首に透ける静脈
籠の底に林檎の腐るさまを見る眼という檻に閉じこめられて
血より濃く兄につながる水脈か水木を伐れば噴き出す樹液

これらの歌の持つ暗さについて私は次のように書いた。

この暗さは作者の表現の生命になっているものだ。それは、まだ、自分という身体の中に閉じられた闇のようなものにすぎないのかも知れない。が、作者は何とかそれを言葉にしようと格闘している。その格闘の方法とは徹底して自分の身体を嫌悪することだった。嫌悪の果てに作られた人工の無性の身体に、その人工のイメージとは対極にある情念のような暗さを作者は見つめる。それは「黒すぐり」であり「静脈」であり腐った「林檎」であり「噴き出す樹液」である。(「『非在』という存在」『季刊月光I』二〇〇三年十一月)

『われらの狩りの掟』でもこれらの暗さが詠まれてないわけではない。例えば次のような歌がそうだ。

　真夜中の厨に卵積まれいて殻の外にも内にも闇が

この歌の暗さはあまりインパクトがない。それはこの歌の「闇」が、「私」の死と生のドラマにかかわっていないからだ。このように、本歌集では暗さはあまり出てこない。それは、「ウェルニッケ野《や》に火を放て~」の歌のような「失われたもの、決して手にはいらないもの」を表現するスタイルを身につけた、ということだろう。歌人松野は、己の中の「闇」に縛られることなく自在に歌が作れるようになった、ということかも知れない。

その自在な歌い振りが発揮されているのが、「桜のある風景」だ。東北の大震災を詠んだと思われる歌が続く。

みなそこのさくらよさくら海が陸《くが》はげしく侵し尽くした春の
よびかえす魂ひとつ花よりもかろき衣を着せかけてやる
澄みきった酒に映して愛でるべしこの世の者はこの世の花を
花冷えが沁みるはこの身が生きてあるゆえ深々とフードを被る

ここで歌われる「死」は大震災で亡くなった他者の死であり、その死を歌う「私」は、この世で他者の死を鎮魂する優しい「私」である。火を放たれて焦土と化す「私」も出てくるが、このような優しい「私」も登場する。歌人松野の円熟した歌いぶりがよく現れていると言えるだろう。

# 第五章　歌に生きる

## 「海語らず山も語らざる禍事《まがごと》」の語り部　冨尾捷二を悼む

歌人冨尾捷二が逝かれた。最近はお会いすることもなかったが、歌集を出された頃は何度かお目にかかる機会があった。当時、今の私の年齢（七十二歳）を超えられていて、癌という病を抱えておられながら、ひょうひょうとしたたたずまいとその歌作に向かう真摯な姿勢にすごい人がいるなと思ったことを覚えている。

歌集『満州残影』（二〇一二）は私にとって忘れられない歌集である。この歌集を読んで、『月光』二十八号の歌集評（二〇一三年一月）で書いたように、私は、満州から引き揚げてきた母のことを思わざるを得なかった。二〇二一年に出した『叛乱の時代を生きた私たちを読む　自己史としての短歌評』で、私の母についてかなり長い文章（ライフヒストリー）を書いたが、そのきっかけとなったのは『満州残影』への私の評である。子どもの頃から時折母の話す満州引き揚げの話を聞いていた。『満州残影』を読み、私は母の語る満州の引き揚げ体験を重ねてこの歌集の評を書いたが、書いてから、母の満州時代について具体的なことがほとんどわかっていないことに気付いた。母は冨尾さんより十歳ほど年上だが、冨尾さんが短歌で描いた引き揚げ時の過酷な体験を、母もまた持っていた。私は母の満州での体験を詳しく聞いて記録として残そうと思い、母が事故で亡くなる一年ほど前から実家に帰る度に聞き書きを始めた。それをまとめたのが『叛乱の時代を生きた私たちを読む』に載せたライフヒストリーである。
冨尾さんは歌誌『月光』に毎号欠かさず歌を載せていた。歌集を出された二〇一二年以降の歌誌から心に残った歌を選んでみた。

粉雪はサラサラと降り北満の目隠しの騾馬ひねもす粉挽く　（三十号）
ミキサー食六年経たる夜の夢に何気なく噛むローストンカツ　（三十二号）
血塗れの両手濯げどありありと顕ちて脳裏に消えざる業火　（三十六号）
引揚者船倉に満ち配られし軍用乾麺麭《かんパン》一斉に齧る　（三十七号）
酔ひ痴るるまへに嘔吐《えづ》けるわが性《さが》のあはれさびしきうすら生酔　（四十三号）
つひに没我する何ものも持たざりてさめたるままにをはる一生か　（四十三号）
海語らず山も語らざる禍事《まがこと》の有りの件《くだり》を人語れかし　（四十四号）
鳥の歌巣籠もりゐたる鬱積にいま決断を迫り来るチェロ　（四十八号）
七度目のメス受けるべく鯉としてオペのベッドの上にあぎとふ　（五十一号）
咀嚼する術を失ひひとりとる白粥に落とす鶏卵一つ　（五十三号）
朝食後飲まねばならぬ八錠の薬卓上の惑星直列　（五十六号）
一月の我が誕生日ばら寿司に錦糸玉子の黄は散らされき　（六十号）

この胸に刺さりしままに一口の見えざる刃錆びまさりにき　（六十五号）
ワウドイロとふクレヨンありき満州の大地を黄土色に塗りゐき　（六十六号）
咀嚼する術を失ひ刺身食ふに我はナイフに細かく刻む　（六十八号）
ずたずたに千切れし記憶さらぼえし海馬惑へる前頭前野　（七十号）

こうやって選んだ歌を並べてみると、ほとんどの歌が、満州での引き揚げの記憶やそれにかかわる歌と、癌を抱えての闘病生活をうたったものであることに気付く。私は、この二つのテーマに沿った歌を意図して選んだわけではないのだが、結果的にこの二つのテーマの歌を選んでいた。理由はよくわかる。これらの歌そのものに読み手の心を動かす力がある。歌に迫力があると言ってもいいのだが、その迫力は、戦争と病というういずれも死と隣り合わせの体験をまざまざと描いていることにある。しかもその描き方には抒情が排除されているので、その情景の持つリアリティが直に伝わるのである。

一首目「粉雪はさらさらと降り北満の目隠しの騾馬ひねもす粉挽く」（三十号）は戦後中国のかつての満州を訪れたときの歌であるが、目隠しをされた騾馬がひたすら粉を挽く様をそのまま切り取って描く。冨尾捷二の短歌表現のスタイルと言っていい。表現の技法に喩はないが、その切り取られた情景は人間という存在の苦しさあるいは悲しさを呼び起こす喩的な効果を持つ表現になっている。これは、その情景を選び取る冨尾捷二の歌人としての眼の確かさなのだが、そこには、彼の生に刻印されている引き揚げ体験や癌との共生といったことが、強く働いていると思われる。私の選んだ歌には冨尾捷二が背負う二つのテーマを直接うたっていない歌もあるが、それでもそれらの歌にはこの二つのテーマが重く作用していると見なせる。

四十三号の二首「酔ひ痴るるまへに嘔吐《えづ》けるわが性《さが》のあはれさびしきうすら生酔」「つひに没我する何ものも持たざりてさめたるままにをはる一生か」は氏自身の生を述懐しての歌である。「酔ひ痴るるまへに嘔吐《えづ》けるわが性《さが》の」も「さめたるままにをはる一生か」も、もやはり氏の抱えた二つのテーマが深くかかわっているだろう。七歳（引き揚げ時の氏の年齢）の少年が見た戦争の現実と、老年になって煩った癌という病の過酷さを、表現せざるを得ないものとして表現し続けたとき、表現されている氏の生と、それを表現する側にある氏の生とが乖離してしまっていて、表現されている生の深刻さに対して、表現する側の生がただ醒めているように感じられてしまう、そのことへの戸惑いがうたわれている、と言っていいか。

この感覚はわからないではない。過酷な現実に遭遇したとき、そのことを詩的に表現するためには、どこか醒めたところがなくてはならない。が、普通、そのことによって、醒めている生を「あはれさびしきうすら生酔」とか「さめたるままにをはる一生か」とは思わない。それはたんに表現するときの方法あるいは心の構えの問題に過ぎないからだ。つまり、過酷な現実を抱えた自己もそれを醒めた手つきで表現する自己も、ひとつの自己の生に過ぎず、表現する自己を醒めている生というように意識することはないのだが、冨尾氏にとっては、そうではなかったのだ。

表現されるべき生と、表現しようとしている生との乖離が起きるのは、表現されるべき生があまりにも重すぎるからだと言えるだろう。つまり、どんなに言葉を尽くしてもその生の持つ深淵をたどれない感覚がつきまとう。が、問題はその深淵は表現する自己が抱えているものであるということだ。たどれなければたどろうとするのが表現するものの業である。「酔ひ痴るる」はたどれたとするときの比喩であろう。が、いつも「酔ひ痴るるまへに嘔吐《えづ》ける」ということになってしまう。自分のことなのにうまく描けないことのこれは比喩だろう。

氏は、氏が抱えた二つのテーマ以外の歌をたくさんうたっているし、うたおうとしていた。が、そういう歌の中にあっても必ず二つのテーマに引き寄せられた歌をうたっていた。それらの歌を私が拾ったということであるが、やはり、氏は、この二つのテーマをうたうべき歌人だったと思うのだ。この二つのテーマは人間という受苦的存在を根底から描く題材であるのだ。

私は、冨尾捷二は「酔ひ痴るる」ところにたどりついた歌をうたっていると思う。選歌の中の「七度目のメス受けるべく鯉としてオペのベッドの上にあぎとふ」「咀嚼する術を失ひひとりとる白粥に落とす鶏卵一つ」「朝食後飲まねばならぬ八錠の薬卓上の惑星直列」のような癌闘病の様子をうたった歌などは、十分に「酔ひ痴るる」歌だ。これらの歌は、過酷な病状を一歩引いたところから醒めた目で描いている。ユーモアさえ感じる歌だ。正岡子規の「病牀六尺」の句を思い起こす。氏は「さめたるままにをはる一生か」と嘆くが、本当はそのように醒めた方が対象に迫り得る。が、作家はそう思わない。思えないからこそ何度も同じ題材を描こうとする。それはある意味で、表現者の理想的な姿でもあろう。

「海語らず山も語らざる禍事《まがこと》の有りの件《くだり》を人語れかし」（四十四号）の歌は、表現する側に自覚的に立った氏の姿勢をよく伝える歌だ。「海語らず山も語らざる禍事《まがこと》」とは表現されるべき禍事《まがこと》であり、伝えなければならないことである。だからこそ、歌人冨尾捷二が抱えた二つのテーマは、この歌の「人語れかし」のテーマなのである。彼は短歌においてそれを何度も語ってきた。そして冨尾捷二はそのテーマを語りきったと思う。彼のたくさんの歌を読んでそう感じる。冨尾捷二は自身の体験したあるいはしている「海語らず山も語らざる禍事《まがこと》」の語り部として歌人になったのである。

冨尾さんは癌と共生しながら強く生きられた。私も癌闘病中である。私はメンタルが弱いので冨尾さんのようにはとても生きられないが、冨尾さんの生き方に学ぶところがある。謹んでご冥福をお祈りしたい。

# 窪田政男短歌の魅力　窪田政男歌集『汀の時』

窪田政男が短歌を始めたきっかけは、アルコール依存症から抜け出す断酒を続けるなかで、自分の暗澹たる心を見つめ始めたことだと言う。「お酒を断つことは、酒はもとより多くの欲望を諦めることだった。日常の些細な躓きが飲酒欲求となって現れる。心を騒がせることを避ける、嬉しいことさえ避ける、これが回復のプログラムである」と書いている。これまでの価値観が通用しなくなり、自分を見つめ始め詩を書き始めたが「これが延延と終わらない」。そのときふと手にした福島泰樹の歌集『風に献ず』に天啓を受け短歌を詠み始めたのだという（『月光四十五号』「受賞の言葉」より）。

黒田和美賞受賞のとき（二〇一六年一月）、短歌を始めてから十年目、断酒から十二年目であるというから、四十八歳の頃にアルコール依存症の治療を始め、五十歳に短歌を始めたということになろうか。二十代の青年が、自分を取り巻く世界にうまく関われない感覚や未来への漠然とした不安に抗するように短歌や詩の創作を始めるのとは違う、短歌の言葉への向き合い方が窪田政男にはある、ということである。

それはどういう向き合い方なのであろうか。「人生の午後」（ユング）になって暗澹たる自分の心を見つめるというのは、悟りをめざす修行のような処し方なのだろうか。その歳になれば、先の見えない未来ではなく悔恨に満ちた過去を見つめる（負う）ということになろうから、たぶんに、仏教的に言えば「悔過」の行に近いのかも知れない。「悔過」とは仏に過去の罪を懺悔し仏の力で浄化してもらうことであるが、窪田政男にとっては、短歌の言葉が彼自身を浄化する、ということであろう。こんなことを考えたのは、窪田の次のような文章を読んだからである。

青春の歌をついに詠まずにきたことによる罰なのだろうか。癌になり毎朝抗癌剤を飲むことを不幸と嘆かず、罰と言葉にする世代、否、そういった感情を理解し共感せざるを得ない時代の体験者たちがいる。そういう人たちが私たちが受け継ぐべき良心を具現化してきてくれたのだ。私自身も抗癌剤を飲むようになったが、罰と思ったことはない。それは圧倒的な体験の違いからくるもので、私は私にとって「罰」に代わる言葉を探している。言葉にするということは忍辱を示すことだ。（『月光』四十三号「月光歌筵」）

この文は富尾捷二「抗癌剤飲まねばならぬ朝毎の真綿に首締めらるる夏」の歌に対するコメントである。抗癌剤を飲む身になった自身をまた見つめている文だが、窪田は自分自身「罰」に変わる言葉を探していると言い、言葉にするということは「忍辱」だと言う。「忍辱」とは仏教の言葉で「種々の侮辱や苦しみを耐え忍び心を動かさないこと」だが、「種々の侮辱や苦しみ」とは悔恨としての過去のことであろう。

悔恨としての過去、それは暗澹たる心であるが、それに心動かさず耐え忍ぶ、と歌を詠むことの覚悟を吐露しているのである。むろん、これはあくまで歌を作らんとする覚悟であって、彼の歌が「忍辱」を表現している、というのではない。

窪田が短歌創作を「忍辱」の修行のようにみなしているとは言える。が、窪田の歌からは「忍辱」を超えて響いてくるものがある。それが詩の言葉の本性というものであり、そして、そこに窪田政男の歌人としての評価されるべき点がある。

なるほど、彼は「忍辱」という覚悟で歌の言葉に向かっているのだ、ということはわかった。が、彼の歌は読み手の心を動かしている。それは彼自身の心が揺れ動いている、ということに他ならない。歌を詠む心とはそういうものだ。とすれば、心動かさず耐え忍ぶ覚悟を語りながら実は心動かされる方に向かって歌の言葉はあるというアンビバレンツな向き合い方をしている、ということになる。

窪田の歌の魅力は巧みな暗喩にあるが、その喩の表現はときに難解さを感じることはあるとしても、伝えんとしている歌い手の心を読み手が見失うということはない。それは、彼にとって喩という修辞自体を目的としたものではなく、そのアンビバレンツな表出への姿勢を不安定にせずに保つスタイルだからだろう。というより、そのような修辞のスタイルを持っていたからこそ、五十にもなって「暗澹たる心」を心動かさずに見つめるといいながら、心動かすように、表現という行為を始めることが出来たということであろう。そのように言葉に向き合う姿勢を、読み手はきちんと受けとめるものである。

歌人窪田政男が歌誌『月光』に登場したのは八号（二〇〇九年一月）からである。それ以来現在（四十九号）まで毎号十五首の短歌を載せ続けている（五首、十二首の時が何度かあったが）。約六百首の短歌をすでに発表したということになる。八号には「ルソーの森」というタイトルが付された十五首が載っているが、その中に次のような歌がある。

色褪せた風吹くばかり万国の旗さびしくて路地裏真昼
夜の香の肺腑に垂き切なさよゆきてかへれぬルソーの森よ

「路地裏真昼」や「ルソーの森」がどのような場所なのか具体的にはわからないが、そこが「暗澹たる心」を映し出す場所であることはわかる。彼の短歌作りは、このように、彼の「暗澹たる心」を巧みな喩の言葉で表し続けていくことと言ってよい。それはあたかも修行のような歌作りではなかったのか。

十五首続いた彼の歌作が突然五首と七首になった号がある。二〇一三年の二十九号（五首）、三十号（七首）である。この計十二首の中に次のような歌がある。

十年ののちを思へば十年の歳月ありや日は暮れゆけり

胸に手を当てれば脈のかさこそと枯れ葉いちまいおちてゆきたり
うなづきのそぶりをひとつ見せながら地に着くまでのいのちありけり
きのふへの夜へともどる階梯《きざはし》に腰をかけをるわれに会ひたり
これからを黙してゆかむ覚悟なきしぐさのやうに雪はふりけり

これらの歌が見つめているのは「暗澹たる心」というよりは「死」であろう。死に否応なしに向き合わざるを得ない心と言った方がいいか。十五首毎号作り続けてきた歌作のリズムが突然崩れたのには、たぶん以上の歌にあらわれたような事情があったのだろうと思われるが、指摘しておきたいのは、窪田の歌には死に近接した心がある、ということだ。それがわかりやすくでたのは二十九・三十号の歌であった。

抗癌剤を飲むようになって「私は私にとって『罰』に代わる言葉を探している」という彼の言葉が思い起こされる。近接する「死」を心動かさず受けとめ、むしろそれを表現へと昇華させようとする強い意志があるということだ。彼の歌を特徴づけている喩の表現はとても巧みである。が、同じように喩の表現に巧みな若い人たちの歌と比べると、彼の歌には己の生と死をじっと見つめている人間というものへのまなざしがある。近接した死を見据えるまなざしと言っていいのかもしれない。次の歌は本歌集の「水飲み鳥」「終活」に収められているものだが、近接した死がテーマになっている。

アルコール依存、骨髄増殖性腫瘍と不治の病を二ついただく
朝まだき蕾のごとく膝を抱きこれからという時間を厭う
西陽映えテーブルの上に置かれたる水飲み鳥はひたに詫びおり
終活のひとつにせんとS席のキース・ジャレットをいちまい求む
でも川ぞいを歩きたいんだ海へ出る希望のような怯えのような

さて、窪田短歌を特徴づけている喩の表現はとてもあざやかでリズムが良い。

水菓子のたとえばそれは傷ついた鳥をつつみし手の椀に似て
ここからは致命傷なの指切りの指で引かれる切り取り線
白皿に片身の魚もうこれはわたしではないあなたでもない
夜ごとの眠り深くしてわたくしが抱くみずうみは水に溺れて

この詞の調べともいうべきリズムの心地よさは、アンビバレンツな表出への姿勢を保つためのスタイルであると述べたが、別な言い方をすれば、喩と言う短歌的修辞の技法を、自己表出の手段としてかなり効果的に駆使していると言ってもいいだろう。喩とは、直接的に叙述することを回避し意味の伝達をあえて

難しくすることで、そこに自己表出性を担保させる修辞である。一方、巧みな喩の修辞が作れればそれなりの詩的表出を可能にする、と思われることで、それ自体が自己目的化されて安易に使われやすい。いずれにしろ、短歌の修辞における喩は、短歌定型詩の始まりから用いられ洗練されてきた手法であり、その蓄積のうえに現代歌人の喩の手法もある。

窪田政男の短歌もその蓄積をわがものとすることで自分の歌のスタイルを作ってきたということであろうが、実は、修辞は両刃の剣でもあって、表現のうえで、現実に直接向き合うことを回避させていると思わせる仕組みでもある。だからこそ、表現者は現実からの照射を回避出来る安全な位置を取り得るかわりに、イマジネーションを様々に展開出来るのである。

3・11の東日本大震災があった年に窪田政男は次のように書いている。

私はまだ震災にかかわる歌を詠めずにいる。ただ、同じ震災に遭った神戸から海を眺め、海から続く海を思っただけだった。今、言葉が怖くてたまらない。（歌誌『月光』二十三号「月光歌筵」より）

この「言葉が怖くてたまらない」は、修辞を巧みに使いこなす歌のスタイルと無縁ではないだろう。むろん、未曾有の災害による死者達を表現することは畏怖に耐えうる言葉の力が必要であろうから「怖い」ことは一般的にあり得ることだとしても、この「怖い」は、彼の歌のスタイルを現実からの辛い照射を避け得る手法だと彼自身みなしている、からだと言えなくもない。が、そのスタイルは、一方で、彼が自分を支えるために自分の生と死を見つめ表現することを可能にする唯一の方法でもあるのだ。修辞が両刃の剣であるというのは、このようなことであるのだが、ここで大事なのは、「言葉が怖くてたまらない」と言い得るということである。彼は自分の歌の言葉が届く範囲を承知している。それは、言葉の届かない先を承知している、あるいは怖れているということでもあるが、それは、ある意味で歌の言葉に対する誠実さである。

この歌集の読み方としては、言葉の届き得ない世界を怖れているがゆえに、巧みな暗喩の表現がリズムよく展開するのだ、と理解することだ。その彼の歌のスタイルに共感できれば、この歌集は、修辞の向こう側に、言葉ではうまく伝わらないような作者の人生や思いといったものが味わえる。

窪田政男の『月光』四十三号の歌はとても印象的だった。本歌集では「八月の異称」に収められている。

黙祷とプールの匂い八月へ電車はゆけりまぶしき中を
サングラス外すことなき八月の焼かれし眼より伸びる蔓草
触れられぬ逃げ水のような八月にきみはいたのだ影を残して
亡き人は空の青さのその向こう神になるなどぼくは思わず

これらの歌を、私は、広島に落とされた原爆による死者をうたっているのだととった。いわゆる鎮魂の歌いぶりではないが、巧みな詩の技法で死者が八月のまぶしい光の中から浮かび上がってくるように読んだ。特に「サングラス外すことなき〜」の歌は鮮烈である。この「焼かれし目」は自分の目ともとれるが、原爆に焼かれた目でもあって、死者の髑髏の眼窩から蔓草が伸びている（幻想だとして）のだ。和歌の手法で言えば、上三句が「焼かれし目」を導く序詞ということになろう。修辞的には序詞は「焼かれし目」を導いた時点で表意上の意味を後退させるが、しかし、消えた訳ではない。上三句は歌い手の自画像を焼き付けた修辞であり、その残像を下二句に重ねていっているのでもある。とすれば、この歌の上三句の序詞から下句への転換の中で、歌い手は、自画像と原爆による死者とを実に巧みにオーバーラップさせているのである。その意味では、この転換は、高度な喩の表出になっているとも言える。

これらは、窪田短歌のスタイルの見事な表現と言えるだろう。彼の短歌は死者を歌うとき、というより「怖くてたまらない」死者を歌えるようになったときその威力を発揮するのだ。

本歌集の「以降の海」に次のような歌がある。

さようなら三度となえる水無月の海は海へとつながりて雨

雨が降るいつくしみを超えなおも降り退路なき海という鎮魂

投げだせる裸のままのわが腕を半島として海よ眠れよ

自然やモノをして語らしめる喩の技法が、このような鎮魂とも言える歌にも発揮されている。ここでは、「怖くて」歌えないその怖さを鎮めてくれるのが「海」である。この歌集には様々な自然やモノが歌い込まれている。それらの自然やモノを通して作者の「暗澹たる心」が顕れている。それらを味わうべきであろう。私は次のような歌が好きである。

雨の上にゆうぐれ来たり悲しみの背骨のごとく鉄塔の立つ

ビルケナウわが心臓を通過する夜行貨物の眠ることなし

日曜のユンボはひとり鋼鉄の疑問のままにふかく眠れり

何とも雄弁な「鉄塔」「夜行貨物」「日曜のユンボ」である。「暗澹たる心」が実に印象深く表現されている。五十歳になって短歌を発表し始めた彼の歌には、それまでの彼の人生の総量というものが十分に抱え込まれている。私は、彼の歌から、自分が抱え込んだ人生の総量をどう処分するか、それが晩年の人間の最大の問題であることを改めて学んだ。私もまたそういう歳なのである。いまさら秩序を外れて出家するようなことを言っても始まらないし情けない。しかし、向き合えば鬱々とせざるを得ないのは何故なのか。

そうやって「死」を迎えるのか。といった諸々を誰もが感じているだろうが、窪田は、それらの総量を詩の根拠としながら、そこから身を翻すように、詞の世界にたゆとうている。人生の量と重さの「あはれ」な自画像を、その巧みな短歌の技で、自在にまた多様に表現しているということだ。それもまた本歌集の魅力である。

# 「生きて在る」ことへの旅　下村光男歌集『海山』

下村光男歌集『海山』（二〇一二年）について論じるにはやはり彼の最初の歌集『少年伝』（一九七六年）から書き始めるべきだろう。冒頭四首は十七歳の頃の歌。そのなかの二首。

犬吠の断崖《がけ》にかぎりの叫声《こえ》あげてわれらはわかし潮騒のおと
鹿島路のふゆはさびしもおおかたは生活《たつき》の船をあげてこもりぬ

これが十七歳（高校生）の歌かと驚くばかりだ。短歌に興味を持ち始めたのは高校二年の末頃で、釈迢空に特に影響を受けたという（『少年伝』あとがき）。歌を詠み始めた十七歳ですでに歌の文体を完成させてしまっている。二首目などは、万葉集の歌人高市連黒人の次の歌を連想させる。

旅にして物恋しきに山下の赤のそほ船沖へ漕ぐ見ゆ（巻三・二七〇）

景（自然）の描写に歌い手の心情を溶け込ませる万葉歌人の歌の技を十七歳の下村はすでに手中にしている。これはもう天性のものだと言っていいだろう。一首目は、その歌の技を、十七歳の〈われ〉を描くことだけに集中させた歌である。断崖に打ち寄せる波の音と、〈われ〉の承認を求めるかのように叫ぶ声とが一体化した歌だ。歌集『少年伝』はこの歌から始まると言ってもいい。

わかちあう愛のかなしみせいねんにわれもめざめてゆかねばならず
草原を駆けくる君の胸が揺れただそれのみの思慕かもしれぬ
おおこれが植物のごとき性欲か菜の花の海にとびこんでゆく
まはだかに真昼まふゆの野にあそぶわがじょうよくのなんとさびしき

これらの歌は『少年伝』を代表する歌というわけではないが、ある意味ではそうだとも言える歌だ。「少年」が「せいねん」になることへの喩えがたき身体の感覚が歌われているが、それは荒ぶるような「じょうよく」でありながら「さびしき」「かなしみ」でもある。断崖に打ち寄せる潮騒のようにあらん限りに何かを叫ぶ「少年」を詠んだ十七歳の〈われ〉の延長にこれらの歌はあるだろう。
「じょうよく」は「情欲」ではない。「せいねん」も「青年」ではない。歌人下村にとって「情欲」や「青年」ではうたにならないのだ。「かなしみ」も「さびしき」もだが、これらは、万葉調とも言える古典的な歌の「しらべ」を印象づける。この「しらべ」が作る歌の文体によって、歌人下村は今の〈われ〉を抒情的にうたっていく。「あとがき」で「僕にとって短歌とは歌であると同時に詩であり、物語であり、杳い心への旅である」と書いている。歌を詠むことが「杳い心への旅」だと語ることに注目したい。その旅は「鹿島路のふゆはさびしも」と詠んだときから始まっていた。その旅を支えているのが、十七歳で習得してしまった歌の「しらべ」による文体であろう。

　この「杳い心」への旅は、自己の内奥への旅である。馬場あき子は下村の歌について「社会的なものへと向かわず次の一首に代表されるようなかたちで内がわへの回帰の道を辿り始める」と述べているが、その一首とは「あれは海の哭くこえ春の森ふかく聴きていきずっと太古のように」である。この歌について「無為の青春のさびしさの中でふとききつけた、暗く杳《とお》い、心をつれ去られるような時間の森へのふりかえりであった。私はそこに、七〇年安保に激しく立ち向かった世代の対極にあって、もう一つの空しさをみつめていた心の求めをみる」と書いている（『少年伝』解説）。

　この評に下村光男の歌は言い尽くされているが、改めて思い知るのは、七〇年安保の時代、社会へ向かわず、自己の「杳い心」への旅を続けていた若者がいたということだ。考えてみれば、社会変革へ身を投じることも、自己の内側の「杳い心」への旅も、自分の生き方を模索する若者にとっては同等の自己探求である。たぶんに、その探求への二つの路を分けたのは、たとえて言うなら「情欲」と書くか「じょうよく」と書くかの違いだったろう。その程度の違いだったたと思う。別な言い方をすれば、当時（下村光男は私より三歳上。ほぼ同時代を生きている）、私を含めて若者は、どちらの路をも行く可能性を秘めて生きていた。ある意味では多様な生き方ができた、というよりそれを希求した時代だった。だから、学生運動の活動家だった私は『少年伝』の「杳い心への旅」をわが旅のように読むことができる。

自己の内側を回帰的に表現した下村にも次のような歌がある。

われいつかことばボールに充たしめてこの黙《もだ》ふかき天へ打つべし
早春の地平を裂きてゆく嵐　悔ゆるなよ詩歌に死して生くこと

一首目は、歌の言葉で「天へ打つべし」と言うほどの気概を表明している。二首目の「詩歌に死して生くこと」もまた、歌の路を選んだことの覚悟といったものを感じさせる。「杳い心への旅」は必ずしも暗く虚しい旅ではない。先が見えないにしても充実した自己探求の旅であったろう。下村光男もまた七〇年安保闘争の時代の興奮に無縁ではなく、その時代の嵐のなかで、歌の路を選んでいたのである。

二冊目の歌集『歌峠』（一九八七年発行）は、『少年伝』から十一年後に出版された。二十七歳から三十七歳への歌を載せている。「あとがき」で、「歌峠」とは「私の心の中に存在する峠」で、峠を越え、また越えてゆく、「歌とはそういう涯《はてし》のない心の旅のように思いはじめたのは、歌人の道を自覚した二十代の半ばころであった」と書いている。

歌人という自覚のもとで、「涯《はてし》のない心の旅」の記録として『歌峠』は編まれたということである。無論、十七歳で手にした歌の技による「杳い心への旅」は続いている。

だが、『少年伝』のような、自己の内奥へと回帰していくような自己探求の勢いは薄れてきている。気になる歌をあげてみる。

山清水掬わんとしてうつる面しもむらみつおわれはたれなる
文体は揺れやまずけり武蔵野のかの逃げ水のごとくわが夏
流されてゆくにはあらず　われは川　みずから流るるわれは川なる
幽閉……にもにてかかかる定型にとらわれて来し二十年《はたとせ》あわれ
たずね来し学生ひとりかえす道ねがわくは歌なんぞつくるな

これらの歌を読むと、「悔ゆるなよ詩歌に死して生きること」と歌った『少年伝』の歌に賭けた強い思いは、かなり穏やかになっていると思える。どことなく歌を作ることの焦燥や充実感のなさを詠んでいるような気になるのだ。四首目は衝撃的だ。定型に幽閉されて「二十年あわれ」とは。その定型によってみずみずしい「せいねん」の「じょうよく」をうたってきたのに、ここまで言うか、と言いたくなる。五首目の「歌なんぞつくるな」も気になる。無論、『歌峠』には、福島泰樹が「韻律の流れから喘ぐように切実なドラマが浮かび上がってくる。抒情詩人・リリシスト下村光男が創り上げた文体の妙」（『海山』序文）と評した歌がたくさんある。あるけれども、歌作への悩みもまた詠まれている。そのことは、この『歌峠』（一九八七年）刊行以降、ついに歌集を自らの手で編むことなく生涯を終えてしまったことにかかわるのではないかと考えてしまう。

『海山』は夫人の手によって編まれた下村光男の遺歌集である。三十六歳から七十五歳までの作品（二千七百首以上あった）の中から五百二十一首を選んだという。冒頭の一首が印象深い。

銀河鉄道の夢より醒めて　四街道　星降る寒の駅におりたつ

この歌を冒頭に持って来た夫人の選眼はさすがだ。「銀河鉄道の夢」とはなんだったのだろうか。『少年伝』「あとがき」で、「僕にとって短歌とは歌であると同時に詩であり、物語であり、杳い心への旅である」と書いた「杳い心への旅」ではなかったか。ジョバンニの銀河鉄道の旅は、死者をあの世に送る旅であり、同時に何のために生きるのかと問い続ける旅でもあった。「杳い心」へ旅する少年下村光男にとっては、定型という汽車に乗っての旅である。その旅は、自分という存在の内奥への旅でもあり、行き先の見えない果てしのない旅でもあった。それは、何ものでもない自分という存在を探求する旅であったろう。

だが、『歌峠』あたりから、この旅への幻想からやや醒めつつあった。時に、定型が幽閉のように思えたりする。銀河鉄道の旅は終わりに近い。そして、「銀河鉄道の夢より醒めて」の歌で、終わったのである。ジョバンニが銀河鉄道の列車から降りて、母のために牛乳を買い母の元へと帰っていったように、銀河鉄道の夢から醒めた歌人は、妻や子どもが待つ「四街道」の家へと帰らねばならない。

「杳い心への旅」が終わったとするなら、歌を詠み続けることも終わってしまうのか。いや、そういうことではないだろう。「杳い心へ」ではない別の旅を始めればいいだけだ。だが、そんなにうまく切り替えられるわけではない。定型を詠む歌の技は身についているから、歌は自然と詠めてしまう。旅などと考えずに、生活の中で日にし心に浮かんだことをそのまま歌にすればいいと居直ることもできる。だが、そういうのは『少年伝』の歌人下村光男らしくない。かといって、何かを求めて旅するあてもない。この旅はそもそも自分というものがわからないからこそ成立する旅であった。少年の青年の特権的な旅である。本来、妻子を持つ大人がする旅ではないのだ。夢から醒めなければならないのだ。だが、「杳い心への旅」を終わらせたくはない。その葛藤を解決させないまま、下村光男は歌を作り続けてきたのだと思われる。

歌を詠むことや、歌集を編むことなどについて触れている歌を挙げてみる。

かえりなんわがリリシズム甲斐のくに葡萄園まで秋を来にけり
編みおえて五年文箱《ふばこ》にねむり来し歌集の稿を今日はとりだす
歌集なぜ出さぬわが無為せめる声ただ困窮に尽きてそうろう

虚心にてあれば見えざるものも見ゆ歌はたしかにほろびつつあり
難解歌ただの智あそびみきわめるまで二十年経てしまいたる
整列の美を見せてつづく茶畑や定型詩短歌捨つるなよゆめ
ある賀状引き籠もりにも似たるとよ三十年《みそとせ》も歌を編まぬというは
生活をかくしてうたう　生活を見せて詠ずる　歌とは切な

定型を幽閉と詠んだ『歌峠』から見ると、歌を詠むことについての葛藤はもうないかのように見える。一首目は、自分の歌のリリシズムの回復を願ったものか。四首目の「歌はたしかにほろびつつあり」は、自分の歌のことなのか、それとも短歌という文化そのものが滅びつつあるのか、よくわからない。五首目は、先に挙げた幽閉の歌に似るが、歌の呪縛から自由になったとも読める。六首目の「歌捨つるなゆめ」も、定型から自由になったということだろう。達観したような歌もある。最後の歌などはそうだ。結局、生活をうたうしかないのだ。二首目、三首目、七首目の歌は、歌集を編まない（あるいは編めない）ことを詠む。それにしても三十年もの間歌集を編まなかったのは何故なのか。新たな心への旅を見つけられなかったということなのか。よくわからないと言うしかないが、おそらくは、『歌峠』から続いていた、歌を詠むことへの葛藤に決着がついておらず、歌は詠めても歌集としてまとめるあと一歩を踏み出せなかった、ということだと思われる。それは、「杳い心への旅」を続ける少年下村光男が、大人になり老いていく下村光男のなかで、最後まで生き続けていたということなのだろうか。そうだとも言えるし、あるいはそうではないのかもしれない。

『海山』のなかで心に残った歌を挙げてみる。

燦の日は過ぎずみずからに散りいそぐ天のポプラをまなこは見詰む
われにはついの児には故園の地となるに一票を革新に入れてきにけり
新巻ひとつ吊るしたるのみ冬銀河わが清貧のさむしさは見よ
にくしみの対象ちちの忌めぐるたび知るちちのこと父はユピテル
生きるとは食うこと不惑奥歯にて噛みしめている秋の白飯《しらいい》
子ら眠り銀河の微光とどく庭ちちなるも未だ愁う樹われは
薄暮いま着きたるばかり胡瓜の馬みな駿馬なり脚は躍りて
ゆっくりと帰りてゆける茄子の牛見えざるものも夕辺には見ゆ

これらの歌は「杳い心への旅」として歌われた歌ではない。「杳い心への旅」は実は終わっていたのだ。これらの歌を詠む下村光男は、もう「杳い心」を見つめようとはしていない。父への複雑な感情、妻や子どもたちとのつつましい生活。家族への愛しむようなまなざし。それらが、巧みな歌の技で綴られている。

そこには自己の探求などない。二首目の歌は象徴的だ。この地で暮らす自分、そして子のために、一票を革新の候補者に入れた、というただそれだけの歌であるが、生活への穏やかな覚悟がある。最後の二首は、晩年の歌である。お盆に、胡瓜で作る「精霊馬」(先祖を迎える)、茄子で作る「精霊牛」(先祖を送る)を詠んだものだが、先祖祭祀の光景を楽しげに詠んでいる。

おそらく、下村光男はすでに新しい旅を始めていたのだ。それは、ただ生きて在ること、という旅である。先に「生活をかくしてうたう　生活を見せて詠ずる　歌とは切な」という歌を取りあげたが、この「歌とは切な」のように、今を生きていることを詠むことが旅だとする認識、その旅は、老いて死ぬまでの旅だろう。そのような旅は孤独ではないが、どこか切ないのだ。『少年伝』のあのどこへ向かっているのかわからない旅への不安も魅惑もない。あるのは、確実に生は終わるということ。そう思ったから、歌人下村は、定型から自由になれた(定型にとらわれずにうたったという意味ではない)のではないか。「歌捨つるなよゆめ」と詠めたのではないか。

この旅は、歌集を出して歌を読んでもらうこと、あるいは世に問うことに意味を見出すような旅ではない。歌を詠むことと生きて在ることは同時的な行為なのだ。その営為の持続に区切りはない(死ぬまで)。区切りがないから歌集を編むという契機がなかった。そういうことだろう。そういう意味では、この『海山』という歌集が遺歌集なのは必然であった。「生きて在ること」を終える、つまり生涯を終えることによってしか歌集を編む契機は訪れなかったということである。

# 何故「自然」を詠むのか　幡野青鹿『うつろひのおと』・渡辺松男『牧野植物園』

最近読んだ歌集から二冊紹介する。一冊は幡野青鹿『うつろひのおと』（牧歌舎二〇二〇年八月）、もう一冊は渡辺松男『牧野植物園』（書肆侃侃房二〇二一年六月）。幡野青鹿『うつろひのおと』はパンフレットが送られてきて、そこに掲載されていた歌に惹かれて私が取り寄せた歌集である。渡辺松男『牧野植物園』は著者から贈呈された歌集である。

この二冊を紹介するのは、この二冊の歌にはある共通性があり、その共通性は今の私の関心事に響き合うものがあって、そのことについて書きたくなったからである。その関心事とは「アミニズム」なのだが、もっと具体的に語れば「歌人は何故アニミズムに惹かれるのか」といったことである。「アニミズム」というと観念的になるので、「自然の表象」と言い換えて、「歌人は何故自然の表象を詠もうとするのか」でもよい。この場合の自然はたんなる物としての自然ではなく、歌人の心を深く揺さぶるような精神性（霊的もしくは神秘性と言ってもよい）を持つ何かとしての自然である。

『うつろひのおと』のパンフレットの中で目にとまった一首は次の歌である。

栃の木を抱《いだ》ける我を山抱くその青垣を青空抱くも

人（自分）と自然との関係をうたった見事な歌である。栃の木を抱く我にはたぶんにいろんな事情がある。その事情を栃の木に託すとき、我は栃の木に抱かれる存在となる。我の事情を託された栃の木を山が抱く、その山を青空が抱く。このように、人間の事情（存在するが故の苦しみといってもいいか）を次々と自然が包み込むことで相対的にその事情は小さくなりとるにたらないモノとなろう。青空を抱くのが地球であり地球を抱くのが宇宙なのだとすれば、人の事情は宇宙を構成する原子のようなものにまで小さくなる。そこまで小さくなると想像できれば、人は抱え込んだ事情から解き放たれる。悩む人もまた原子のように小さくなってしまうからだ。このように考えると、存在する世界そのものを空とみなす仏教的発想に近い歌である。空であれば我の抱えた事情など消えてなくなる。この歌の面白さは、そのように考えさせるところにあるが、一方で、木を抱くという行為そのものが、抱くに至った事情をなんとかしたいとする切実な祈りであると感じさせるところにもあろう。そのようにとらえれば、自然は、菩薩や如来といった救済者になるが、そこまで宗教的な解釈（救済への思考）に偏らなくても、本来私たちは自然という存在に一体化する存在ではないかといったアニミズム的思考に、ただ我の事情をゆだねてみた、といったふうに読むほうがいいのかもしれない。そういう読みでも、我の事情は自然に帰されるのだから、事情を抱えたものにとっての祈りであるという解釈にはなる。

作者幡野青鹿は一九七五年生まれ。三十歳のとき交通事故にあい、リハビリの失敗が重なり筋肉と血流の自律神経系疾患を発症し、安定的に立ったり長時間座るといったことが出来ず、文の読み書きも感覚も短時間しか出来なくなってしまう。リハビリ生活のなかで万葉集の歌に出会い、その歌の調べが持つ音楽性に魅せられ短歌を作り始める。その事情を次のように「あとがき」で書いている。

私の歌は、作ろうとして作ったものではありません。二十四時間を身体のケアとリハビリに充てる毎日、まとまって物事を考える余白もほとんど無いなかで、目の前の風景に、或いはかつて見た情景に、ことばが不意に像を結ぶのです。

そのようにしてできた歌が十首ほどになった頃、ふと思いました。山川を詠んだこれらの歌は、自然と自分の魂を結ぶ橋になりうるのではないか、と。つまり、こうして自然への思いを歌という形にしておけば、死後の自分の魂が迷うことなく山川のもとへ行けるのではないか、と。

それから活字にすることもなく歌は増えて（いつでも自由に文字を書くことが難しいために）、四十首ほど、頭の中だけで全てを記憶するのが限界に近づいた頃に、また思いました。もし明日私が死んだら、この歌も死ぬ。歌も私も永遠に居なかったことになってしまう、と。そのことを思うと胸が締めつけられるようで、身を削ってでもこの歌を遺さなければ、という抗いがたい声が私を責め立てるのです。

また次のようにも書いている。

……私を幾重にも取り巻く断絶という名の、言葉が言葉として意味をなさない世界があります。そのような世界においては、社会的・日常的なことばよりも和歌のような韻文、それも万葉歌のような呪詞性・音楽性の高いことばの方が、ずっと現実的で意味があるのです。

山川という自然を詠む理由を「自然と自分の魂を結ぶ橋」になるのではないかと率直に語ることに、歌を詠むことの切実な思いがよく表れている。そして、「万葉歌のような呪詞性・音楽性の高いことば」のほうが、今の私には現実的で意味があるという、このことばに、短歌の韻文がもつ力を改めて思い起こされた。とくに私は万葉集を専門に研究する身である。万葉集の歌が現代を生きる人間にこのように受け止められることに、感動しそして戸惑いも感じた。万葉集の歌の持つ力を改めて見直さなければと思い知らされたのである。

作者が「自然と自分の魂を結ぶ橋」になるようにと祈るように詠んだ歌を十首ほど挙げてみる。

木《こ》の先の果てなき空をあはれぶや高みを指して藤の咲きゆく
たをやかに舞ふ乙女かも虎の尾の暗き林に咲ける白さは

激《たき》つ瀬を越えてい行《ゆ》かむ石なくも立つ瀬のあらば越えてい行かむ
山百合《やまゆり》の咲ける山道《やまぢ》にひとり来て山鳥跳《は》ねてまたひとりなり
わが思ひ谷にとどろく滝となれ身は激《たぎ》つ瀬の波に散るとも
空の下《もと》立てぬこの身で野を歩み双掌《ふたて》を合はせ風を頂く
うつせみの惜しくはあらね魂《たま》去らば山渡りゆく風になりなむ
願はくは山の清水のひとしずく終《しま》ふこの身に掛け与へなむ
我が立てる空の真上の真空《まそら》向け思ひ放てば空の広さよ
ひとひらのたまの露こそ愛《かな》しけれ空を映して空に果てなむ

これらは、和歌、とくに万葉歌の持つ調べ、自然あるいは心の表象のことばの再現に注力され詠まれた歌である。確かによく再現されている。これらの、万葉歌の調べや詞を重視した歌は、難病を抱えた作者の現在をより現実的にかつ意味のあるものとして伝えるのだと作者は言う。これはどういうことだろう。「現実的にかつ意味あるもの」とは、作者の現在の生をただリアルに描くということではないだろう。難病を抱えた作者にとってリアルな現在を描くことは、その現在を生きる自己にこだわること、つまり自己をこの世に意味ある存在として定義するような試みのことではなく、その現在からどう解放されるかということであると思われる。社会的あるいは日常的なことばで歌を詠めば、結局、この世を生きることの意味づけ（この世を生きることの意味を追い求めること＝アイデンティファイ）になってしまう。作者は「私を幾重にも取り巻く断絶という名の、言葉が言葉として意味をなさない世界」をうたいたいのであって、その試みのなかに作者の生の現在がなければならない。とするなら、その試みとは、作者が置かれた現在、それは、作者を強制的に社会というこの世に意味づけること、あるいは難病を抱えた自己という存在の動かしがたさ、そういったものから自由になろうとすることだろう。

万葉歌の持つ調べや自然の表象は、作者に作者をそのように自由にするものとして発見された、と言ってよいか。その発見は、この作者の個別的なあるいは特殊な発見なのではない。そうであれば、この作者の歌に私は深く共感することはなかった。おそらくは、誰もが作者のような思いを抱えている。だから、山川という自然を詠む理由を「自然と自分の魂を結ぶ橋」と作者が述べることにそれほどの違和感を感じない。このような言い方は、「言葉が言葉として意味をなさない世界」を表象するひとつの比喩なのだと了解できる感覚を私たちは内在させていると思うからである。

歌人渡辺松男については説明の必要はないだろう。著名な歌人であり、私もすでに評を書いている。独特な存在論とでも評したい自然の擬人化や、卓抜な比喩が印象的な歌人であり、彼もまた難病を抱えている。歌集『牧野植物園』は彼の十冊目の歌集である。以前私は渡辺松男歌集『蝶』の中の歌を取り上げ次のように評した。

木にひかりさしたればかげうまれたりかげうまれ木はそんざいをます
木のすがた地上のかげとつりあふにかげにいかなるおもさもあらず
木のやうに日をあけてをり目をあけてゐることはたれのじゃまにもならず

重量も延長もない存在を描かざるを得ない作者の必然（作者の存在論すなわち生と死を見つめるまなざし）がこれらの歌の縦糸だとすれば、アニミズムは横糸であろう。アニミズムを抱え込んだ文化を横糸として巧みに用いることで、重量も延長もない自分という存在（魂）が自然（樹木）の喩になり得るのだが、縦糸によって、表現者としての必然が喩を超える何かとしてせまってくる、という歌になっている。

一方、横糸のアニミズムがもたらす効果は、神々や精霊のいる世界との距離感の消失であるが、それは生と死との間の絶対的な断線の消失でもある。その消失を担うのが、生と死のそのあわいを行き交う自然あるいは動物である（『短歌の可能性』）。

ここで評した作者の縦糸「重量も延長もない存在を描かざるを得ない作者の必然」つまり生と死を見つめる作者の存在論とも言うべきまなざしと、横糸のアミニズム「神々や精霊のいる世界との距離感の消失」

とによって織りなされる渡辺松男の歌の世界は『牧野植物園』でも健在である。十首ほど挙げてみる。

閉ぢられてある鏡にて白鳥は漆黒の夜をわたりの途中
臼に蝶翅とぢたれど動くものとうごかぬものと時間がちがふ
俄雨あれがわたしでありしよとべつのわたしが晴れておもひぬ
木漏れ日が汝《な》がくるぶしにあたるときくるぶしから飛ぶやうな汝れなれ
存在をひびきあはする林にて声の太さとして立つ樹幹
団子虫のやうなる涙吊るすときここから俺は号泣をする
だれもしらぬ秘境の繊き滝のやう　祈りなどしてみむとおもへど
土佐の牧野植物園へ飛ばしたり日差しとなりてわたしのからだ
えいゐんゆえいゐんへゆく蟻の列それへ影してみあきぬこころ
荒海を荒海として白鳥の全霊で飛ぶときには黒き

「生と死を見つめる作者の存在論とも言うべきまなざし」はこれらの歌の根幹である。そしてそのまなざしは、生と死のあわいに位置するような自然もしくは動植物にそそがれ、そこに作者の存在と自然との交感が演じられる。

幡野青鹿が、山川を描くことは「自然と自分の魂を結ぶ橋」だと述べるそのことを、渡辺松男は独白の方法（存在論的縦糸とアニミズム風横糸）で自在に描いていると言っていい。その意味において両者の歌集には共通するところがある。両者とも、自然の表象に自己の存在そのものをゆだねてしまうことによって、言葉ではうまくあらわし得ない何かに至ろうとする、「祈り」とでも言うべき姿勢がある。両者への私の感動や共感は、そのような姿勢ゆえであることを、私は思い知るのである。そして、このような姿勢は、お二人が難病を抱え自己の生と死に常に向き合わざるを得ないこととかかわるだろう。

それにしても、だ。どうして歌人は自然を詠もうとするのだろう。この問いはあまりに漠然としすぎているが、幡野青鹿と渡辺松男のお二人の歌に対する姿勢をヒントに少し考えてみたい。

私なりの答えを簡単に言えば、私たちは自己という存在から自由になりたがっているからであり、それを一瞬可能にするのが自然を詠むことだ、ということになる。この場合の自己とは、社会的な役割としてのアイデンティティや、この世界を生きる私とは何者かといった哲学的探求の対象となる自己のことではない。自己が存在しなければ世界そのものが存在しない、という言い方を成立させる意味での自己のことである。この場合の自己にとって他者は存在しない。他者が存在しない以上、自分とは何者かという問いそのものが成立しない。

哲学者永井均はこのような自己の在り方を「独在性」と呼んでいる。仏教者との対談のなかで永井均はそのような自己を「変てこなやつ」と呼び次のように語っている。

……たくさんの人間たちの中に、なぜかそういう、世界が初めてそこから開けたと言える、とんでもないあり方をしたやつが（今は）存在するのですが、そいつの脳や神経が普通の人間とどこか違っているわけではないのです。なんでそんなやつがいるのかは、どうやっても説明できません。しかし、そういう変てこなやつが存在するというのは、ある意味では極めて重大な事実で、なぜかといえば、もしそいつが存在しなければ何もないのと同じだからです。それが存在したから世界が初めて開けた。世界はそこから初めて開けたんですね。そして、死とともに消滅します。その期間だけ世界が現に存在しているのです。強い言い方をすると、その変てこなやつが存在したことが、世界に存在を与えたのです。現に存在するという性質を初めて付与したわけです。

それほど強烈な意味を持ったものであるにもかかわらず、その存在には何の根拠もありません。その人が何か普通とは違う特別の属性を持っているから、そういう特別のあり方をしているというわけではないのです。そういう独特のあり方が、すなわち独在性という問題です。（藤田一照・山下良道・ネルケ無方・永井均『哲学する仏教』サンガ二〇一九）

永井均の言っていることはいわゆる「唯我論」の範疇に入るが、その説明がとても面白くて長々と引用した。その面白さとは、自己という「変てこなやつ」の独特なあり方になぜ驚かないのか、それはとても不思議なことではないか、という問いが根本にあってその驚きを伝えようとしているところにある。永井均は『存在と時間　哲学探究1』（文藝春秋二〇一六）では、全ての人間（生きもの）に意識状態があるのに、なぜ現実にはある一つの意識しか感じられないのか、これはまったく驚くべきことではないか、と自身の哲学における問題提起を語っている。

永井均の問題提起を「唯我論」的理屈とみなせば「そういうとらえ方もあるよね」で終わってしまうが、「なぜ驚かないんだ」と迫られると、さすがにたじろぐ。一般的に「唯我論」的な自己は、理論として設定された自己のありかたに過ぎない。だから、自己の消滅は世界の消滅だと言われても痛くもかゆくもない。だが、現に今生きている自分（私）の意識あるいは存在の問題だとつきつけられると、無視はできなくなる。それは、私たちが、なぜ自分は他の誰でもなく自分でしかないのかという疑問を常に抱えているからだ。どこかでこれは普通ではないと感じる感覚があるからだ。だから「なぜ驚かないんだ」とつきつけられると、確かにこれは普通じゃない、普通じゃないのにそのことに気付かないように生きているのではないか、とたじろぐのである。

幡野青鹿も渡辺松男も、この普通じゃない自己のあり方に気付かないふりが出来なくなった人たちであると思われる。社会的存在としての自己の役割や他者と理解しあう関係を結ぶことに悩んだりするような自己のあり方によって私たちは気付かないふりができるが、そういう次元を超えたところで彼らは自己＝

世界という存在を見ている。彼らが向き合っているのは、自己以外に世界はなく、自己の消滅（死）＝世界の消滅という残酷な運命の待つ存在のあり方である。それを平然と受け入れるほど彼らを含めて私たちは強くはない。私たちが今生きて在ることにそれほどの不安を感じないのは、私が消滅してもこの世界は（死後の世界があれば私も）消滅するわけではないからだと思うからだが、そう確信する根拠があるわけではない。だから存在することへの不安を拭い去ることが出来ない。

実は、そうであるからこそ、幡野青鹿も渡辺松男が自然を詠む理由が見えてくるのである。というのは、この場合の自然というのは、自己＝世界というあり方を包み込むもう一つの世界のあり方だからだ。それは、自己が消滅しても自然は消滅しないで残る、と言う意味での自然ではない。自己の成立や消滅それ自体の生起そのものが自然の営為でもある、という意味での自然ということである。従って、私という自己は自然の一部である、という言い方が成り立つ。つまり、自然を詠むということは、唯一絶対の存在である自己を自然の一部でしかない存在へと橋渡しをする、そういう試みと言うことが出来る。幡野青鹿が、山川を描くことを「自然と自分の魂を結ぶ橋」だと述べるのは、そういった意味で理解すべきだろう。

そういった観点から、もう一度幡野青鹿の歌「栃の木を抱ける我を山抱くその青垣を青空抱くも」を鑑賞すれば、作者は、自己という存在を自然の一部とみなすことで差し迫った自己の消滅という不安を克服しようとしているのだと、読めるのである。

渡辺松男の歌もまた同じだ。歌集のタイトルにもなった歌「土佐の牧野植物園へ飛ばしたり日差しとなりてわたしのからだ」も、自己という存在をほとんど自然に溶け込んだものとして扱っている。渡辺松男もまた、自然に溶け込む自己（自然の一部としての自己）をうたうことで、自己という唯一絶対の存在から自由になろうとしているのである。

# 第六章　抗することへの意志を秘めて

# うしろめたさとユーモアと　佐久間章孔を悼む

佐久間章孔さんが逝かれた。黒田和美賞の受賞式の折お会いする程度で、親しく話をする機会はあまりなかったが、そのお人柄は短歌を通して伝わってきた。七十四歳だったということであるから、私より一歳上である。私は、以前歌集『洲崎パラダイス・他』の書評を書いた。短い書評だったが、私の文章は歌人佐久間章孔の胸底に届いたと勝手に思っている。佐久間さんは、若いときの学生運動（実際にどういう体験をなさったのかは知らない）を通した社会変革への志を核として、その思いを抱いたまま生きていく日常の、つまらなさ、空虚感、あるいはなんとなく感じるうしろめたさ、しかし、その志をけっして忘却させない矜持、そういったさまざまな思いを歌に詠んだ。私は私のことのようにそれらの歌の思いに共感した。その共感を短い書評に書いたつもりだ。

鈴振れど鈴の音にぶく消えゆけり舞えど歌えど神に届かぬ
生き恥をさらして待てどこの胸に深き御声は二度と届かぬ
痛む四肢でいとかろやかに廻ること　舞神として老いてゆくこと

冷凍庫に保留しているこころざしあれがなければ過去は素敵だ

歌集『洲崎パラダイス・他』から引いたが、これらの歌に、佐久間さんが、社会変革の志を抱いた自分とその自分から遠く隔たってしまった今の自分の生き様をどう感じているかがよく伝わってくる。同世代で、社会変革（革命というには気が引ける）の闘争に身を投じた私の、闘争から身を引いて生活者として生きた間の心情は、これらの歌によってあらわされているものとそう変わらない。

あの時代、別に革命家になろうと決意したわけではない。自分が生きた社会の理不尽さ、その理不尽さの大元にある権力の横暴さに反抗しただけだ。将来の人生のことなど考えたわけではない（学生運動に身を投じれば普通に就職して安定した生活を送るというような生き方はできないだろうなということは覚悟したが）。革命を自分の生き方にしてしまった一部の活動家を除いて、社会の変革を志した学生のほとんどは、政治の季節の終焉とともに、変革出来なかった社会の中へ一人の生活者として着地せざるを得なかった。佐久間さんもその中のひとりだったと思う。私も同じだ。私は、文学の研究者として活動後の人生を過ごしたが、いつも、うしろめたさのような感覚を覚えながら日常をすっきりしない気分で過ごしていた。

うしろめたさの理由を社会を変革出来なかったからだと言ってしまえば簡単だが、そんなわかりやすいものでもない。変革の志を抱いた自分を忘れられずに、今をただ生きるだけの生活者として生きていかざるを得ない、そのことへの忸怩たる思いと言えばよいのだろうか。

だが、政治活動は、本来職業選択でもないし、宗教のように人生そのものを全てある信念に譲り渡すことではない。社会変革の方法は多様であって、政治党派に入って過激な活動をすることだけが社会変革の唯一の方法ではない。それぞれの置かれた状況に応じて、それぞれのやり方でコツコツと変革を試みればいいのではないか。その意味では、学生運動を辞めたからといって社会変革の志を捨てたことにはならない。それなのに、何故うしろめたさの感覚がつきまとうのか。

福島泰樹に「ここよりは先へ行けないぼくのため左折してゆけ省線電車」という歌がある。学生運動が後退期に入りほとんどの活動家は学生運動から身を引いていったが、革命への心ざしを捨てずに過激な闘争に身を投じていく活動家、つまりどこまでも先へ先へと左折していったものたちもいた。歌集『暁の星』を出した重信房子もその一人だ。この歌集には、革命の志を持って生きた者たちの生と死が歌われている。学生運動に身を投じた私たちは革命家になろうとしたわけではないが、暴力を伴う闘争に身を投じるその覚悟の先には、革命のためにどこまでも先へ行ってしまうかもしれないという、そういう予感はあった。だが、ほとんどは、過激な活動から距離を置いた。しかし、先へ行ってしまった者たちが現にいるのだ。その者たちの激しい生き方を見てしまうと、彼らとの思想や信条の違いが当然あったにしても、わたしたちは「先へ行けなかった」者なのだという思いにどうしてもとらわれる。そのことが、「うしろめたさ」の理由の一つになっているのは確かだ。

ただ、誰しもがうしろめたさを抱えているわけでないことは言っておかねばならないだろう。かつて学生運動を共にした仲間は社会の様々な場所で仕事をし生活しているが、それぞれのやり方で社会を変えようと頑張っているものもいる。あるいは生活に追われて過去を振り返る余裕のないものもいよう。「うしろめたさ」を感じるのは、ある意味では、革命への憧憬としてのロマンティシズムの裏返しなのかも知れない。佐久間さんも、わたしもたぶんにそういうところはあるように思う。

歌誌『月光』六十六号（二〇二一年二月）に「私終期」と題された佐久間章孔の歌から。

志はこわれものだから旅しても恋してもほら　無口な俺だ
一生《ひととき》をこころ閉ざして薄日してやさしい紅茶を飲んで終わろう
壮大な夢を見たんだ　突破した銀河の壁から反物質へ立小便
いつの日かこころを告げに戻りますそれまで世界をお願いします

歌誌『月光』六十八号（二〇二一年七月）に掲載された「白い花が咲く頃」という題の歌群が歌誌『月光』での最後の歌となった。

運が悪けりゃ肺に咲く白い花　きっとあの日の別れの花だよ

死ぬも生きるもマルクスも利根の流れに揺れてゆれて揺れて
革命の連絡船のたよりなさいつだって一人ひとりを捨ててゆく
われわれの時はむなしく過ぎ去りて肺腑を白く染めるウイルス

「私終期」も「白い花が咲く頃」も、自分の死を意識して詠んだ歌が収められていると言っていい。「白い花」は癌のことだろう。これらの歌を詠んだ翌年の七月に佐久間章孔は旅立つ。これらの歌にはもう「うしろめたさ」はない。人間の一生なんてこんなもんだ、というような、悟りとは言わないまでも諧謔やユーモアに包んだ己への醒めたまなざしがある。「死ぬも生きるもマルクスも」の歌も「革命の連絡船のたよりなさ」の歌も、「先へいけなかった」自分の人生を「うしろめたさ」で振り返るのではなく、所詮こんなものかといった、死を目前にしたものの振り返りの境地から詠まれている。

私も癌闘病中で、死を意識する時がやはりある。が、私は佐久間さんのような歌の境地は理解出来ても、それをこんな風に表現することは出来ない。おそらく、死を意識してこんなに明るくユーモアたっぷりに表現出来るものはそういない。佐久間さんをお見受けしたときに感じた、あのひょうひょうとした人柄がこのような歌い方に現れていよう。

「反物質へ立小便」という「壮大な夢」の歌がいい。佐久間章孔は、辞世の歌群と言っていいような歌のなかにこんな痛快な歌を詠む歌人だったのだ。謹んでご冥福を祈りたい。

# 重信房子の「実存」と抒情　歌集『暁の星』

重信房子歌集『暁の星』について評を書くことは、正直私には荷が重い。この歌集には、一九六〇年代後半から七〇年代にかけての日本の学生運動、その学生運動から生まれた赤軍派の活動（そこには連合赤軍による同志への凄惨なリンチも含まれる）、さらにはパレスチナに拠点を移しての活動、そういった、五十数年にわたる闘争の歴史が刻まれていて、その歴史のまっただ中をブレずに生きた歌人重信房子の個人史の重さを受け止めかねて、私はこの歌集を評する言葉を見いだせないでいるのだ。

『暁の星』の中に「「批評とは評する者への評でもある」侠気と覇気の断定が好き」という歌がある。この「批評とは評する者への評でもある」は、歌誌『月光』六四号（二〇二〇年七月）に載せた私の文章「我が闘争　川俣水雪『シアンクレール今はなく』」の一節「評とは評する者自身への評でもある。評する者のその評は、評する者の時代体験や生き方、さらには生活、感情といったものを潜った言葉に頼っている。評が、評することがらの客観化とするなら、評の言葉は、評される歌人と同時に評する私をも客観化していることになる。つまり、私は、私をも評していることになる」を踏まえたものかもしれない。とするなら、「侠気」も「覇気」もない私はこの歌の前で恥じ入るしかないのだが、このように歌われた以上、『暁の星』への評は私自身への評になることを強く意識せざるを得ない。

実は、このように意識するにはそれなりの理由がある。私は、一九七〇年前後学生運動の活動家だったが、重信房子の属した赤軍派と多少のかかわりを持った。一九六九年に大学に入り全共闘運動にのめり込みやがて政治党派に入った。私の属した党派は重信と同じ第二次ブントの社学同である。党派に入ろうと思ったのは、社会変革を目指すには個人の活動には限界があると思ったからだが、社学同を選んだのは、大学の全共闘の主流派が社学同で、全共闘の仲間の多くがその党派であったからに過ぎない。闘争方針や思想に共鳴したなどというものではなかった。もし主流派が別の党派だったら私はその党派に入っていただろう。ただ、社学同には教条主義的なところがなく他の党派に比べて自由な雰囲気がありそんなところは気に入っていた。

一九七〇年に入り社学同は闘争方針をめぐっての内部対立の結果、四分五裂する。最も過激な闘争方針の赤軍派に重信房子は属し、私は叛旗派に属した。あれは確か分派の前の頃だったと思うが、同志社大学の赤軍派が社学同のメンバーを拉致し監禁しているということで動員がかかり、私は京都見物ができるという軽い気持ちで参加した。同志社の前で隊列を組んで突入しようとしたところ待ち構えていた機動隊に囲まれ東京からはせ参じた活動家の多くが逮捕されたが、そのなかに私もいた。私は下っ端の活動家だったのですぐに釈放された。(今思えば警察にバレバレのずさんな作戦だった。私は京都見物ならぬ京都の留置所を見学しただけだった)。分派後、いわゆる内ゲバ状態になったが、殺し合うような凄惨なものではなく、集会で鉢合わせると互いに竹竿で叩き合う程度のものだった。

私が叛旗派に属したのは私の大学の社学同が叛旗派だったからに過ぎないのだが、もしそのとき赤軍派から直接オルグされたら動揺したと思う。赤軍派は革命を起こすには武装蜂起しかないと突っ走った。当時の学生活動家の多くはそのせっぱつまった心情に共感するところはあったと思う。私も個人的には赤軍派は嫌いではなかった。どこかであいつらすげえなあと感じるところはあった。だが、武装闘争を先鋭化させるだけで社会が変革できるとは思っていなかったし、何より全共闘レベルでの武装は権力に抗するデモンストレーションの域を出るものではなかったから、殺傷能力のある武器を持って権力に立ち向かう考えも覚悟も持っていなかった。だから私は赤軍派には入らなかったと思うが、しかし、直接オルグされたらどうなっていたかわからない。私のいた大学にも赤軍派がいた。彼らと話す機会があったが、彼らの語る闘争方針は私には空想のように聞こえた。だが、その語り方や目つきに一切の迷いはなかった。迷いだらけの私には、怖いと感じるところはあったが、一方でうらやましいとも思った。もし、私が革命に向けて迷いのない生き方をしようと決意していたら、私はオルグされていたかもしれない。

国家による徹底的な弾圧を受けた赤軍派は、革命の拠点を世界に移す「国際根拠地論」や「世界同時革命」路線を実践していく。一九七〇年に田宮高麿のグループがよど号ハイジャック事件を起こし北朝鮮に向かう。翌年には重信房子のグループがパレスチナに向かう。いずれも革命の拠点を日本以外に構築するという赤軍派の方針に基づいたものだった。当時、彼らの行動にかつて同じ組織に属していた私たち活動家が衝撃を受けたのを記憶している。赤軍派の闘争方針はいくらでも批判できる。自分たちが生きている日本社会の変革、それは社会の主体である生活者が変革を意志することでなければならないが、その契機として、生活の現場における様々な社会問題への取り組みや理不尽な制度への戦いがある。そういった地道なプロセスを全部すっ飛ばして、世界のあちこちで革命の根拠地を作るなどというのは、余りに無理な理屈に見えた。だが、一方で、やられたな、という気持ちになったのも確かである。

というのは、現場での大方の活動家にとって、幹部が出す革命理論などというものは、己が闘争を続けていくための理屈でしかない。その理屈を教条的に信じて戦っているわけではない。活動家は、貧しい者、虐げられた者を生み出すそういった社会の変革を自分の生きる根拠として学生運動を続けてきたのだ。その根拠が揺らがなければ、幹部の出す闘争方針に無理があるなと時々思いながらも従ったのである。だが、一九七〇年代に入り闘争はだんだんと自閉化し、政治路線をめぐる党派同士の抗争に明け暮れるようになってきた。活動家にとって己の生きる根拠それ自体が曖昧になってきた時期でもある。赤軍派がハイジャックで北朝鮮に飛び立ち、パレスチナに入ってパレスチナの解放闘争に加わったとき、私たちは、薄れかけていた闘争を続けていくための根拠が、極端なかたちではあったが、彼らによって鮮やかに立ち上がったのを目の当たりしたのだ。彼らは日本での自閉的な闘争に見切りをつけ、帝国主義と戦うための自分を新たに見いだそうと、日本を飛び立った。批判はいくらでもできたが、その颯爽たる過激さに、私たちが失いつつあるものを突きつけられた気がして、衝撃を受けたのである。

『暁の星』に次のような歌がある。

マルクスやトロッキー読み吉本読みわたしはわたしの実存でいく

この歌を読むと、重信がパレスチナに行ったのは、赤軍派の闘争方針に従ったというより、己の「実存」の問題だったのではないかと思う。「実存」とは、自分が自分であることを失わずに存在しようとすること、とでも言えばいいか。重信にとっての「実存」は、社会の変革をこころざしたときの初発の動機を失わないで生きようとすること、と言うことになろうか。党派に属すれば、党派の掲げる政治方針が闘争を続ける自己の根拠に代わってしまう。そこには己の「実存」はない。とすれば、自分の生き方の決定権を失わないこと、つまり自分のことは自分で決める自由を失わないこと、それが「実存」と言い得る条件になる。私たちが全共闘運動で権力に立ち向かったのは、それが私たちの「実存」だったからだ。そのとき、誰もが自由だったはずだ。だが、次第に、学生運動自体が低迷してくると、諸党派はそれぞれの革命理論の前衛性を競い始め、対立する他党派を反革命とみなして、内ゲバを始める。そのような、党派の組織維持のための戦いのなかで活動する者に自由も「実存」もない。

赤軍派が北朝鮮やパレスチナへ飛び立ったのは、日本の新左翼の閉塞した状況を突破しようとする試みだったと思う。重信房子にとっても、パレスチナに行くことは、「世界根拠地論」や「世界同時革命」といった党の方針はとりあえずの名分であって、実際は、そこに自己の「実存」を確かめ、自分の生き方は自分で決めるという自由を求めた故の行動だったろう。だからこそ、閉塞的な状況に自分たちの「実存」を見失いつつあった私たち活動家は衝撃を受けたのだ。

重信の最初の歌集『ジャスミンを銃口に』の、そのタイトルになった歌がある。

銃口にジャスミンの花無雑作に挿して岩場を歩く君

『暁の星』冒頭の「五月の戦士たち」から何首か取り上げてみる。

カラシニコフ抱きて砂漠に寝転びて流れる星の多さを知りぬ
アネモネの真紅に染まる草原に笑い声高く五月の戦士ら
桃園の誓いに倣うか草原の杏の樹の下死ぬ時は共にと
空港を降り立ち夜空見上げればオリオン星座激しく瞬く
草原を駆け抜け風に鳥になり夜空に向かってオリオンとなる

パレスチナでの戦いのなかでおそらくは死を覚悟したであろう自分たちを、重信は美しく詠んでいる。

これらの歌には、颯爽とした明るさ（ロマンティシズムと言ったらいいか）があって、悲壮感や陰鬱さがない。この明るさは、重信房子の歌集を最後まで印象づける色調でもある。このように歌えるのは、祖国の地を占領されたパレスチナの人びとのために戦っているのだという自負と、この戦いへの参加が自己の「実存」であるという確信があるからであろう（徹底した弾圧のもとで後退戦を強いられ、果ては連合赤軍の同志へのリンチ事件にまで至る日本の革命運動のなかにいたらこのようには歌えなかったと思う）。これらの歌は、その「実存」を確かめようとする歌でもあろう。そのようにとらえれば、『暁の星』という歌集は、重信房子の五十数年にわたる「実存」の歴史を確かめる記録なのだ（この記録自体とても貴重なものだ）。

さて、私は、重信房子がパレスチナへ行った一九七一年に、三里塚に住んで代執行阻止闘争を戦っていた。翌年逮捕され裁判闘争を続けていくことになるが、学生運動からは身を引いた。この私の過去を振り返ったときどうしても「うしろめたさ」がつきまとうことを「うしろめたさとユーモアと　佐久間章孔を悼む」（『月光』七十六号）で書いたが、そのような私の立場からすれば、この『暁の星』は眩しい歌集である。私も、颯爽と権力の理不尽さに立ち向かった時があったが、その時の私の「実存」を私はどこかに置いてきてしまったという思いがある。だから、老齢になってもなお、自己の「実存」の感触を確かめ続ける歌を詠む歌人重信房子は、私には眩しい存在である。

いろいろあって、いつのまにか私は短歌評論家と呼ばれるようになって、『暁の星』を黒田和美賞に推し、その評を書かなければならなくなった。これも巡り合わせなのだと思う（私は二十八歳のときに明治大学文学部の二部に入り大学院にすすんだが、そのときの指導教官が平野仁啓先生で、先生は重信房子を教えた事があるらしくよく知っていた。これも巡り合わせだろう）。最初に書いたように、この歌集の評は私には荷が重いのだが、黒田和美賞を推した選考委員でもあるし、長年短歌について文章を書いてきた手前、逃げるわけにもいかないので、評らしきことを最後に少しばかり書いておきたい。

塹壕の司令部室の空薬莢一輪挿しのムスカリの花
獄二月春を連れ来し菜の花の長すぎる茎惜しみて切れず
ひまわりに真赤な鶏頭届き来て獄で忘れた夏が輝く
吾亦紅竜胆鶏頭女郎花獄に届きて秋を貪る
テロリストと呼ばれしわれは秋ならば桔梗コスモス吾亦紅が好き
寒あやめ届けばふいに記憶満つ自裁の旧友《とも》の差し入れし花

重信房子の歌にとって、これらの歌に詠まれる花（自然）は大きな意味を持っている。星（例えばオリオン）もそうだが、戦いの現場や獄中生活にあって、これらの自然の表象は、その過酷な日常を鎮めて、花を愛でいとおしむような情感で包みこむ。この歌集の良質な抒情性はこのような自然を歌い込むところに発揮されていると言っていいだろう。日本の短歌は伝統的に人事＋自然の表象によって組み立てられるところがある。重信房子はそのような伝統の様式を意図的かどうかはともかくうまく使っている。特に人事の特殊な内容（なにしろ生きるか死ぬかの戦いや獄中の生を歌うのだから）の深刻さ重苦しさが、自然を歌い込むことで背景に退き、歌い手の世界を誰にも共感可能なものとしている。

このような歌の技は、獄中にあって何千首もの短歌を作り続けていくなかで鍛えられていったものだろうが、重信房子のなかにもともとそのように歌う資質があったのであろう。その資質を歌を作り続けるなかで開花させていったのだ。

重信房子の歌は、自己の「実存」を短歌の表現を通して確認し記録していくことにあると評したが、時に、その記録を様々な花（自然）によって包み込むことで、メッセージ性の強い歌ではなく、抒情性を湛えた詩の表現になし得ている。このような歌があるからこそ、『暁の星』を黒田和美賞に推すことにためらいがなかったことは言っておかなければならない。

## 時代を撃つ抒情　藤原龍一郎『抒情が目にしみる　現代短歌の危機《クライシス》』

この本を貫いてる著者の姿勢はサブタイトルの「現代短歌の危機《クライシス》」がよく表している。現代日本を覆う政治や社会のあり方への危機感、そしてそのことに切り込もうとしない現代短歌への不満、そういった著者の思いがこのサブタイトルによく現れている。だが、「抒情が目にしみる」の方はやや意外な感じがした。この本が発するオーラ、それは、抒情などというまどろっこしさを超えて時代にコミットしなければといういう著者の短歌への熱い思い、そういったものとそぐわないような気がしたのである。しかし、そう思うのは私の抒情観が一般的な理解のものであって、著者の抒情観もしくは短歌観とは違うということかも知れない。この短い書評で、著者である藤原龍一郎の短歌観を語ることはとてもできないが、まずはこのタイトルにこだわることから書き初めてみたい。

「抒情が目にしみる」というタイトルは、著者の短歌への発言集である『短歌の引力』（柊書房二〇〇〇）のV章の題になっているので、ここからとられたものだろう。『短歌の引力』の「あとがき」で、「短歌の引力とは何か?と言えば、それは時代と対峙し拮抗する緊張と緩和を内包した言葉の自由度の高さと答えたい」と述べ、さらに「…夭折という断絶、断念には時代の悲傷がリアルに詠い込められている。彼らの表現を読み込むことで、その悲傷を次の時代に伝えたい」と述べているが、この、時代との対峙と拮抗、夭折した歌人の思いを伝えることというテーマは、『短歌の引力』から二十二年経って出された『抒情が目にしみる』にも受け継がれており、これらのテーマは、藤原龍一郎の、表現に対する根本姿勢なのだと言っていいだろう。

ただ、さすがに二十二年という時代が経って、そのテーマの描かれ方は違ってきている。本書を読み応えのあるものにしているのはなんと言っても晩年の塚本邦雄の歌集（『豹變』『波瀾』『黄金律』『魔王』等）に対する一連の評であるが、この一連の塚本邦雄論こそが、時代に対峙し拮抗しなければならないとする著者のテーマの現代的な装い（格闘姿勢と言った方がいいか）である。

塚本邦雄晩年の歌集には、藤原の言う「バッドテイスト」つまり悪趣味の歌が目立つ。例えば「たたみいわし無慮數千の焼死體戦死といささかの差はあれど」「反轉横轉しつつ筵にひしめけるちりめんざこの遺棄死體転」（『魔王』）という歌は、東京大空襲の死者がモチーフになっていると思われ「或る意味タブーである空襲の様をこのようにブラックユーモアで詠う手法には驚かされる、普通の歌人では、ここまでは詠えるわけがない」「この異様ともいえる想像力の爆発が歌集『魔王』の最大の特徴である」と述べ、そして「これらの悪趣味な作品群は戦争への怒りとして詠まれていると思う。戦争とはこれほど不快で悲惨で吐き気をもよおすような場面ばかりなのだということを、これでもかとみせつけてくれているのだ」と述べている。

『魔王』には「建つるなら不忠魂碑を百あまりくれなゐの朴ひらく峠に」「たまきはる命を愛しめ空征かば星なす屍などと言ふなゆめ」という優れた反戦歌もあるが、やはりバッドテイストの歌が目立ち、藤原はそこに焦点を当て、「この三冊の歌集の刊行から三十年の時間が流れた現在、これらの作品は改めて読み返されるべきである。予見、韜晦、暴露、醜悪、指弾、皮肉、罵倒等々、読み取るべきことはいくらでもある」と述べる。三冊の歌集とは『波瀾』『黄金律』『魔王』であるが、本書『目にしみる抒情』は、これらの歌集におけるバッドテイストの歌の、現代にふさわしい読み直しの試みが中心になっていると言ってもよい。

藤原龍一郎がバッドテイストの歌に注目するのは、たぶんに常道から外れたような歌い方に共感するところがあるからだろう。それは「これらの悪趣味な作品群は戦争への怒りとして詠まれている」という評が語っているように、現代の政治の状況は、そのように表現しなくてはならないところまでひどいことになっている、という認識がある。戦争の悲惨さを悪趣味に描くことによってしか、その戦争を引き起こしかねない政治状況への危機感を表し得ない、ということへの共感である。

その共感は歌集『202X』(二〇二〇)を読めばよくわかる。

あの頃の未来としての今日明日や赤茄子腐れたる今日明日や

愚かなる宰相Aを選びたるこの美しき国、草生す屍

赤紙の来る明日《あした》こそ身の誉れ敷島の　ゆきゆきて、壇蜜

『202X』から引いたが、時代への危機感がよく表れている。一首目は塚本邦雄の「秋茄子のはらわたくさる青果市この道や行く人にあふれつつ」（『黄金律』）を意識した歌。この歌が斎藤茂吉の『赤光』の一首「赤茄子の腐れてゐたるところより幾程もなき歩みなりけり」と芭蕉の「この道や行く人なしに秋の暮れ」を本歌、本句にしていることを『抒情が日にしみる』で指摘している。おそらくは、それを踏まえて、塚本邦雄の歌を本歌として読んだ歌ということだろう。二首目も、「たまきはる命を愛《を》しめ空征かば暈なす屍などと言ふなゆめ」（『魔王』）「行き行きて何ぞ神軍霜月の鶏頭鶏冠のなれのはて」（『波瀾』）を意識した歌と思われる。『202X』にはさすがに塚本邦雄風バッドテイストの歌はないが、時の宰相や権力への反発は表現されており、塚本邦雄の晩年の歌集を意識した歌い方になっていることは引いた歌からも見て取れる。それは、藤原龍一郎が、塚本邦雄の晩年の歌集の反戦歌やバッドテイストの歌に共感したことを示す。その共感に短歌で応じたのが歌集『202X』だとすれば、評論によって応じたのが本書『抒情が日にしみる』ということになろうか。

晩年の塚本邦雄の歌集においてバッドテイストの歌が際立つことを、私は本書『抒情が日にしみる』によって教えられたのだが、改めて塚本邦雄のそれらの歌を読んで感じたのは、塚本邦雄はかなり苛立っているな、というものだった。右傾化していく政権への苛立ちも当然あるだろうが、それよりは、時代への

危機感を共有しない人びとへの苛立ちといったほうがいいだろう。バッドテイストの歌の悪意は、この危機感を共有しない社会全体への悪意とみなせないことはない。この息苦しい時代の息苦しさに何故気付かない、それは日本全体が国民も含めて病んでいるからで気付かないなら気付かせてあげる、といった悪意が、バッドテイストの歌には感じられるのだ。

たぶんに藤原龍一郎もこのような苛立ちを共有しているとは思う。ただ、彼はその苛立ちを塚本邦雄のように表現するほどの過激さを持ってはいない。『202X』も十分過激な歌集だが、さすがに塚本邦雄のバッドテイストのようには詠えない。それは塚本邦雄だからなしえることであって、当然と言えば当然なのだが、やはりそこには、藤原龍一郎の短歌観というものがかかわっているのではないかと思う。『抒情が目にしみる』から短歌について語っていると思われる所を引いてみる。

このような短歌の特性、魅力の底には喜怒哀楽のグラデーションがまぎれもなく存在している。つきつめればそれが短歌の根源であり、比類のない魅力なのだと思う。(「短歌と俳句の差異、そして魅力」)

歌人自身に、自己表現として短歌という形式を意志的に選択したのだとの思いがあれば、つくり出される短歌は時代の中に生きる人間の喜怒哀楽を写し出し、同時にそこにはその歌人が表現者として感受している時代の断面が確実に暗示される。そこにこそ、今、短歌を選ぶ意味があるのだと思っている。(「時代は短歌に投影する」)

一人の人間の生は、時代状況の中で、様々な陰影を持ちます。その陰影に彩られた喜怒哀楽を言葉で表現するのが、短歌の大きな役割です。時代のなかの個の生の陰影を、これからも表現し続けていくつもりです。(「時代の文学という意識を強く持つ歌を」)

短くまとめると、短歌とは時代を生きる人間の喜怒哀楽を写し出すものだ、ということになろうか。オーソドックスな短歌観のように思えるが、実は、時代を反映しなければ短歌という表現形式を選択した意味がない、あるいは、時代を反映させるべきだ、という含意を持つ言い方でもある。右傾化する時の政権への不安あるいは危機感、怒りといった感情は当然喜怒哀楽である。そうであるなら、その感情を表現するべきであって、政治的だとかメッセージ性がどうかとか悩むことはない、ということになる。『202X』の歌はかなりメッセージ性が強い印象を持つが、藤原龍一郎にとってはあくまでこの時代を生きることの喜怒哀楽の表現である。つまり、メッセージ短歌のように見えて、歌人の喜怒哀楽、その喜怒哀楽は藤原にとって抒情そのものなのだが、その抒情の切実で激しい表現でもあるのだ。そこを読みとらねばならない。別な言い方をすれば、彼の抒情は、おかしな方向に向かう時代を撃つべきものでもあるのだ。

だが、塚本邦雄のバッドテイストの歌にはこの喜怒哀楽(抒情といってもよい)が見えない。ないというわけではない。バッドテイストの歌の過激さは、抒情で時代を撃つというようなものではない。もっと、シニカルに、時代そのものを根底から皮肉る悪意に満ちている。塚本邦雄は喜怒哀楽を生きる抒情の主体を信じていないのだと思われる。それだけこの時代を生きることの苛立ちが深いと言える。

藤原龍一郎はそこまでシニカルにはなれない。喜怒哀楽の主体を信じているからだ。抒情の主体として自ら時代を撃たなければ、短歌という表現を選択した意味がないと思っている。ただし、その抒情である喜怒哀楽には、どこか悲傷感がつきまとう。歌で時代を撃とうとすれば、傷つくのはいつも詠う側であるからだ。藤原が時代に対峙し夭折した歌人の無念さに強く惹かれるのも、そこに、悲傷感を認めるからだろう。彼は、短歌の根底にある喜怒哀楽（抒情）の、悲傷に強く共感する表現者でもある。そう考えたとき、タイトルに「抒情が目にしみる」とつけた理由がわかる気がするのである。

# 文学の無用性と有用性　中井英夫『黒衣の短歌史』

中井英夫『黒衣の短歌史』を読み返してみた。以前に読んだ時に印象に残ったところがやはり目にとまる。そのなかから、中井英夫の文学観をよく表している文を挙げてみる。

短歌が丁度虚空に手をふってぱっと摑み出した薔薇のように美しくてはいけないのだろうか。たったいま朝露の庭から截りとって来た様に雫をたらしていても、或いは紅白のうすい造花であっても、それはかまわない。大事なのは誰の眼にも見えなかった薔薇を取出すことだ。手をひとふり、その瞬間に芸術が完成することだ。種や仕掛けを讃えているのではない。つきつめた詩の心は、いつどこからでも思いつきのままを取出せるに違いないし、現代短歌の暗い病根は、この魔法を忘れたところからはびこり出した。

裏に精神の深遠さをのぞかせる事のない作品は、歌に限ったことではない。絵でも音楽でも決して芸術とよぶことは出来ない。現代短歌の最大の不幸は単なる技術屋が歌人で通用することだ。無数の愚劣な精神が泥雨の如く氾濫していることだ。現代短歌のどこに読む者を身震いさせる程の深淵を覗かせる作品があるだろう。

もともと空しいもの、その代り限りなく美しいもの以外に短歌の本質があるだろうか。作品の背後で紫いろに散る火花の激しさだけが肝心なので、そこに消耗される無駄の多寡こそ作品の良否の岐れ目だといえば、いわゆる民衆詩派も前衛派も眼をむくだろうが、短歌を支えてきたのは、近藤芳美の『新しき短観の規定』にある有名な冒頭の一句「新しい短歌とは何か、それは今日有用の歌である」とは全くうらはらに、正に『無用の歌』であり、社会の進歩だの改良だのには寸毫も役立たぬ決意さえ持った無用者たちなのだ。

まとめれば、中井英夫にとって、短歌は芸術であり、「読む者を身震いさせる程の深淵」を覗かせるものであって、そして、「社会の進歩だの改良だのには寸毫も役立たぬ」無用のもの（「空しいもの、その代り限りなく美しいもの」）だ、ということになろうか。

この短歌観はとても明快で、芸術は世俗にまみれてはならないとする潔癖で純粋な芸術観とも言える。このような純粋すぎる短歌観は誰しも共感するだろうが、誰もがこのように強く主張するわけではないのは、芸術は一方で社会にとって有用であるという事実を簡単には無視できないからだ。「読む者を身震いさせる程の深淵」を持った短歌が多くの人の心に届くには、その短歌が商品として流通しなければならない。そういうシステムのなかに私たちは生きている。無用なものである芸術としての短歌を、流通させる価値を持つ、つまり有用性を持つ商品にして市場に提供する短歌誌の編集長であった中井英夫も、そのようなシステムを担うある意味では中心的存在であった。言わば、短歌の有用性を日々作り出していた中井英夫が、短歌の無用性を強く唱えたということになる。そのことに無自覚であったとは思えないのだが、中井英夫は、何故、短歌の無用性を強く主張するのだろうか。そのことにこだわって考えたことを少しばかり述べてみたい。

芸術における有用性という言い方は、幅広く解釈される。商品価値も有用性だが、その芸術（無用性としての）によって感動し生きる力を与えられたという人がいるならそれもまた芸術の有用性である。そこまで広げれば、芸術の無用性と有用性とは必ずしも相反する概念ではない。従って、中井英夫が反発する有用性の意味はどういうものだったのか考える必要があるだろう。

中井英夫は前衛短歌歌人を見いだし世に送り出した。前衛短歌の生みの親とも言われるのだが、当の本人は、前衛短歌という言い方を嫌っていた。前衛短歌について次のような言い方をする。

しかし、いくら私が前衛短歌にそっぽを向いても、青年層の支持は決定的で、このころの二十代で塚本・岡井に心をふるわせなかった歌人はいないといえるであろう。そしてむしろこの風潮に棹さす気で私の推した春日井建や浜田到も、またすぐ前衛短歌というレッテルを貼られての運動体に組み込まれようとしたほどである。

前衛短歌を世に定着させた本人が、何故前衛短歌にそっぽを向いたのか。この文章からわかることは、「前衛短歌というレッテルを貼られての運動体」になってしまったことへの反発ということになろう。中井英夫は短歌誌の編集者であり、彼が感動した短歌を世に認めさせる努力の結果として、塚本邦雄や中城ふみ子、寺山修司が多くの青年に受け入れられ、前衛短歌という潮流を生み出したのだから、その潮流のきっかけを作った編集者が、その結果を誇るのではなく、むしろ、その結果としての潮流を嫌悪するというのは、どういうことだろう。おそらくは、この一見素直でない反応にこそ、中井英夫の真骨頂がある。

中井英夫は、編集者として「精神の深遠さをのぞかせる」新人の作品が世に知られることを願い、新人の瑞々しい感性を認めない歌壇の重鎮たちと戦った。彼の戦いぶりは先に引用した文の中の「現代短歌の最大の不幸は単なる技術屋が歌人で通用することだ。無数の愚劣な精神が泥雨の如く氾濫していることだ」という過激な言い方でわかる。「無数の愚劣な精神」とは、無用性としての芸術（短歌）に心を震わせる感性を失ってしまった、旧弊な歌壇の権威や利害にとらわれている歌人（技術屋）たちの精神のこと。言い換えれば、短歌という芸術を有用性の側に売り渡した精神性のことだ。この場合の有用性とは、「社会の進歩だの改良だのには寸毫も役立たぬ」はずの芸術としての短歌を、歌壇あるいは結社といった歌人の協同組合的組織の維持、あるいはその組織に属する歌人の権威の保持に役立つものとすることである。中井英夫はこのような有用性に激しく反発したのである。

前衛短歌というレッテルを貼られた運動体を中井が嫌ったのは、このような有用性の側に、彼が見いだした新人の「無用」としての短歌が取り込まれ汚されると思ったからであろう。ここに中井が嫌悪する「有用」の意味が見て取れる。それは、「精神の深遠さをのぞかせる」短歌作品が、ひとたび運動体の中に属してしまえば、その運動体の維持のための作品、そういう意味での「有用性」を性格づけられる作品になってしまう、ということだ。前衛短歌は、「有用性」にまみれた旧弊な短歌潮流の革新として現れたのに、その革新が運動体になれば、前衛短歌もまた「無数の愚劣な精神」になりかねない、と中井英夫は敏感に感じ取ったのである。

しかし、革新的な短歌が現れ、その短歌を世に広めようとする、あるいは、そのような短歌を作りたいという動きは抑えようがないものであり、そのような動きが運動体を形成してしまうこともまた自然な展開であろう。そのような動きを生み出した中井英夫はその動きを一方で抑え込もうとする。この一見矛盾するような中井英夫の反応を、中井英夫という個性の問題ではなく、文学が本質的に抱えている問題として考える必要がある。

中井が嫌う前衛短歌の運動体とは、前衛短歌を世間により広く認知させ歌壇における地位を高めようとする動きと言っていい。その動きを担おうとする人たちが集まればそこに組織が生まれ、その組織はその運動をより効率的に管理するシステムを採用する。その結果、管理者もしくはリーダーとそれに従う（支配される）人たちという秩序が生まれ、革新的短歌はその秩序に従うことによって再生産される、ということになる。このようなシステムによって再生産される歌を作る歌人を、「技術屋」とか「無数の愚劣な精神」という言い方で中井は激しく攻撃したが、それは、「精神の深淵」はそこにはなく、そのような歌を拡大再生産する目的によって歌が詠まれるに過ぎないとみなしたからである。また、このような運動体における秩序のあり方は、権威・権力を発生させる。この権威・権力も中井にとって嫌いなものであった。

だが、運動体が生まれるのは、ある傾向の短歌が多くの人に支持されたからである。言い換えれば、その傾向の短歌が多く生産される必要が生じたからである。その需要に応えるために運動体が生まれたのである。とすれば、前衛短歌を生みそして前衛短歌を嫌った中井英夫の矛盾とも言える反応は、短歌（文学）というものが社会的な生産物であり、需要と供給の関係にあるかぎり、誰にも起こり得るということになる。つまり、文学は、本質的にそのような関係（商品として交換されるような関係）とは無縁であるという幻想をまとうにもかかわらず、現実には商品として流通するというジレンマを抱えているのであって、このジレンマを良しとしなかったのが中井英夫なのだということである。

このようなジレンマを生む背景には、文学という生産物の革新が人びとに要望されたという時代状況がある。戦争で日本のインフラは破壊され、戦後は復興のために生産を飛躍的に拡大する時期となった。日本は経済的な復興に成功したが、一方でその生産の急激な拡大は社会に急激な変化をもたらした。その変化に対応できるほど人の心は柔軟性を持っていない。中井英夫が選者の条件として「胸中に決して充たされることのない黒い空洞を持つか否か」と述べているが、この「黒い空洞」も、社会の急激な変化が人の心にもたらしたもの、ととらえることができよう。文学は人の心の影の部分を糧とする。新しい時代の人の心の影を表現する文学が必要とされ、その必要性に応じるように革新的な文学が生まれる。前衛短歌もそうして生まれた。同時に、そのような文学を有用な生産物として流通させようとする動き、運動体もしくは組織も同時に生まれるのである。

このように考えれば、中井の言う無用としての文学と、有用としての文学の二つのあり方は、生産を拡大させていく社会のその変化によって必然的に生まれるものと言える。生産性の拡大を価値とする社会を生きる私たちは、その生産性を支えるシステムのなかで生きている。そのような社会は人の心に「胸中に決して充たされることのない黒い空洞」をもたらす。文学はこの人の心の「黒い空洞」を埋めるもの（無用のものという幻想をまとうがゆえに空洞を埋められる）として現れるが、同時に、商品として流通する有用の生産物になる。文学が有用の生産物になれば、「黒い空洞」も有用の商品としてパッケージされ陳列棚に並ぶことになる。また、有用の生産物を効率的に再生産する管理システムが作られそこに権威や権力が生まれる（例えば歌壇や結社の成立）。普通、私たちはこの一連の流れを矛盾ともジレンマとも思わない。そう思ったら、この社会で生きること自体が息苦しくなるからだ。中井英夫は、その息苦しさに耐えられなかった。

すでに述べたように、短歌誌の編集者であった中井英夫は、無用としての文学〈前衛短歌〉を掘り起こし、有用性の文学になることを覚悟しながら世に送り出した。中井が他の編集者と一線を画すのは、彼が、そのことに息苦しさを感じたということだろう。だから、彼は前衛短歌というレッテルにそっぽを向き運動体としての前衛短歌を嫌ったのである。

竹本健治は「構築と解体　あるいは反中井英夫論序説の試み」（『季刊月光9』一九九二年九月）という文章で次のように述べている。

結局のところ、僕たちが進むべき道はあくなき解体の道しかない。モノをつくること、構築とはそういうことなのだ。
それは「解体なくして新たな構築はなし得ない」ということではない。そういう表現は不正確だし、事の本質をおおい隠すものだろう。そこにも〈構築―解体〉という二項対立の罠が影を落としている。構築と解体は相反する概念ではない。構築そのものが既に解体であるのだから。

この文章は、中井英夫の前衛短歌に対する態度をよく説明している。構築し解体したのではない、構築がすでに解体であった、というのはその通りである。構築し解体するのは、生産性の拡大の沿った流れである。前衛短歌に飽きて次の革新的短歌を発掘しようとする、そうやって、商品となる革新的短歌を次から次へと掘り起こす。それがここで意味する構築と解体であろう。中井英夫は手垢の付いた前衛短歌を解体しようとしたわけではない。彼の考える「無用」としての文学が形になったとき、それはすでに解体されるべきものでなければならない、と思ったからだ。文学を有用性から守るにはそうするしかないということだ。だが、それは、編集者中井英夫を否定することでもある。竹本健治が文章のサブタイトルを「反中井英夫論序説の試み」としたのは、中井英夫が反中井英夫として振る舞わざるを得なかったことへの洞察があったからだと思う。

中井英夫は反中井英夫として振る舞わざるを得なかった。文学を世俗（有用性）から切り離そうとするその純粋さ潔癖さが、そのように振る舞わざるを得なくしたということだ。現代の私たちは、中井英夫の文学に対する純粋さ潔癖さを持っていない（たぶん）。それは、社会における文学（短歌でもよい）の相対的価値が下がっていることに対応しているだろう。文学が貧しくなったということではなく、文学が果たしていた役割を、他のジャンル、ゲームやアニメ・漫画あるいはインターネットを介したバーチャル空間などが果たしているということである。このような時代のなかで、文学の無用性が成立するのかどうか。文学の社会的な役割が低下し、文学の有用性すら危うくなっていると思える。中井英夫が嫌った、文学革新の運動体はもう現れようもないのか。『黒衣の短歌史』を読みながら、そんなことを考えざるを得なかった。

## 「自己否定」の果て　高橋和巳『わが解体』

高橋和巳は一九七一年癌闘病の果て三十九歳で亡くなった。それから五十年経つ。当時私は学生運動の活動家だった。高橋和巳については、活動家の仲間がよく話題にしていたこともあって、私も小説を何冊か読んでみたが、特に面白かったのが『邪宗門』である。新興宗教の教団による革命という発想に驚きその物語の面白さに夢中になった記憶がある。が、一方で、高橋和巳の小説の主人公はいつも苦悩していて、その苦悩に息苦しさを覚えていたのも確かである。当時の活動家は高橋和巳の描く苦悩する人間に対してたぶん私と同じような息苦しさを感じていたと思う。彼の描く世界が「苦悩教」などと揶揄されたのもわかるのである。

高橋和巳についての原稿を書くことになって、『わが解体』を読んだ。『わが解体』はかつて読んだ気がするのだが、ほとんど覚えてない。今回読んでみて、苦悩する主人公（高橋和巳本人も）のその苦悩の根拠、そしてその苦悩を読むわたしたちが感じた息苦しさの理由、それらが、実に丁寧に解き明かされていることに感銘を受けた。

五十年前の私は『わが解体』に今ほどの感銘を受けてないはずだ。この本には、全共闘運動という叛乱の時代に、教員（研究者）、小説家という知識人として生きた高橋和巳が、全共闘の主張に共感し、全共闘を強権的に排除しようとする権力に反発しながら、その権力の側である大学という制度に依存する自己の矛盾に苦悩し、その苦悩を徹底して記述しようとする、その徹底さにおいて希な自己批判の書であると言ったらいいか。特に全共闘の学生が唱えた「自己否定」というキャッチフレーズに強く反応し「わが解体」と言うまでに自己を問い詰めた書である。五十年前、学生活動家だった私が高橋和巳のそのような苦悩を理解するのは無理だったろう。五十年前に戻れば、そのような苦悩を生む社会の在り方を壊すための闘争に身を投じていたのだ。その私に、大学という制度のなかで苦悩する教員の心の内を思いやるのは無理だ。そんなに悩むなら教員を辞めて自由になればいいだろうと言っていただろう（実際高橋和巳は教員を辞めたが）。

むろんこのように言えるのは、生活することの苦労が免除されている学生であるからである。教員高橋和巳を問い詰める学生の言は当然問い詰める学生にも向かう。大学に行く余裕のない人々からは、学生の叛乱は親の金で生活しながらの特権的な振る舞いに見えたのも確かなのだ。その意味では、高橋和巳の苦悩はこの日本という社会の秩序に何らかの形で属する者全員に当てはまる苦悩でもある。高橋和巳はその苦悩を、人間が制度という仕組みに属して生きる存在である以上逃れ得ない普遍的な苦悩として描いてもいるのだ。

無論、学生も自らの特権的な位置に無批判だったわけでは無い、全共闘が掲げた「自己否定」というスローガンは、自らが立つ特権性をまず解体する言葉だった。

社会に何らかの役割を持って生きる私たちは、理不尽な抑圧装置ともなり得る社会の制度を支えている一員でもある。その抑圧的な仕組みに批判的であろうとするとき、その仕組みの一端をになう自分を見つめるのは当然である。ところが、その時点で、その仕組みをになっている以上その仕組みは批判できない、批判するなら自分をまず断罪するかその仕組みから離脱するべきだという理屈が必ず出てくる。マルクス主義は、社会を構成する人間を抑圧者（ブルジョアジー）か被抑圧者（プロレタリアート）の二つに分け、革命を志す者は思想的に非抑圧者の側に立てば良いとした。だから、マルクス主義に立つ人々は高橋和巳のようには悩まなかった。

わたしたちの社会性は抑圧と被抑圧という二つの立場に単純には分けられない。ブルジョアジーであろうとプロレタリアートであろうと、誰もが何らかの形で抑圧を生み出す仕組みに加担している。被抑圧の側を標榜する労働組合でも、プロレタリアートによる革命を唱える党派でも、非人間的な抑圧は構造的に生まれる。当然大学でも、あるいは会社という組織でも、人が人を残酷に貶める契機は構造的に内在されている。社会的な存在である限り、そういう契機と無縁ではなく、無謬な者などいない。とするなら、日本という社会に生きている者が、この社会の理不尽な仕組みに不満を抱き変革を志すならば、誰もが「自己否定」から逃れられないということになる。高橋和己の『わが解体』は、そのように、高橋自身を、そして社会の変革を志すものたちを問い詰めるのである。

だが全共闘の学生が唱えた「自己否定」は、体制の変革を叫ぶ学生が、自らが立っているところの体制を壊すことから始めるという一種の政治的決意表明であって、この世に生きている自己という全存在を否定しかねないほど深刻に自己を問い詰めるものではない。

しかし、「わが解体」にまで行かねば気がすまない高橋和巳の「自己否定」は、次のように徹底されなければならないものであった。

私には今は大学闘争にすぎない闘争を体験して卒業してゆく学生たちの運命が目に見えるような気がする。従来の学生運動家のように自己を労働者という存在形態に位置せしめることによっては、何らかの精神的免罪もあたえられず、却って、労働組合の代議制や多数決民主主義の中にも、大学自治なる幻想の中にみたのと同じ虚偽を見出さざるをえず、全国的な組合組織の幹部を斬り、地区のボスを斬り、会社と癒着した単産のダラ幹を斬り、さらにそうした組織を支えるダラ大衆を斬って破滅してゆくだろう、その運命が目に見える。(『わが解体』)

高橋和巳にとって、全共闘学生の「自己否定」は、彼ら自身が「破滅してゆくだろう、その運命が目に見える」ものであり、そうなるはずのものだった。そしてさらに次のように続ける。

スターリン主義を疑い、レーニンを疑うことからやがてはマルクスをも疑うに到るだろう。仏法のためには釈迦をも斬る精神のほかに、しかし期待しうる何があるだろうか。こうした徹底した精神のいとなみは、従来は、表現を通じて文学の中で試みられてきたものであるが、それと同質の精神が青年特有のラディカルさで行動に移されようとするとき、それを自己の内面と無関係なものと意識しうる文学精神などというものは、ありえない。

「自己否定」を極める以外に「期待しうる何があるだろうか」と高橋和巳は言う。その先は自己の「解体」あるいは「破滅」であろうとである。本来そのような「精神のいとなみ」は文学の中ものだったが、今や全共闘の学生の行動に移されているのだと述べる。ここまで「自己否定」の論理を突き詰めると、全共闘のラディカルな行動は、体制の変革にとどまらず、その体制の内部で形成してきた自己存立の根拠を破壊せざるを得なくなる。それは「破滅」していくことだと、高橋和己はそのように言う。

高橋和巳の「自己否定」の論理に息が詰まるのは、こういう言い方にある。自己形成の根拠としての価値観を疑う（ラディカルな言い方をすれば「壊す」）まではついていける。だが、「破滅」という言い方をされるとついて行けなくなる。これでは、「自己否定」を唱える全共闘の学生はみな太宰治になるしかない、と言っているようなものである。

高橋和巳は何故「破滅してゆくだろう、その運命が目に見える」などという言い方をするのだろうか。それは、自己のよって立つ根拠を疑えといった程度の「自己否定」を、「仏法のためには釈迦をも斬る精神」と言うまでに超越的な、ある意味では論理を超えたところまで飛躍させてしまうところにあるからだと思える。仏教の論理では釈迦を超越したものが仏法であるという理屈も成り立つが、釈迦は仏法そのものの体現者であり超越的存在とみなすのが大乗仏教では一般的であろう。その釈迦ですら斬る（疑う）ことによって現れるものとは何なのか。それは論理の果てにある何か、というしかない。それは「破滅」や「解体」によってしか現れ得ないものである。とすれば、そこに見ようとしたのは、「救済」ということだったのではないか。「破滅」や「解体」の先にあるものを論理的に希求すれば、革命の成就、あり得べき社会の実現でなければならない。が、「破滅」や「解体」と言ってしまったとき、論理は超えられ、宗教的境地に近似した非論理の世界が浮かび上がる。

高橋和巳は『わが解体』の中の「自己否定について」の章で次のように言う。

なにもせねば当然拘束される安定や利益を犠牲にし、ほとんど自らを懲罰するように否定に否定を重ねていって、現代の青年たちはなにを獲ようとしているのか。それは革命社会といった具体的なものではないようにも思える時がある。彼方から射し込んでくるかすかな光、全く次元の異なった自由、獲得しうるという保証は、まだどこにもない、しかし希求せざるをえないもの……。

この「希求せざるをえないもの」とは何なのであろうか。確かなことは「破滅」や「解体」を経なければそれは現れないということである。ここまでくると、高橋和巳の「自己否定」は全共闘学生の「自己否定」からかなり離れてしまっていることがわかるであろう。むろん、全共闘の学生の中には、高橋和巳のように自己そのものの「破滅」や「解体」に到るほど悩み、その先に「希求せざるをえないもの」を見ようとした者がいたには違いない。が、当時全共闘の学生だった私は断言するが、私の周りにはそんな奴は一人もいなかった。

高橋和巳の「自己否定」は、俗的社会である体制を壊そうとする実践において、あまり有効な思考方法ではない。現場の活動家が「悩んでないで戦え！」と怒鳴るのが目に見えている。が、五十年経って『わが解体』を読み返して見ると、全共闘の「自己否定」に触発されて、社会変革のためというような「自己否定」ではなく、この世を生きる人間が背負わなければならない存在の矛盾（宗教的には原罪ということになろうか）を、自己の「解体」に到るまでに突き詰める「自己否定」によって、その先にこの世に生きることの苦悩から解き放たれる自由（救済と言ってもいい）を希求する、そういう切実な願いが込められている書であることが理解出来るのである。

最後の章は「死について」である。ここで三島由紀夫の事件に言及している。高橋和巳は三島由紀夫の自刃にショックを受けている。この事件について次のように述べる。

三島由紀夫氏を、急速にここまで追いつめたのは、全共闘運動であることは間違いないが、そのあまりに意識的な死とその死にざまは、本質的な問いを発し続けてきたにもかかわらず、その問いを発した者自身が自分の問いに究極においては答えきれずにいる全共闘運動全体に対する強烈なアンチテーゼとなった、と私には受け取れたのである。

「強烈なアンチテーゼ」とは、「破滅」と「解体」になかなか到れない全共闘運動に対して、全共闘の対極にいた三島が自己の「破滅」と「解体」をいとも簡単に鮮やかに実践してしまった、ということである。このような言い方をする理由がよくわかる。「破滅」と「解体」のわかりやすい実現は「死」に他ならないからだ。高橋和巳は癌という病を抱えていた。『わが解体』は、自己の「死」を意識した書でもある。おそらく、高橋和巳は、全共闘の言う「自己否定」を発展させることで、自己の死を意味づけようとしていたのではなかったか。その矢先に、三島由紀夫が「自己否定」を意外なやり方で実現してしまった。が、これも「自己否定」の究極の形であるには違いない。三島由紀夫の事件は、死を意識した高橋和巳を混乱させたに違いない。

さて、「自己否定」の果ての「希求せざるをえないもの」とは何であろうか。この問いを残して高橋和巳は三十九歳という若さで人生を終えてしまった。五十年前、私は高橋和巳の「自己否定」を理解出来なかった。だが、今は理解出来る気がする。それは私も老人になり、病を抱え、私の「解体」を受け入れ、私なりの「希求せざるをえないもの」とは何なのか、日々思いながら生きているからだ。

## 「弱さ」と「強さ」　重信房子『はたちの時代　六〇年代と私』

本書のタイトルを見て、著者の若き日の個人史を思い出風に綴ったものかと思いながらページをめくって読み始めたら、とんでもなかった。これは、一九六〇年第代半から七〇年代前半にかけての詳細な学生運動の記録である。六〇年代後半の全共闘運動、特に明治大学学費闘争、新左翼の党派である社学同から赤軍派が分派していくプロセス、赤軍派の武装闘争、過激な闘争の行き詰まり、そして、赤軍派の中心的活動家であった著者がパレスチナへと飛び立っていった経緯等が詳細に描かれていて、私は、私の学生運動体験や当時の薄れ掛けた記憶などと照らし合わせながら、そうかそういう経緯があったのか、などと何度も独りごち、夢中になって読み進めた。

詳細な学生運動史とも言える本書には読者を引き込む不思議なリアリティがある。このリアルさは、当事者である著者自身が実際にその現場を生きた記録であるからということもあろうが、過酷な闘争のただ中を生きたものたちが、いかにも活動家然とした存在ではなく、闘争方針をめぐる葛藤や苦悩を抱えた一人の人間として丁寧に描かれているからだ。人間が丁寧に描かれた学生運動史、と評してもいい。元活動家の描く闘争の記録は、えてして政治思想あるいはその活動家の属した党派のイデオロギー等によってバイアスがかかりやすい。この本にはそのようなバイアスがほとんどない。それは、著者が、若き日の自身や学生運動の仲間について、社会変革を意志的に志した特別な（選ばれた）存在と見るのでなく、大学という制度のみならず社会変革を目指した学生運動という大きな時代のうねりのなかで、いつのまにかそのうねりのただ中に入り込み、そこに自己の実存を見出していった多くの学生の一人、という見方を外していないからだ。だから、学生運動を主体的にになう活動家としてではなく、闘争のなかで、判断に迷いながら葛藤し苦悩する存在として自分や仲間を描けているのだ。

マルクスを読み革命思想に感化されて学生運動に参加した者などいないだろう。大学に入って、現実の社会がいかに多くの理不尽さ（不平等、格差、公害、戦争）に満ちているかを知り、その理不尽さを生みだし対処しない政治や制度に怒りを覚え、何か行動を起こさなければと悩むところから、学生運動に参加していったというのがほとんどなのだ。

だが、現実の闘争は厳しいものだ。権力との戦い、特に機動隊との対峙には暴力がともなう。暴力とは無縁な生き方をしてきた真面目な学生たちにとっては過酷だったろう。ついていけない学生も多くいた。一方、体制打倒といった大きな目標をいつもうたいながら、現実には政治闘争である以上、どこかで折り合いを付けて、つまり、妥協せずに戦って敗北するよりも妥協しても獲得するべき成果があればよいとする判断と、いや徹底的に戦うべきだとする方針とがぶつかりあうケースも多かったろう。本書で詳しく描かれている明大学費闘争などはその典型的な例だ。当時の明治大学の社学同のリーダーがボス交で闘争を終わらせたとして語り継がれて来た闘争だった。私が社学同に入ったときにこのボス交のことは先輩から聞いていた。当然不快な印象を持ったが、本書を読んで見方が少し変わった。もし、私がリーダーだったら、敗北必至で戦うか妥協して取るべきものは取ると判断するか悩んだろうな、とそのリーダーの気持ちに共感とは言えないまでも理解はできたのである。つまり、著者重信の語り方は、その葛藤はそのような状況に置かれたらたぶん誰もが悩むような葛藤であって、私たちはそんな葛藤などとは無縁にふるまえるほど強い人間ではないことを感じさせるのである。著者は冷静にやや批判的に描いているにしても、そういう描き方をしているのだと読めるのだ。

闘争が激しくなれば、一人で戦うのは無理だから組織に属して組織的に戦わざるをえなくなる。党派の組織とは関係なく学生運動に参加した学生が次第に党派に属して戦うようになったのはある意味では自然なことだった。だが党派に入れば入ったで悩むことになる。党は、その党の目指す理念のもとに、闘争の目的を提示しその実現に向けた政治方針の実行を党員に課す。党に属せば、党の闘争方針に従うことが自己の存在理由だと一応納得させて闘争に参加するが、ほとんどの学生は明確な政治理念を持って学生運動をしているわけではないから、党の方針に疑問を感じたり、党に縛られることを嫌うものも出てくる。党が過激な武装闘争を（本書の著者が属した赤軍派のように）選択すれば、当然その方針について行けない者もいるだろうし、徹底した弾圧のなかで逮捕され、活動を続けていくことを断念する者もいたであろう。

党が革命理念の正統性をめぐって他党派との抗争（内ゲバの時代）に明け暮れるようになれば、当然、そのことに消耗していくものも出て来る。

一九六〇年代から七〇年代にかけて、多くの学生が体制打倒を掲げた全共闘運動、党派による革命を目指した対権力への闘争に参加し、やがてその学生の大部分が、闘争の中で離脱していった。そのことを改めて認識しておきたい。離脱の理由は様々だろうが、誰もが消耗し苦悩したうえでの選択だったと思う（私もその一人だった）。闘争を続けたものからすれば、離脱していったものたちは、世の中を変えようとする理想に身を投じきれない〝弱い奴〟だろう。だが、その弱さにもそれなりの意味があったことは確かだ。ほとんどの活動家は、社会変革を目指した自分たちの戦いが、本来の戦いの主体であるべき大衆つまり生活者から乖離していて、自己満足的な闘争になっているのではないかという疑念を多かれ少なかれ持っていた。そういった疑念にとらわれれば、革命という名の闘争を続ける意志は萎えてしまう。学生運動に参加した当初は、ベトナム反戦や学費闘争といった現実の社会が抱える問題が闘争のテーマだった。それは学生にとって身近で自分たちの生活あるいは社会への関わり方が問われる問題だったから、多少過激に暴れても自分たちの行動に疑念を持つことはなかった。だが、闘争の目的が、プロレタリア革命とか、世界同時革命といった大きなスローガンで語られ始め、革命への路線の違う他党派を反革命と決めつけて党派同士が内ゲバをはじめると、活動家たちは、これでいいのかと疑念を持ちはじめ、弱さを見せ始めた。そうして多くの活動家が離脱していった。

今から考えれば、弱さを見せずに革命へと突っ走ったものたちより、弱さを見せて離脱していったものたちの方がまっとうだった。その弱さとは、生活者としてこの世界を生きる普通の人間の感覚からくるものだからだ。こういう弱さを持ったものたちが、本来社会変革の主体なのだ。生活を維持するために働き日々の平穏な生活を願う人々が、ブルジョアジーは悪だから武器を持って戦えと強いられたら、自分たちの住む社会が普通に生きて行けないほどあまりにひどくて、その原因である支配層を武器を持って倒さなければならないほど追いつめられていない限り、それは現実離れした理屈であって、受け入れられるものでないし、戦えと強いられる状況から逃げようとするだろう。逃げることが弱さだとするなら、その弱さはごくまっとうな身の処し方だ。だが、革命を志した活動家にとってその弱さは、己の志を裏切ることになる。離脱していった活動家は皆敗北感や戦い続けているものたちへの後ろめたさを抱えこんだ。

私は「弱さ」を正当化するつもりもないし、革命への志を捨てず、弱さを見せず、闘争から離脱せずに戦ったものたちを貶めるつもりもない。それはそれで社会変革への意志を貫こうとした純粋な生き方であり、途中で離脱して後ろめたさを抱える私などは彼らの生き方に畏敬の念すら感じる。だが、その純粋で強い生き方が何をもたらしたのかは冷静に検討されるべきだ。一九七〇年代以降の新左翼の歴史を振り返ればわかるように、内ゲバによる凄惨な殺し合い、連合赤軍によるリンチ事件、その負の歴史を作ったのも、革命への意志を貫いた純粋な生き方だったのだ。内ゲバによる殺人で刑務所に服役し出所したある党派の活動家と知り合う機会があった。彼は、もう活動家ではなかったが普通に生活が送れないほどすさんでいた。結局自死した。何故彼は途中で離脱しなかったのか。彼の人生を思う度に、革命を標榜した新左翼党派の負の歴史はきちんと総括されるべきだと思う。

重信房子著『はたちの時代』は、革命への志を捨てず、弱さを見せず、闘争から離脱せずに戦った一人の活動家による新左翼運動史であるが、重信は、凄惨な内ゲバが繰り返される時代の前に、また連合赤軍結成の前にパレスチナに行っているので新左翼の負の歴史を体験していない。本書を読んであまり暗い気持ちにならないのはそのためだろう。重信は、弱さを見せなかった活動家だが、弱さを理解しない活動家ではなかったと、私は本書を読んで思う。本書のなかで印象的な場面がある。少々長いが引用する。

一二月のある日、私は堂山さんから喫茶店に呼び出されました。堂山さんは、暗い喫茶店で待っていて、青白くやつれた表情で「雪山を見に行こうか」と私を誘いました。この言葉は、これからもう赤軍派を辞めて離脱する意図だと理解しました。

私は指導部を支えきれない自分の内容の無さを情けない思いで自覚しつつ、トップが辞めるなんて……何と無責任な……、落胆と憤りが湧きました。

「革命のみじめさなら幾らでも背負うけど、個人的な惨めさには付き合えない」と思わず言葉がこぼれました。「君は強い人だね」と言って笑みを向け、彼は去って行きました。

私は強いわけではなく、「撤退」「離脱」という考えがなかったのです。この時、私は、「中央委員会を開いて離脱を表明すべきだ」と言うべきだったのかも知れません。

私は当時の彼の状況が、赤軍派の無理な武装闘争路線にあったとは考え切れず、彼個人の弱さ、彼個人の限界と捉えてしまったのです。もし彼が、中央委員会を招請して、「指導出来ない」と率直に表明してくれたら、彼個人を責めるのではなく、「我々は間違っている。何を改めるべきか?」といった建設的な討議になったのだろうかと後々、何度も考えた事があります。

でも、当時の私を含む、周りの人々思想的未熟さでは、受け止められず、「彼個人の弱さ」としか見れず、無理な現実の武装闘争路線をいったん下ろすという決断は、誰も出来なかったろうと思います。獄中の仲間に対する愛情と義理があるし、赤軍派の結集軸自体が「武装闘争をやる事」だったからです。

前半の堂山と重信のやりとりは小説の一場面のようで、元活動家にとっては泣ける場面だ。学生運動の後退期、武装闘争と内ゲバの時代には、おそらくはこういうシーンはあちこちであったことだろう。武装闘争路線を推し進める立場のリーダーが、もう無理だ離脱すると語ったことは、相当に悩んだ結果だろうが、その決意はまっとうだったと思う。ただ、彼が重信に「君は強い人だね」と言ったとき、自分は弱いからと吐露したことになる。

この弱さの吐露を重信は断罪するように描いてはいない。そのように言わざるをえなかった心情が伝わるような描き方だ。その描き方に、私は、彼を一人の人間として見ようとするまなざしを感じるが、それよりも、彼の弱さを断罪せずに、その弱さにも意味があると捉えていくところを評価したい。

堂山が吐露した弱さを、重信は、中央委員会に出て離脱（弱さ）の理由を語り、武装闘争路線の是非を討議出来なかったかと後々考えたと書いているが、それは無理なことだった。それが可能なら、党は非現実的な武装闘争路線を選んではいないだろう。重信も述べているように、赤軍派自体が武装闘争路線を軸に結成した党派である。一方、重信は、離脱を表明した者のその弱さを個人の弱さとしてしか受け止められないことに自分たちの思想的未熟さがあると述べているが、この捉え方はその通りだと思う。

ただ、問題は、未熟ではない思想とはどういうものかということになる。重信の理想とするのは、党の方針についていけない弱さを見せた者を個人の問題と断罪せずに、党の方針に問題があるか検証するような風通しのよいひらかれた政治組織（党）を作れるかどうかという事になる。確かにそうであったらいいなと思うが、私は、党というのはその性格上そうはならないと思っている。

重信の考える組織（党）は、国家を打倒し自由で平等な社会を作る革命の実現を目指した政治組織のことだ。革命を目指すことは、権力あるいは体制と戦うことであり、その戦う姿勢が弱さを許容するものであってはとても戦うことなど出来ないという立場を取るのが、党というものだろう。現実に新左翼の党派は弱さを見せた活動家を個人の弱さと見なして断罪していった。その極端な例が連合赤軍による凄惨なリンチであった。

本書を読んで、私は、党というものについていろいろ考えさせられた。重信の考える柔軟でひらかれた党のイメージは、連合赤軍のリンチで殺された友人の死を踏まえ、そのような党の負の部分をどう克服するのかというところで考えぬかれたものだろう。それは、よくわかる。

私は党というのは国家の縮小コピーだと考えている。党のシステムは国家の支配システムのコピーであると言ってもよい。だから党が肥大化していけばそのまま国家になる。良い例がソ連であり中国であり北朝鮮だ。みな独裁国家である。つまり、国家の廃絶という革命を目指す党は最初からその性格に矛盾を抱えていると言ってよい。だから私は党による革命に期待していない。無理だと思っている。ただ、党の存在意義を否定はしない。重信がパレスチナのイスラエルに対する抵抗組織に加わりこれが党の本来の姿だと述べているが、民衆の日常生活そのものが戦いであるようなパレスチナの状況では、戦うための政治組織は自然発生的に生まれるものである。党の初期形態といってもいいが、党の成立にも必然的な理由がある。国家の成立もそうだった。小共同体同士の関係（柄谷行人は贈与経済によって保たれている関係としている『世界史の構造』）によって成立していた社会が、自然災害や、外部からの侵略の脅威にさらされたとき、共同体だけでは対処出来ず、その脅威への対処として共同体を統合する国家が成立した。国家の成立にも、それなりの必然的な理由がある。

だが、国家は、国家そのものの維持のためのシステムを作り、そのシステムを維持する支配層（非生産者）

と、その支配層を支える労働者層（生産者）という階級社会を作る。党も同じだ。党も党の維持を絶対化し、党維持のシステムのために、党の幹部（職業革命家という支配者層）と幹部を支える下部の党員（労働者）というヒエラルキー組織を作る。党を維持するための党になった段階で、党の方針に疑問を持つ者は排除される。国家は、民主的制度を取り入れる寛容さを持つが、革命を目指す党は、党自体が革命のための最も効率的なシステムであり、党の方針こそが革命を実現する唯一の方法だと信じることで成り立つ。だから、党の方針に疑問を持つことは許されなくなる。最近、日本の共産党の指導者を選挙で選ぶべきだと批判した党員が除名されたという出来事があり、マスコミを賑わせたが、その意味で、日本共産党は党らしい党である。

私は党に幻想を抱いていないし、党による革命も信じていない。本書『はたちの時代』の一九六〇年代の活動の記録を読む限りにおいて、著者重信房子も、それほど党というものに絶対の信頼を置いていなかったように感じる。それは、「マルクスやトロッキー読み吉本読みわたしはわたしの実存でいく」と短歌で詠んだように、彼女の学生運動を続ける動機を、自分の「実存」の問題として持ち続けたからだろう。だが、社学同から武装闘争路線を掲げる赤軍派に入ったとき、党に従う姿勢をとることで自分の弱さを抑え込んでいたのではないかと思う。そうしなければあの過激な武装闘争路線に付き合えなかったろう。本書の彼女の六〇年代の活動家としての歴史を読む限りにおいて、赤軍派のような武装闘争路線に踏み込んでいかざるを得ないような内的動機が感じとれないのだ。だからだろうか、一方で、党とは何かと考える柔軟な思考を持つことが出来たのだろう。それは、闘争から離脱していく者の弱さを理解する思考でもあった。

党である赤軍派の幹部として活動した時代、重信はおそらく自分の活動の動機としての「実存」と党の武装闘争路線との乖離を感じ始めていた。それがパレスチナへ行く動機になっていたと思う。乖離を感じたとき、そこで闘争から離脱しなかったのは、党の方針を教条的に信じているからではなく、離脱が、自己の「実存」の問題として闘争を続けているのだという思いを裏切ることになるからだったろう。それが、弱さを見せずに戦い続けられた重信房子の「強さ」だったのだ。

赤軍派を離脱したリーダーが重信に対し「君は強いね」と語る。重信は、私は強いわけではなく「撤退」「離脱」という考えがなかっただけだと言う。が、そう言えるのは、やはり「強い」活動家だったからだ。本書を読み、私もまた重信に「あなたは強い人です」と感想を述べるべきだろう。

重信房子著『はたちの時代』の感想を述べながら、革命を志した活動家の「弱さ」「強さ」について思ったことを述べて来たが、最後に補足しておきたいのは、本来世界の変革はその変革を目指す者の「弱さ」「強さ」とはかかわらないところで起きるのではないのか、ということだ。柄谷行人は、資本主義以後の世界のあり方を国家以前の贈与経済の社会のあり方の「高次的回復」としてイメージしている(『世界史の構造』)が、そのような変革は人為的な革命では起こらないとしている(『力と交換様式』)。つまり、人為的な社会の変革、それを革命と呼ぶなら、革命は人為的な力では起きないと言い切るのだ。

私たちの生活に直結するような問題は人為的に解決するのだとしても、国家とか資本主義といった大きな世界の構造もしくは枠組みの変革は、柄谷の言い方で言えば「交換様式」に基づくのであって、それは人為的に変えられるものではないということだ。

私は、この、革命は人為的な力では起こらないという考え方は案外当たっているのではないかと思っている。人為的な力で起こると信じるからこそ、党が必要とされ、革命を志す者の「弱さ」「強さ」が問題となるのだ。人為的な力で起こらないのであれば、「弱さ」「強さ」に翻弄されない社会変革へのかかわり方（それがどういうかかわり方であるかはこれからの課題だ）が出来るのではないか。そう思っている。

だが、目の前に、理不尽さに満ちた社会があり、そこで苦しむ人がいれば、人為的な力によって何とかしようと、ときに暴力的にその理不尽さの元凶に戦いを挑む者たちは必ず存在する。そういう存在を「強さ」「弱さ」で語ることは出来ないが、そのような存在によって、ときに世界は変わることもあるのだ（大きな変革ではないにしても）ということは、心にとどめておきたい。

## 「天罰的思考」に抗する

今年二〇二三年は大正十二（一九二三）年九月一日に起きた関東大震災から百年目の年である。歌誌『月光』の編集部から「関東大震災と現代」といったテーマで書いてほしいと言われたのだが、正直、何を書いていいか困っている。短歌誌の文章なのだから、関東大震災について詠んだ短歌を取り上げて論じるという手もあるだろうが、たぶん誰かが書いているだろうし、あまり気が乗らない。

東日本大震災（二〇一一）の体験を詠んだ短歌について文章を書いたことがある。短歌を通して、地震や津波という自然の脅威、家族を失った人たちの辛さ、原子炉のメルトダウンを起こしたフクシマ原発への怒り、そういったものをひしひしと感じ取った。地震の時私は東京にいて直接大きな被害を受けたわけではないが、東北地方沿岸の津波をテレビの中継で目の当たりにしその後の被害状況などを連日聞く度に、この地震を知識としてではなく生活の中の身体的体験として受け取っていたから、この震災について詠んだ歌に感じることと思うことはきりがないほど湧いてでた。

が、さすがに百年前の関東大震災については、記録などを読んでその被害の深刻さを想像のなかで感じるしかない。だが、東日本大震災の時のようなリアルな感情を伴わないので、その悲惨さについて考えようとすると、分析的、客観的にならざるを得ない。従って、なにか書こうとすれば、東日本大震災のときのようなリアル感や被災者への共感の深さを頼りに文章を書くことは無理だから、自然の脅威の再確認、朝鮮半島植民地政策へのうしろめたさが引きおこしたのであろう朝鮮人虐殺への悲憤、たくさんの焼死者を出したのは都市に人口を集中させた急激な近代化政策が原因だ、といった今まで説かれてきたような内容になってしまいかねない。それもおもしろくないなあと思いながら考えあぐねているといったところである。

たまたま仏教学者である末木文美士の『日本の思想を読む』（角川ソフィア文庫二〇一六）を読んでいたのだが、この中に日蓮の『立正安国論』を紹介する文章があった。そこに、東日本大震災の時に石原慎太郎東京都知事が「天罰」と言ったことに触れ、この発言は批判されて当然だが「しかし、氏が言おうとしたことには、もう少し冷静に考えるべきところがあるように思う。それは、人間の力への過信と傲慢に対して、人知を超えた力の発現があったのではないか、ということである」と述べる。仏教に「天罰」という発想はないが、日蓮の『立正安国論』を「天罰」的発想の書として「世の不正義が善神を追いやり、悪神を招いて災いが起こるというのである。これが、本書を一貫する日蓮の主張である。この世界は、そして人間たちは、その背後にある何者かによって守られているのではないか。人間たちが思い上がって、その何者かへの畏敬を失い、自分たちだけで何でもできると思ったとき、その背後の者は、邪悪な者たちによって取って代わられ、その跳梁を許すことになるのではないか、本書はそう訴える」と紹介する。日蓮は災害を招いた原因を法然の浄土教にあるとして徹底的に批判するが、そこは納得できないとしても、人間が思い上がって「自然の背後の見えざる者」への畏敬を失ったことに災いの原因を求める日蓮の議論を肯定的にとらえている。

関東大震災や東日本大震災級の大きな災害について、人間の傲慢さに対する「人知を超えた力の発現」とみなす末木文美士のような思考は古くからある。この世界の創造を神のなせる業とみなす神話的発想が生まれたときからあると言っていいだろう。

人間が自然の脅威への畏敬を失わず傲慢でなければ確かに被害は小さくできる。フクシマ原発の事故も起きなかったろうし、関東大震災のあの膨大な焼死者の数ももっと少なくてすんだはずだ。だが、自然の力に対しどんなに謙虚であったとしても、地球規模の自然の変動である災害を止めることはできないし、いったん起きれば甚大な被害が生じる。つまり、自然の変動である自然災害は、人知などと関係なく（地球温暖化による災害はある程度人為的だが、人為的である分対処が可能）起こるのである。

人類は、このような自然の脅威（災害）を、自然を創造もしくは支配する神あるいは神々の所為とみなすことで納得し、それを神話として語ってきた。神による自然災害を描いた神話として代表的なのが「洪水神話」である。洪水によって一部の人間を除いて全て滅んでしまい、生き残った者たちで新しい世界を創っていく、というよく知られた物語である。この型の神話は世界に広く分布していることで知られている。私はこの型の神話を「リセット神話」と呼んでいるのだが、漫画、アニメ、映画などで今でも何度となく描かれているモチーフである。

洪水という災害を起こすのは神(神々)である。超越的な存在である神が洪水を起こす理由で多いのが「天罰」である。つまり、人間が神の思惑とは違う罪深き社会を作ってしまったから神が怒って災害を起こすというものである。代表的なのが旧約聖書の「ノアの箱船」であろう。アジアにも「洪水神話」は広く分布している。中国西南部の少数民族では「洪水神話」を「兄妹始祖神話」として伝えているところが多い。洪水によって一組の兄妹だけが生き残り、兄妹は近親婚というタブーを克服して人類の祖となるというものである。

中国西南部の少数民族が伝える「洪水神話」を分析した伊藤清司は、洪水による人類再創造のモチーフを、一度目の人類創造に失敗した神によるよりよき人類の再創造であるとして「二度の人類起源」と呼んでいる(「二度の人類起源」君島久子編『東アジアの創世神話』弘文堂一九八八)。洪水による人類リセットの理由は地域によって違いはあるとしても、共通するのは、神(神々)による人類の創造は最初からうまくいかず、人類創造のやりなおし(リセット)がある、ということだ。うまくいかないというのは、神の創造した人間の社会が、善き社会でなく悪に満ちているということであろう。が、その悪をどの程度に見るべきか。現在の私たちの社会も善に満ちているとはとても言えない。欲望資本主義に躍らされる人々、殺戮の伴う戦争も絶えない。神が最初に創った社会が今より悪かったとはとても思えない。とすれば、神によるリセットは、何度も起こりえるということになる。終末思想がくり返し出現するのはそういうことだろうし、人類滅亡後の近未来の物語が幾度となく描かれるのも納得がいく。つまり、私たちの社会もいつか人知を超えた存在によってリセットされるかもしれないと、私たちは心のどこかで常に思っているということだ。石原慎太郎都知事が東日本大震災の時に「天罰」という言葉を口にしたのは、その思いを正直に言ってしまった、ということだろう。

が、そうだとして、つまり、私たちの社会がリセットが必要な悪い社会だとしても、人類のほとんどが滅ぶような災害（例えば洪水）によるリセットは、余りに理不尽ではないか、というのが、私の率直な感想である。

私たちの社会がよい社会ではないとしても、区別無くほぼ全員滅ぼすのは理不尽すぎる。人間のみならず動物もみな死ぬ。動物に何の罪があろう。蘇民将来の伝承のように、訪れる神を接待すれば助かり邪険にすれば滅ぶというのならわかる（ただ、この話も、茅の輪をつけた蘇民将来の一族を除いて皆滅ぼしてしまうのだからやり過ぎだとは思う）。こういう社会であってもつつましく生きている人はたくさんいる。そういう人を含めて滅ぼし、社会を作り直す発想に納得がいかないのである。多くの問題を抱える私たちがその問題が原因（例えば二酸化炭素排出による地球温暖化）で災害が引き起こされたというのなら仕方ないが、この世を生きる全員を容赦なく滅ぼすような「天罰」は行き過ぎであり、人知を超えた存在（神もしくは神々）の横暴である、とさえ思う。

中国西南地域に居住する苗族も兄妹始祖型の「洪水神話」を伝承している。ただ、地域によって細部に違いがある。貴州省のある地域の苗族は次のような「洪水神話」を伝えている。

昔昔、この世に大力無双のアペ・コペンという人間が息子と娘と三人で暮らしていた。彼は雷神と兄弟分で、雷神は時々アペ・コペンの家に遊びに来た。あるとき、アペ・コペンは雷神の嫌いな鶏の肉を騙して食べさせてしまう。怒った雷神と喧嘩になるが、雷神はアペ・コペンに捕らえられ鉄の檻に入れられてしまう。アペ・コペンは兄妹によく見張るよう、けっして火だねは与えないようにと言いつけて出かけてしまう。雷神は、兄妹をうまく言いくるめて火だねを手に入れ、檻を焼き切って脱出する。雷神は復讐に洪水を起こしてアペ・コペン一家を殺そうとはかる、だが、兄妹は助けようと、兄妹の元に行きカボチャを育て大きなカボチャがなったらその中に入るように言う。兄妹からそのことを聞いたアペ・コペンは俺を殺そうとはかっているなと察し、山から古木を切り出し丸木舟を作って洪水に備える。大洪水が起こり、人という人は皆死んでしまう。丸木舟に乗ったアペ・コペンとカボチャに入った兄妹だけが生き残った。

アペ・コペンの丸木舟は天に届く大木に辿りつき、大木をよじ登って天の世界に入り込む。そこで雷神を見つける。雷神は大木を焼き払いアペ・コペンが地上に戻れなくする。アペ・コペンは「ヒトというヒトは、みんな奴のおこした洪水のために死んでしまった。そのうえ、おれまで殺そうというわけか。こんな悪いやつは、なんとしてもやっつけなくては」と、雷神を追い回し殴りにかかる。いまでもあちこちで雷が鳴るのはアペ・コペンが雷を追い回しているからだ。
カボチャに入った兄妹は陸地に辿りつく。兄妹であるために結婚をためらうが、占いによって結婚を決め人類の祖になる。(『苗族民話集―中国口承文芸2』東洋文庫より)

私はこの神話が好きである。雷神は洪水を起こすほどの力を持っているにしても、人間は雷神に負けていない。人間に捕らえられた雷神が復讐として洪水を起こす「雷神復讐型」と呼ばれる神話なのだが、この型の背景には、神を絶対的なものとみなさないアニミズム的な世界観がある。ただ、多くの少数民族の洪水神話では、洪水というリセットは神による力の行使であって人間は兄妹を除いて滅んでしまう展開であり、このように、兄妹以外に生き残った人間が雷神に「洪水」の横暴を非難するというのはほとんどない(広く調べたわけではないので断定はできないが)。

それにしても痛快な神話である。アペ・コペンが洪水を起こした雷神に「人という人は、みんな奴のおこした洪水のために死んでしまった」と怒るところは、洪水の「天罰的発想」の理不尽さに納得がいかない私の気持ちを代弁してくれている。

この神話が類例のないものだとしても、神話として語られているということは、苗族のひとたちの間に、神の起こす洪水を横暴なものだとみなす認識があったということだろう。たとえこのような神話が特異なものであったとしても、神の横暴さと戦う人間を語る神話があることに、私は、災害に屈しない人間の気概を感じ、人間も捨てたもんじゃないと思うのである。

この「雷神復讐型」の神話における洪水は雷神の復讐であり、「天罰」とは違うのだが、復讐とはいえ、人という人を殺してしまうのは許せないとアペ・コペンが怒るのは、「天罰」とはいえ人と人とをみな殺してしまうのは許せないと怒ることと同じである。こういう怒りがあっていい。

私は木木文美士が自然災害を「人知を超えた力の発現」とみなすことを否定するつもりはない。だが、人間の側の思い上がりが「人知を超えた力」による自然災害を招くといった思考に納得がいかないだけである。科学技術を駆使して自然を制御し、快適な環境を作ろうと自然を破壊した結果災害を招く場合は因果応報と納得もしようが、甚大な災害は、因果応報で起こるわけではない。とくに地震は地球規模の自然の摂理として定期的に起こるものである。その自然摂理による人間（広く生物と言ってもいいが）の側の損失を、思い上がった私たちを罰する「人知を超えた力の発現」によるものとみなす思考に批判的なのである。「人知を超えた力の発現」、そんなものはないと言いたいわけではない。

「人知を超えた力の発現」を安易に「天罰」と結びつけるのは、矛盾に満ちた私たちの社会を強大な権力の行使によって有無を言わさずリセットしてしまいたい（その結果どんな犠牲がでてもやむを得ない）という発想の裏返しであると思うのである。「洪水神話」は、この矛盾に満ちた社会を強大な神の力によってリセットしてしまいたいという、人類のひそかな願望が生みだしたと言えなくもない。「天罰」思考とは、自然の天変地異を、私たちの社会を一新したい願望の実現として利用するもの、とも言えるのだ。

自然の摂理としての天変地異を、自然の一部である私たちは被害を小さくする努力をしながら受け入れていくしかない。その受け入れにどのような意味づけをするかは様々であるにしても、「天罰」的思考は受け入れがたい。それは、矛盾を抱えながら、善と悪とを生きる人間の、それこそ人間らしい営みを、超越的な力（人間社会では独裁的な権力）によって一挙に全否定する横暴な思考だと思うからである。

関東大震災も東日本大震災も決して「天罰」などではない。地球規模の自然から見れば、窮屈になった地殻をちょっとばかり動かしてみただけである。地球規模からすればささいな揺れであっても、私たちはこの世の終わりのような揺れに思ってしまう。地球規模の自然からみれば私たちはそういうはかない存在である。その圧倒的な自然に対し、アペ・コペンのような怒りがあってもいい。それは「悲しみ」と紙一重の心の発動でもある。自然に立ち向かえと言いたいのではない。なすすべもない災害に対して「ふざけんじゃない」という怒りはあっていいと思うのだ。怒ったところでどうなるものでもないが、どんなにはかない存在でも、存在し生きているということの尊厳は示し得ると思うのだ。

# あとがき

「はじめに」で本書に込めた私なりのこだわりを書いておいたので、ここでは私事について書いておきたい。私は六年前に前立腺癌の手術をした。その後、癌の値を示す数値が下がらず、転移が疑われ、放射線治療、癌の増殖を抑えるホルモン抑制剤による治療を行い、現在その効果があってか、数値がゼロの状態が続いている。ただ、根治したわけではなく、医者はそのうち数値は上がってくるだろうと言っている。ホルモン抑制による現在の治療が効かなくなれば抗癌剤の治療ということになる。そこまでいったら余命はだいたい計算できる。それがいつのことになるかはわからない。ただ言えることは、長生きは期待しないほうがいいということである。

七十代半ばの年齢になって十分に生きたと思っているから、いつ死んでもいいと思ってるのだが、さすがに、一人で気ままに生きているわけではないから死ねば周りにいろいろ面倒をかけるだろうし、また、いろんな治療を覚悟しなくてはならないことを考えると、死ぬのもなかなか大変である。だから、できれば先延ばしにしたい。その意味では、今は先延ばしの人生を生きているようなものである。

先延ばしの人生を生きるにあたって、肝に銘じていることは、何か人のために役に立ちたいとか、研究者として何かを成し遂げたいとか、残りの人生にやりがいを見つけて埋め尽くしたいと思わないこと、である。病院に行って検査を受け、癌を示す値がゼロになって、ほっとして、次の検査日を予約する。今は四ヶ月後の予約である。この四ヶ月をあまり息張らずに気楽に過ごすことができればいい。癌になって仏教書をたくさん読んでみたが、ほとんどの本が同じことを言う。過去や未来を考えるな、今をただ生きろと言う。その言葉に感化されたわけではないが、だいたい癌になった原因が仕事のしすぎだと思っているから、人はどう生きるべきかなどという深遠なことはあまり考えずに、のんびりと過ごすこと、これが今の私の努力目標である。

努力目標と言ったのは、実はそれが難しいからである。定年退職して四年になるが、暇で仕方が無い。いまだに慣れない。研究書や哲学系の本をなるべく読まずに、ファンタジー系の物語や、韓流ドラマを見ることで暇な時間を埋め尽くしているが、日常を、あまり難しいことを考えずにたんたんと生きることは、私にはなかなか難しい。

せっかく癌になったのだから、「死」について考えようと（ある意味で私の死の準備）仏教書をけっこう読んだ。私の仏教探求は結局「道元」に行きついたのだが、導いてくれたのは曹洞宗の禅僧南直哉である。彼は、人生訓のような説教や、禅問答に見られるような論理を超越した理屈を語らない。西洋哲学の論理で鍛えられた思考で、仏教とは何かをシンプルに明晰に語ってくれる。南直哉は、仏教は「超越」的存在を説く宗教ではなく、ただ「死」への不安を超える境地である「悟り」を目指す「実存」を説く宗教なのだと語る。（南直哉『超越と実存』新潮社二〇一四）。超越的な神とか仏が存在するかどうかなどわからない。わからない以上「超越的存在」を求めない。人が宗教に期待するのは「死」への不安の克服にあるが、その不安は人間の意識を構成する様々な「縁起」によって生まれている。従ってその「縁起」から自由になればその不安から脱却できる。その脱却の方法は、この世は「空」であることを自分という存在にわからせつづけること（坐禅はその方法である）。その実践を説くのが仏教であり、その意味で仏教は、超越的存在を説く宗教ではなく、「無常」という人間のありかたを説く「実存」的宗教（というより哲学）だということだ。

この論理は私には腑に落ちた。早速「縁起」から自由になる「坐禅」を毎朝実行してみたのだが、続かなかった。どうも私は修行には向かない人間らしい。

もうひとり好きなお坊さんがいる。元曹洞宗管長で、御誕生寺（猫寺で有名）の住職である板橋興宗である。残念なことに三年前に亡くなられた。南直哉のように哲学的な論理を説くのではないが、そのひょうひょうとした語り口が好きなのだ。板橋興宗は猫の生き方が理想だという。猫は過去や未来にとらわれない。今という現在を気ままに生きている。私たちはとてもそのように生きられないが、猫のような生き方をうらやましいと思っている。だから、猫は人に大事にされているのではないか。

私も猫のように余生を送るのが理想なのだが、とても無理だ。時々原稿依頼の仕事が来るとうれしくなる。歌誌『月光』に毎号短歌について文章を書いているが、その意味では、これが私にとって貴重な時間になっている。

本書の刊行を思い立ったのは、今まで書いてきた文章がたまってきたということもあるが、とりあえずは、これで先延ばしの人生が少しは意義あるものになればと願ったことが大きい。むろん、本書を通して私が考えてきたことを知ってほしいという願いもあるが、今の私には、それは先延ばしに生きている今の気楽な生き方をかき乱す一種の欲である。だから、そういう願いをなるべく言わずにおきたいと思っていたのだが、「はじめに」でけっこうくどくどと書いてしまった。これも私のいいかげんさを示している。

私は意志の弱いいいかげんな人間だが、書いた文章はそれほどでもないよとは言っておきたい。出版に当たっては、『叛乱の時代を生きた私たちを読む』でお世話になった皓星社にお願いした。お引き受けいただき感謝している。

二〇二三年十二月四日

この「あとがき」を書いてから、年が明け、能登半島地震が起きた。その被害の大きさに心を痛めた。この災害を「悲しむ」のはまだ早い。復興のためにやらなければならないことがたくさんあり悲しんでいる暇はないだろう。が、悲しみは胸に秘められているはずだ。いずれ、抗するように「悲しみ」は表現されるに違いない。地震で亡くなられた方々のご冥福を祈りたい。

悲しみや　悲しみ抜いて能登に春

二〇二四年三月

# 初出一覧（各論考のタイトルの多くは原題の一部を変えています）

## 第一章　何故「悲しみ」をうたうのか

うたい続けられる「哭き歌」　歌誌『月光』四十四号　二〇一五年十一月
戦争と歌の力　鼓舞と慰霊　『宗教と原題がわかる本　特集　聖地・沖縄・戦争』平凡社　二〇一六年
記憶と感情の錯綜　『無聊庵日誌』　歌誌『月光』十二号　二〇〇九年十一月
「忘れる」ことに抗する情　福島泰樹歌集『百四十字、老いらくの歌』　歌誌『月光』七十九号　二〇二三年六月
何故「悲しむ」のか　筐田政男歌集『Sad Song』　歌誌『月光』八十二号　二〇二三年十二月

## 第二章　万葉論

戦争と短歌　防人歌における「悲しみ」の成立　渡辺泰明他編『和歌の力』シリーズ『和歌の力』所収　岩波書店　二〇〇五年一〇月
心情語論「悲しみ」は貨幣でもある　『文学』第九巻・第一号　岩波書店　二〇〇八年一・二月号
「恋」は抗する　何故「恋の障害」は母であり噂なのか　共立女子大学文科紀要第五十一号　二〇〇八年一月（一部加筆）

**第三章　ローカルなものとしての短歌**

ローカルなものとしての短歌論　『短歌往来』二〇一五年六月号

「歌の翼」に想う　福島泰樹歌集『天河庭園の夜』　歌誌『月光』七十二号　二〇二二年二月

『中原中也の鎌倉』を読みながら　歌誌『月光』三十六号　二〇一四年七月

中田實の短歌的身体　歌集『奄美』　歌誌『月光』六十三号　二〇二〇年三月

**第四章　あらわしえないからうたう**

切実な「ふり」　野口綾子歌集『ジャパニーズガールズジャーナル』　歌誌『月光』四十七号　二〇一六年五月

歌はアンヴィヴァレンツ　大和志保歌集『アンスクリプシオン』　歌誌『月光』27号　二〇一二年十一月

失われたもの、決して手にはいらないもの　松野志保歌集『われらの狩りの掟』　歌誌『月光』七十号　二〇二一年十二月

**第五章　歌に生きる**

「海語らず山も語らざる禍事」の語り部　冨尾捷二を悼む　歌誌『月光』七十三号　二〇二二年六月

窪田政男短歌の魅力　窪田政男歌集『汀の時』　窪田政男歌集『汀の時』解説　二〇一七年

「生きて在る」ことへの旅　下村光男歌集『海山』　歌誌『月光』七十八号　二〇二三年四月
何故「自然」を詠むのか　幡野青鹿『うつろひのおと』・渡辺松男『牧野植物園』　歌誌『月光』七十四号
二〇二二年八月

## 第六章　抗することへの意志を秘めて

うしろめたさとユーモアと　佐久間章孔を悼む　歌誌『月光』七十六号　二〇二二年十二月
重信房子の「実存」と抒情　歌集『暁の星』　歌誌『月光』七十七号　二〇二三年二月
時代を撃つ抒情　藤原龍一郎『抒情が目にしみる　現代短歌の危機』　歌誌『月光』七十六号
二〇二二年十二月
文学の無用性と有用性　中井英夫『黒衣の短歌史』　歌誌『月光』七十五号　二〇二二年十月
「自己否定」の果て　高橋和巳『わが解体』　歌誌『月光』六十九号　二〇二一年十一月
「弱さ」と「強さ」　重信房子『はたちの時代　六〇年代と私』　歌誌『月光』八十一号　二〇二三年一〇月
「天罰的思考」に抗する　歌誌『月光』八十号　二〇二三年八月

**岡部隆志（おかべ・たかし）**

一九四九年、栃木県生まれ
専門は、日本古代文学、近現代文学、民俗学だが、中国雲南省少数民族の歌垣文化調査も行う。歌人福島泰樹主宰の短歌結社「月光の会」に参加し、短歌誌『月光』に短歌評論を書き続ける。現在まで、四冊の短歌評論集を刊行。

主な著作
『北村透谷の回復　憑依と覚醒』三一書房　一九九二年
『異類という物語　日本霊異記から現代を読む』新曜社　一九九四年
『言葉の重力　短歌の言葉論』洋々社　一九九九年
『中国少数民族歌垣調査全記録1998』工藤隆との共著　大修館書店　二〇〇〇年
『古代文学の表象と論理』武蔵野書院　二〇〇三年
『聞き耳をたてて読む　短歌評論集』　洋々社　二〇〇四年
『神話と自然宗教　中国雲南少数民族の精神世界』三弥井書店　二〇一三年
『短歌の可能性』ながらみ書房　二〇一五年
『アジア歌垣論　附中国雲南省白族の歌掛け資料』三弥井書店 二〇一八年
『胸底からの思考　柳田国男と近現代作家』森話社　二〇二一年
『叛乱の時代を生きた私たちを読む』皓星社　二〇二一年

「悲しみ」は抗する　万葉集から現代短歌へ

2024年4月11日　初版発行

編　者　岡部隆志

発行所　株式会社 皓星社
発行者　晴山生菜
〒101-0051 東京都千代田区神田神保町 3-10
宝栄ビル 6 階
電話：03-6272-9330　FAX：03-6272-9921
URL http://www.libro-koseisha.co.jp/
E-mail：info@libro-koseisha.co.jp

カバー写真　佐中由紀枝
装幀　藤巻 亮一
印刷　製本　精文堂印刷株式会社

ISBN 978-4-7744-0-0825-5